NOITE DO ORÁCULO

Obras do autor publicadas pela Companhia das Letras

4 3 2 1
Achei que meu pai fosse Deus (org.)
O caderno vermelho
Conto de Natal de Auggie Wren (infantojuvenil)
Da mão para a boca
Desvarios no Brooklin
Diário de inverno
A invenção da solidão
Invisível
Homem no escuro
Leviatã
O livro das ilusões
Noite do oráculo
Timbuktu
Todos os poemas
A trilogia de Nova York
Viagens no scriptorium

PAUL AUSTER

Noite do oráculo

Tradução
José Rubens Siqueira

3ª *reimpressão*

Copyright © 2003 by Paul Auster

Grafia atualizada segundo o Acordo Ortográfico da Língua Portuguesa de 1990, que entrou em vigor no Brasil em 2009.

Título original
Oracle Night

Capa
João Baptista da Costa Aguiar
sobre texto manuscrito do autor

Preparação
Leny Cordeiro

Revisão
Carmen T. S. da Costa
Renato Potenza Rodrigues

Dados Internacionais de Catalogação na Publicação (CIP)
(Câmara Brasileira do Livro, SP, Brasil)

Auster, Paul, 1947-2024
Noite do oráculo / Paul Auster ; tradução José Rubens Siqueira. —
1ª ed. — São Paulo : Companhia das Letras, 2004.

Título original: Oracle Night
ISBN 978-85-359-0498-0

1. Ficção norte-americana I. Título.

04-2422   CDD-813.5

Índice para catálogo sistemático:
1. Ficção : Literatura norte-americana   813.5

Todos os direitos desta edição reservados à
EDITORA SCHWARCZ S.A.
Rua Bandeira Paulista, 702, cj. 32
04532-002 — São Paulo — SP
Telefone: (11) 3707-3500
www.companhiadasletras.com.br
www.blogdacompanhia.com.br
facebook.com/companhiadasletras
instagram.com/companhiadasletras
twitter.com/cialetras

Para Q. B. A. S. G.
(em memória)

Estive doente durante muito tempo. Quando chegou o dia de deixar o hospital, eu mal sabia andar mais, mal conseguia lembrar quem era. Faça um esforço, disse o médico, e dentro de três ou quatro meses vai estar recuperando o ritmo das coisas. Não acreditei nele, mas segui seu conselho mesmo assim. Tinham me dado por morto, e, agora que havia frustrado suas previsões e misteriosamente sobrevivido, que escolha me restava senão viver como se houvesse uma vida futura à minha espera?

Comecei com pequenas saídas, me afastando não mais do que um ou dois quarteirões do meu apartamento e voltando para casa. Tinha só trinta e quatro anos, mas para todos os fins e propósitos a doença havia me transformado em um velho — um daqueles velhos malucos que se arrastam meio paralisados e não conseguem botar um pé na frente do outro sem olhar primeiro para saber qual é qual. Mesmo no passo lento que era tudo o que eu conseguia naquela época, andar me deixava com a cabeça leve, esquisita, com uma mixórdia de informações confusas e fios mentais cruzados. O mundo saltava, boiava na frente dos meus olhos, ondulando como reflexos em um espelho irregular, e sempre que eu tentava olhar uma coisa só, isolar um objeto único do fluxo de cores em torvelinho — uma echarpe azul em volta da cabeça de uma mulher, digamos, ou a luz vermelha da traseira de um caminhão de entrega —, a coisa imediatamente começava a se separar e dissolver, desaparecendo como uma gota de tinta em um copo de água. Tudo trepidava, bamboleava, fugindo em diferentes direções, e durante as primeiras semanas tive dificuldade para dizer onde terminava meu corpo e começava o resto do mundo. Trombava com as paredes e latas de lixo, me enrolava nas guias de cachorros e nos papéis que voavam, tropeçava na calçada mais plana. Morei em Nova York a minha vida inteira, mas não entendia mais as ruas e as multidões e, toda vez que saía em uma das minhas pequenas excursões, me sentia como um homem que se perdeu numa cidade estranha.

O verão chegou cedo aquele ano. Ao final da primeira semana de junho, o tempo estava parado, opressivo, abafado: dia após dia de céus inertes, esverdeados; o ar viscoso com o cheiro do lixo e dos escapamentos; o calor subindo de cada tijolo e placa de concreto. Mesmo assim, eu seguia em frente, me forçando a descer a escada e sair para a rua toda manhã, e, quando a confusão na minha cabeça começou a clarear e minha força aos poucos retornou, consegui expandir minhas caminhadas para algumas brechas mais distantes do bairro. Dez minutos viraram vinte minutos; uma hora virou duas horas; duas horas viraram três. Os pulmões puxando o ar, a pele perpetuamente banhada em suor, vagava como um espectador dentro do sonho de outro, olhando o mundo que ia passando com os passos dele e me deslumbrando de ter sido um dia igual às pessoas à minha volta: sempre correndo, sempre indo daqui para ali, sempre atrasado, sempre batalhando para fazer mais nove coisas antes de o sol se pôr. Não estava mais equipado para aquele jogo. Eu era agora um produto avariado, uma massa de peças defeituosas e enigmas neurológicos e todo aquele ganhar e gastar me deixava frio. Num cômico alívio, voltei a fumar e passava as tardes em cafeterias com ar condicionado, pedindo limonadas e sanduíches de queijo quente enquanto ouvia conversas e tentava me localizar entre os artigos de três jornais diferentes. O tempo passava.

Na manhã em questão — 18 de setembro de 1982 —, saí do apartamento em algum momento entre nove e meia e dez horas. Eu e minha mulher vivíamos no setor Cobble Hill do Brooklyn, a meio caminho entre Brooklyn Heights e Carrol Gardens. Nos passeios, eu geralmente ia para o norte, mas naquela manhã me encaminhei para o sul, virei à direita quando cheguei à rua Court e segui em frente uns seis ou sete quarteirões. O céu estava cor de cimento: nuvens cinzentas, ar cinzento, garoa cinzenta soprada por rajadas de vento cinzento. Sempre tive um fraco por esse tipo de clima, e gostava daquela penumbra, não ficava nem um pouco triste de deixar para trás o canto das cigarras. Uns dez minutos depois de começar a caminhada, no meio do quarteirão entre Carroll e President, vi uma papelaria do outro lado da rua. Ficava enfiada entre um sapateiro e uma bodega vinte e quatro horas, a única fachada brilhante numa fileira de prédios batidos e sem cara. Achei que devia estar ali não fazia muito tempo, mas, apesar de nova e apesar do arranjo esperto da vitrina (torres de esferográficas, lápis e réguas, arrumados para sugerir o horizonte de Nova York), a Paper Palace parecia pequena demais para conter qualquer coisa interessante. Se eu resolvi atravessar a rua e entrar, deve ter sido porque desejava secretamente começar a trabalhar de novo — sem saber, sem ter consciência do desejo que crescia dentro de mim. Não tinha escrito nada desde que voltara do hospital em maio — nem uma frase, nem uma palavra — e não sentia a menor vontade disso. Agora, depois de quatro meses de apatia e silêncio, de repente me deu na cabeça fazer um estoque: canetas e lápis novos, caderno novo, cartuchos de tinta e borrachas novos, pastas e blocos novos, tudo novo.

Na entrada, havia um chinês sentado atrás da caixa registradora. Ele me pareceu um pouco mais novo do que eu, e quando olhei pela vitrina ao entrar na loja, vi que estava debruçado em cima de uma pilha de papéis, escrevendo colunas de números com uma lapiseira. Apesar da friagem do ar naquele dia, estava com camisa de manga curta — uma dessas coisas leves e folgadas de verão, de colarinho aberto —, o que acentuava a finura dos braços acobreados. A porta fez um som de sininhos quando entrei e o homem levantou os olhos um momento para me dar um educado aceno de cabeça. Acenei de volta, mas antes que pudesse lhe dizer qualquer coisa baixou a cabeça de novo e retomou seus cálculos.

O tráfego na rua Court deve ter dado uma parada bem nesse momento, ou então o vidro da vitrina era excepcionalmente grosso, porque, quando olhei o primeiro corredor para investigar a loja, de repente me dei conta do silêncio que havia ali dentro. Eu era o primeiro cliente do dia, e a quietude era tão pronunciada que dava para ouvir o raspar da lapiseira do homem atrás de mim. Agora, toda vez que penso naquela manhã, o som daquela lapiseira é sempre a primeira coisa que me volta. Na medida em que a história que vou contar faça algum sentido, acredito que foi aí que começou — no espaço daqueles poucos segundos, quando o som daquela lapiseira era o único som que restava no mundo.

Fui andando pelo corredor, parando a cada dois ou três passos para examinar os artigos das prateleiras. A maior parte acabou sendo material-padrão de escola e escritório, mas a variedade era incrível para um lugar tão apertado, e fiquei impressionado com o cuidado que havia na arrumação e armazenamento daquela abundância de produtos, que parecia abranger de tudo, desde seis tamanhos diferentes de prendedores de latão até doze modelos diferentes de clipes de papel. Quando virei a esquina e comecei a voltar para a frente pelo corredor, notei que uma prateleira era reservada a uma variedade de artigos importados de alta qualidade: blocos italianos encadernados em couro, agendas de endereços francesas, delicadas pastas japonesas de papel-arroz. Havia também uma pilha de cadernos da Alemanha e outra de Portugal. Os cadernos portugueses me agradaram especialmente e, com suas capas duras, pautas quadriculadas e folhas costuradas de papel forte, à prova de borrões, entendi que ia comprar um assim que peguei e segurei na mão. Não havia nada luxuoso ou ostentatório nele. Era uma peça de equipamento prática — neutro, caseiro, útil, de jeito nenhum o tipo de caderno em branco que se pensaria dar de presente para alguém. Mas gostei do fato de ser encadernado com pano, e gostei também da forma: dezenove por vinte e quatro centímetros, o que fazia com que fosse ligeiramente mais curto e mais largo do que a maior parte dos cadernos. Não sei explicar por quê, mas achei essas medidas profundamente satisfatórias e, quando segurei o caderno nas mãos pela primeira vez, senti algo próximo do prazer físico, uma onda de súbito, incompreensível bem-estar. Restavam só quatro cadernos na pilha, e cada um era de cor diferente: preto, vermelho, marrom e azul. Escolhi o azul, que por acaso era o de cima.

Levei uns cinco minutos mais para localizar o resto das coisas que entrei para comprar, e depois levei tudo para a frente da loja e coloquei em cima do balcão. O homem me deu mais um dos seus sorrisos educados e começou a apertar as teclas da caixa registradora, tilintando os montantes dos diversos artigos. Quando chegou ao caderno azul, porém, fez uma pausa, segurou-o no ar, passou os dedos de leve sobre a capa. Um gesto de apreciação, quase uma carícia.

"Lindo caderno", disse, com forte sotaque. "Mas não tem mais. Portugal não tem mais. História triste."

Não consegui acompanhar o que estava dizendo, mas, em vez de embaraçá-lo e pedir que repetisse, resmunguei alguma coisa sobre o encanto e a simplicidade do caderno e mudei de assunto. "Faz tempo que estão funcionando?", perguntei. "Parece tudo tão novo e limpo aqui."

"Um mês", disse ele. "Grande inauguração em dez de agosto."

Ao anunciar o fato, pareceu ficar um pouco mais ereto, projetando o peito com orgulho infantil, militar, mas quando perguntei como iam os negócios, pousou o caderno delicadamente no balcão e sacudiu a cabeça. "Muito devagar. Muita desilusão." Olhei nos olhos dele, percebi que era alguns anos mais velho do que eu pensara de início — pelo menos trinta e cinco, talvez até quarenta. Fiz alguma observação boba de que não devia desistir e que desse um tempo para as coisas se ajeitarem, mas ele simplesmente sacudiu a cabeça de novo e sorriu. "Sempre meu sonho ter loja própria", disse. "Loja assim com canetas e papel, meu grande sonho americano. Negócio para todo mundo, certo?"

"Certo", eu disse, ainda sem entender bem do que ele estava falando.

"Todo mundo faz palavras", continuou. "Todo mundo escreve as coisas. Criança na escola faz lição nos meus cadernos. Professor põe as notas nos meus cadernos. Carta de amor vai no correio no envelope que eu vendo. Livro para contador, bloco para lista de compra, agenda para planejar semana. Tudo aqui importante para a vida, e isso me deixa feliz, motivo de orgulho para minha vida."

O homem fez seu breve discurso com tal solenidade, com um sentimento de determinação e compromisso tão grave que, confesso, fiquei comovido. Que tipo de dono de papelaria era aquele, pensei, que expunha a seus clientes a metafísica do papel, que se via desempenhando um papel essencial na infinidade de ocupações da humanidade? Havia algo cômico naquilo, acho, mas ao ouvi-lo falar nem uma vez me ocorreu dar risada.

"Bem falado", eu disse. "Concordo com você."

O elogio pareceu levantar um pouco seu ânimo. Com um pequeno sorriso e um aceno de cabeça, o homem voltou a apertar as teclas da caixa registradora. "Muito escritor aqui no Brooklyn", disse. "Bairro todo cheio de escritor. Bom para negócios, quem sabe."

"Quem sabe", eu disse. "O problema dos escritores é que a maioria não tem muito dinheiro para gastar."

"Ah", disse ele, levantando os olhos da registradora e abrindo um grande sorriso que revelou uma boca cheia de dentes tortos. "Senhor deve ser escritor."

"Não conte para ninguém", respondi, tentando manter um tom brincalhão. "Tem de ser segredo."

Não era uma frase muito engraçada, mas o homem pareceu achar hilariante, e quase morreu de rir. Sua risada tinha um ritmo estranho, *staccato* — que parecia ficar em algum ponto entre a fala e o canto —, e saía da garganta em uma série de curtos trinados mecânicos: *Ha ha ha. Ha ha ha. Ha ha ha.* "Não conto para ninguém", disse ele, assim que o ataque de riso abrandou. "Confidencial. Só entre nós dois. Meus lábios selados. *Ha ha ha.*"

Voltou ao trabalho na caixa registradora, e quando terminou de empacotar minhas coisas em uma grande sacola de compras branca, seu rosto estava sério de novo. "Se um dia escreve história no caderno português azul", disse ele, "eu fico muito contente. Meu coração enche de alegria."

Eu não sabia como responder àquilo, mas antes que pudesse pensar em alguma coisa para dizer, ele tirou um cartão de visitas do bolso da camisa e me entregou por cima do balcão. Tinha as palavras PAPER PALACE impressas em maiúsculas no alto. Em seguida, o endereço e o número de telefone, e depois, no canto inferior direito, uma última informação que dizia: *M. R. Chang, Proprietário.*

"Obrigado, Mister Chang", eu disse, ainda olhando o cartão. Depois, coloquei-o no bolso e tirei a carteira para pagar a conta.

"Mister não", disse Chang, abrindo seu grande sorriso de novo. "M.R. Fica mais importante assim. Mais americano."

Mais uma vez, não soube o que dizer. Passaram-me pela cabeça algumas ideias do que podiam significar aquelas iniciais. Mentalidade Rica. Múltiplas Releituras. Misteriosas Revelações. Alguns comentários é melhor calar, e não me dei ao trabalho de impor minhas gracinhas ao pobre homem. Depois de um breve silêncio desajeitado, ele me entregou a sacola branca com as compras e inclinou-se à guisa de agradecimento.

"Boa sorte com sua loja", eu disse.

"Palace muito pequeno", disse ele. "Não muita coisa. Mas é só dizer o que quer, eu peço para o senhor. O que o senhor quer, eu consigo."

"Certo", eu disse, "está combinado."

Virei-me para ir embora, mas Chang saiu depressa de trás do balcão e me interceptou na porta. Parecia estar com a impressão de que havíamos concluído um negócio altamente importante, e queria apertar minha mão. "Combinado", disse. "Bom para o senhor, bom para mim. Certo?"

"Certo", repeti, deixando que sacudisse minha mão. Achei absurdo fazer tanto por tão pouco, mas não me custava nada participar do jogo. Além disso, estava louco para ir embora, e quanto menos dissesse, mais depressa estaria a caminho.

"O senhor pede, eu encontra. O que for, eu encontra para o senhor. M. R. Chang entrega a mercadoria."

Sacudiu meu braço mais duas ou três vezes depois de dizer isso, e abriu a porta para mim, acenando com a cabeça e sorrindo enquanto eu passava por ele e saía para o frio dia de setembro.[1]

Estava planejando parar para tomar café da manhã em uma lanchonete próxima, mas a nota de vinte dólares que eu tinha colocado na carteira antes de sair havia se reduzido a três de um dólar e um punhado de moedas — que não davam nem para o especial de $2,99, depois que se calculava o imposto e a gorjeta. Se não fosse pela sacola de compras, podia continuar com meu passeio de qualquer forma, mas parecia não haver sentido em arrastar aquilo pelo bairro comigo, e como nesse momento as condições do tempo

1. Passaram-se vinte anos desde essa manhã e boa parte do que dissemos um para o outro se perdeu. Procurei na memória o diálogo faltante, mas não consigo encontrar senão alguns fragmentos isolados, retalhos destacados do contexto original. De uma coisa tenho certeza, porém, é de que lhe disse o meu nome. Deve ter sido logo depois de ele descobrir que eu era escritor, uma vez que escuto a voz dele me perguntando quem era eu — pela remota possibilidade de ter cruzado com alguma coisa que publiquei. "Orr" é o que digo para ele, dando o sobrenome primeiro. "Sidney Orr." O inglês de Chang não era suficiente para ele entender minha resposta. Ele ouviu o Orr como *or* [ou] e, quando sacudi a cabeça e sorri, seu rosto pareceu franzir-se numa envergonhada confusão. Eu estava a ponto de corrigir o erro e soletrar meu nome para ele, mas antes que pudesse dizer qualquer coisa, seus olhos brilharam de novo e ele começou a fazer pequenos gestos furiosos de remar, achando talvez que a palavra que eu havia dito era *oar* [remo, remar]. Mais uma vez sacudi a cabeça e sorri. Completamente derrotado, Chang emitiu um alto suspiro e disse: "Língua terrível, inglês. Complicada demais para minha cabeça". O mal-entendido persistiu até que peguei o caderno azul do balcão e escrevi meu nome em letras de imprensa na face interna da capa. Isso pareceu produzir o resultado desejado. Depois de tanto esforço, não me dei ao trabalho de contar para ele que os primeiros Orr na América tinham sido os Orlovsky. Meu avô havia abreviado o nome para que soasse mais americano — exatamente como Chang havia feito, acrescentando as decorativas e inúteis iniciais M. R. ao seu nome.

eram muito ruins (a garoa antes fininha havia se transformado em chuva constante), abri meu guarda-chuva e resolvi voltar para casa.

Era um sábado e minha mulher ainda estava na cama quando saí do apartamento. Grace tinha um emprego regular das nove às cinco, e os fins de semana eram a sua única chance de dormir um pouco mais, de se permitir o luxo de acordar sem o despertador. Não querendo incomodá-la, eu havia saído o mais silenciosamente possível, deixando um bilhete em cima da mesa da cozinha. Vi, então, que ela havia acrescentado algumas frases ao bilhete. *Sidney: espero que tenha se divertido no passeio. Vou cuidar de umas coisas. Não devo demorar. Te vejo na volta. Beijos, G.*

Fui para o meu escritório no fim do corredor e desempacotei as compras. A sala não era muito maior que um armário — espaço suficiente apenas para uma mesa, uma cadeira, uma estante minúscula com quatro prateleiras estreitas —, mas bastava para as minhas necessidades, que nunca foram mais complicadas do que sentar na cadeira e colocar palavras em pedaços de papel. Eu havia entrado na sala diversas vezes desde que saí do hospital, mas até aquela manhã de sábado — que prefiro chamar de *a manhã em questão* — não acho que tenha sentado nem uma vez na cadeira. Agora, enquanto baixava a minha triste e debilitada bunda para o duro assento de madeira, senti-me como alguém que volta para casa depois de uma longa e difícil jornada, um viajante infeliz que volta para reclamar seu lugar de direito no mundo. Era gostoso estar ali de volta, gostoso querer estar ali de volta, e, na esteira de felicidade que tomou conta de mim quando me instalei na velha escrivaninha, resolvi marcar a ocasião escrevendo alguma coisa no caderno azul.

Coloquei um cartucho de tinta novo na caneta-tinteiro, abri o caderno na primeira página, e olhei a linha de cima. Não fazia ideia de como começar. O propósito do exercício não era tanto escrever nada específico, como, sim, provar para mim mesmo que ainda tinha a capacidade de escrever — o que queria dizer que não importava o que eu escrevesse, contanto que escrevesse alguma coisa. Qualquer coisa servia, qualquer frase seria tão válida quanto qualquer outra, mas não queria estrear aquele caderno com uma coisa boba, então demorei olhando os quadradinhos da página, as fileiras de pálidas linhas azuis que se cruzavam na brancura e se transformavam em um campo de minúsculos boxes idênticos, e ao deixar meus pensamentos vagarem para dentro e para fora daquelas caixas traçadas de leve, me vi lembrando uma conversa que havia tido com meu amigo John Trause umas semanas antes. Nós dois raramente conversávamos sobre livros quando estávamos juntos, mas naquele dia John mencionou que estava relendo alguns dos romancistas que admirava quando jovem — curioso para descobrir se a obra deles se mantinha ou não, curioso de descobrir se os juízos que havia feito aos vinte anos ainda eram os mesmos que faria hoje, mais de trinta anos estrada abaixo. Repassou dez escritores, vinte escritores, tocando em todo mundo desde Faulkner e Fitzgerald até Dostoiévski e Flaubert, mas o comentário que atingiu com maior vitalidade a minha cabeça — e que me voltou então, ali sentado à minha mesa com o caderno azul aberto na minha frente — foi uma pequena digressão que ele fez em relação a uma passagem de um dos livros de Dashiell Hammett. "Tem um romance aí em algum lugar", disse John. "Estou velho demais para pensar nisso, mas um garotão como você podia voar bem alto com isso, transformar em alguma coisa boa. É um ponto de partida fantástico. Só precisa de uma história para acompanhar."[2]

---

2. John tinha cinquenta e seis anos. Não jovem, talvez, mas não velho o suficiente para se considerar velho, principalmente porque estava envelhecendo bem e ainda parecia um homem dos seus quarenta e tantos anos, quase cinquenta. Nessa época, fazia três anos que o conhecia e nossa amizade era resultado direto de meu casamento com Grace. O pai dela estivera em Princeton com John nos anos imediatamente posteriores à Segunda Guerra Mundial, e embora os dois

Ele se referia ao episódio de Flitcraft no sétimo capítulo de *O falcão maltês*, a curiosa parábola que Sam Spade conta para Brigid O'Shaughnessy, sobre o homem que abandona a própria vida e desaparece. Flitcraft é um sujeito completamente comum — marido, pai, empresário bem-sucedido, uma pessoa sem nada do que reclamar. Uma tarde, quando está indo almoçar, uma viga despenca do décimo andar de um edifício em construção e quase aterrissa em sua cabeça. Cinco centímetros mais e Flitcraft teria sido esmagado, mas a viga não o atinge e, a não ser por uma pequena lasca de calçada que salta e o atinge no rosto, ele segue adiante são e salvo. Mesmo assim, o fato de escapar por um triz o abala, e ele não consegue tirar o incidente da cabeça. Como diz Hammett: "Ele sentiu que alguém levantou a tampa da vida e deixou que visse como funcionava". Flitcraft entende que o mundo não é o lugar sadio e organizado que imaginava, que entendeu tudo errado desde o começo e que nunca percebeu nada de nada.

O mundo é guiado pelo acaso. A contingência nos persegue todos os dias de nossas vidas, e essas vidas podem ser tiradas de nós

---

trabalhassem em campos diferentes (o pai de Grace era juiz da Corte Distrital Federal em Charlottesville, Virginia), continuaram próximos desde então. Conheci-o, portanto, como amigo da família, não como o famoso romancista que eu lia desde o curso secundário — e a quem ainda considerava um dos melhores escritores que tínhamos.

Ele havia publicado seis obras de ficção entre 1952 e 1975, mas nada mais durante sete anos. John nunca foi rápido, porém, e só porque o intervalo entre livros era um tanto mais longo que o usual, não queria dizer que não estava trabalhando. Passei várias tardes com ele depois que saí do hospital, e no meio das nossas conversas sobre a minha saúde (com a qual estava profundamente preocupado, incansável em sua solicitude), sobre seu filho de vinte anos, Jacob (que ultimamente lhe causava muita angústia), e as batalhas dos atrapalhados Mets (uma obsessão mútua permanente), ele polvilhava muitas dicas de suas atividades atuais, sugerindo que estava completamente envolvido com alguma coisa, dedicando a maior parte de seu tempo a um projeto em andamento — talvez mesmo chegando ao fim.

a qualquer momento — sem nenhuma razão. Quando Flitcraft termina seu almoço, conclui que não tem escolha senão submeter-se a esse poder destruidor, e pôr abaixo sua vida por meio de algum ato sem sentido, inteiramente arbitrário de autonegação. Vai combater fogo com fogo, por assim dizer, e sem se dar ao trabalho de voltar para casa, nem se despedir da família, sem se dar ao trabalho nem de tirar dinheiro do banco, levanta-se da mesa, vai para outra cidade e começa a vida toda de novo.

Nas duas semanas depois de John e eu termos discutido essa passagem, não me passou pela cabeça nem uma vez que eu pudesse sentir vontade de aceitar o desafio e dar corpo àquela história. Concordei que era um bom ponto de partida — bom porque todos nós já imaginamos largar nossa vida, bom porque em um ou outro momento todos nós já quisemos ser outra pessoa —, mas isso não queria dizer que tivesse qualquer interesse em dar continuidade àquilo. Nessa manhã, porém, quando me sentei à minha mesa pela primeira vez em quase nove meses, olhando o caderno recém-comprado e batalhando para encontrar uma frase de abertura que não me envergonhasse nem roubasse a minha coragem, resolvi fazer uma tentativa com o episódio do velho Flitcraft. Não era mais que uma desculpa, uma busca de uma possível entrada. Se conseguisse rabiscar algumas ideias razoavelmente interessantes, talvez pudesse chamar aquilo de um começo, mesmo que parasse depois de vinte minutos e nunca mais fizesse qualquer coisa com aquilo. Então tirei a tampa da caneta, apertei a ponta contra a linha de cima da primeira página do caderno azul, e comecei a escrever.

As palavras vieram depressa, tranquilas, parecendo não exigir esforço. Achei aquilo surpreendente, pois enquanto eu mantivesse a mão em movimento da esquerda para a direita, a próxima palavra parecia estar sempre ali, esperando para sair da caneta. Vi o meu Flitcraft como um homem chamado Nick Bowen. Tem por volta de trinta e cinco anos, trabalha como editor de uma grande editora de Nova York, e é casado com uma mulher chamada Eva. Seguindo o exemplo do protótipo de Hammett, ele é necessariamente bom em seu trabalho, admirado pelos colegas, financeiramente estabelecido, feliz no casamento, e assim por diante. Ou assim pareceria para um observador casual, porém, quando tem início a minha versão da história, os problemas já estão se agitando dentro de Bowen faz algum tempo. Ele está entediado com o trabalho (embora não esteja disposto a admitir isso), e depois de cinco anos de relativa estabilidade e satisfação com Eva, o casamento deu uma parada (outro fato que ele não teve a coragem de enfrentar). Em vez de ficar parado em sua nascente insatisfação, Nick passa o tempo livre em uma oficina mecânica da rua Desbrosses, em Tribeca, ocupado com o velho projeto de reconstruir o motor de um Jaguar quebrado que comprou no terceiro ano de seu casamento. É um importante editor jovem de uma prestigiosa editora de Nova York, mas a verdade é que prefere trabalhar com as mãos.

Ao se abrir o conto, o manuscrito de um romance chegou à mesa de Bowen. Uma obra curta, com o sugestivo título de *Noite do oráculo*, pretensamente escrita por Sylvia Maxwell, uma romancista popular dos anos 20 e 30 que morreu quase duas décadas antes. Segundo o agente que enviou o trabalho, esse livro perdido foi composto em 1927, o ano em que Maxwell fugiu para a França com um inglês chamado Jeremy Scott, artista plástico menor dessa época que mais tarde trabalhou como cenógrafo em filmes britânicos e americanos. O caso durou dezoito meses, e, quando terminou, Sylvia Maxwell voltou a Nova York, deixando o romance com Scott. Ele o conservou pelo resto da vida, mas quando morreu aos oitenta e sete anos, poucos meses antes do começo de minha história, foi encontrada em seu testamento uma cláusula que legava o manuscrito à neta de Maxwell, uma jovem americana chamada Rosa Leightman. Era através dela que o livro chegara ao agente — com instruções explícitas de que fosse enviado para Nick Bowen em primeiro lugar, antes que qualquer outra pessoa tivesse a oportunidade de lê-lo.

O pacote chega ao escritório de Nick numa sexta-feira à tarde, poucos minutos depois de ele sair para o fim de semana. Quando volta na segunda-feira de manhã, o livro está em cima de sua mesa. Nick é admirador dos outros romances de Sylvia Maxwell e, portanto, está ansioso para começar aquele. Um momento depois de virar a primeira página, porém, o telefone toca. Seu assistente informa que Rosa Leightman está na recepção, pedindo para falar brevemente com ele. Mande entrar, diz Nick, e antes que possa terminar de ler a primeira frase do livro (*A guerra estava quase no fim, mas não sabíamos disso. Éramos pequenos demais para saber de qualquer coisa, e como a guerra estava em toda parte, nós não...*), a neta de Sylvia Maxwell entra em seu escritório. Usa roupas simples, quase nenhuma maquiagem, o cabelo com um corte curto fora da moda, mas mesmo assim seu rosto é tão encantador, Nick acha, tão dolorosamente jovem e exposto, tão nitidamente (ele pensa de repente) um emblema de esperança e desenvolta energia humana, que ele momentaneamente para de respirar. Foi exatamente o que aconteceu comigo quando vi Grace pela primeira vez — um golpe no cérebro que me deixou paralisado, incapaz de puxar a próxima respiração —, portanto não me foi difícil transpor esses sentimentos para Nick Bowen e imaginá-los no contexto dessa outra história. Para simplificar ainda mais as coisas, resolvi dar o corpo de Grace a Rosa Leightman — até os menores traços, os mais idiossincráticos, inclusive uma cicatriz de infância no joelho, o canino esquerdo ligeiramente torto, e a pinta no lado direito do queixo.[3]

---

3. Conheci Grace no escritório de um editor também, o que talvez possa explicar por que dei a Bowen o emprego que dei. Era janeiro de 1979, não muito depois de eu ter terminado meu segundo romance. Meu primeiro romance e um livro

Quanto a Bowen, porém, fiz dele, expressamente, alguém que não era eu, o oposto de mim. Sou alto, então o fiz baixo. Tenho cabelo avermelhado, então lhe dei cabelo castanho-escuro. Uso sapatos quarenta e três, então lhe dei tamanho trinta e nove. Não o modelei segundo ninguém que eu conhecesse (não conscientemente, pelo menos), mas assim que terminei de formá-lo em minha cabeça, ele ficou incrivelmente vivo para mim — quase

---

de contos anterior haviam sido publicados por uma pequena editora em San Francisco, mas então eu havia me mudado para uma casa maior e mais comercial em Nova York, Holst & McDermott. Umas duas semanas depois de eu ter assinado o contrato, entrei na sala para ver minha editora e em algum ponto de nossa conversa começamos a discutir ideias para a capa do livro. Foi então que Betty Stolowitz pegou o telefone de sua mesa e me disse: "Por que não chamamos Grace aqui e vemos o que ela acha?". Grace trabalhava no departamento de arte da Holst & McDermott e tinha recebido a tarefa de desenhar a sobrecapa de *Autorretrato com irmão imaginário* — que era como se chamava o meu livrinho de caprichos, divagações e tristezas de pesadelo.

Betty e eu continuamos conversando mais uns três ou quatro minutos, e então Grace Tebbetts entrou na sala. Ficou ali durante uns quinze minutos e, quando saiu e voltou para sua sala, eu estava apaixonado por ela. Foi assim abrupto, conclusivo, inesperado. Tinha lido sobre essas coisas em romances, mas sempre achei que os autores exageravam o poder de um primeiro olhar — aquele momento incessantemente narrado em que um homem olha dentro dos olhos de sua amada pela primeira vez. Para um pessimista nato como eu, era uma experiência absolutamente chocante. Senti que estava sendo jogado de volta ao mundo dos trovadores, revivendo alguma passagem do capítulo inicial de *Vita Nuova* (*... quando a gloriosa Senhora dos meus pensamentos tornou-se manifesta aos meus olhos*), habitando aqueles velhos tropos de mil sonetos de amor esquecidos. *Queimava. Ansiava. Definhava. Emudeci.* E tudo isso me aconteceu no mais sem graça dos lugares, debaixo do brilho fluorescente de uma sala de escritório do final do século xx — o último lugar da terra onde se pensaria tropeçar na paixão da vida de alguém.

Não há como explicar um acontecimento desses, não há razão objetiva para explicar por que nos apaixonamos por uma pessoa e não por outra. Grace era uma mulher bonita, mas mesmo naqueles primeiros segundos tumultuosos de nosso primeiro encontro, quando apertei sua mão e observei enquanto se acomodava em uma cadeira junta à mesa de Betty, pude ver que não era excessivamente bonita, não como uma daquelas deusas estrelas do cinema que deixam a pessoa

como se eu pudesse vê-lo, quase como se tivesse entrado na sala e estivesse parado ao meu lado, olhando para a mesa com a mão no meu ombro, lendo as palavras que eu havia escrito... assistindo enquanto eu o trazia à vida com minha caneta.

Por fim, Nick faz um gesto para Rosa sentar, e ela se acomoda em uma cadeira na frente de sua mesa. Segue-se uma longa hesitação. Nick começou a respirar de novo, mas não consegue pen-

---

tonta com sua perfeição. Não há dúvida de que era atraente, marcante, agradável de se olhar (seja qual for a definição desses termos), mas mesmo sendo feroz minha atração, eu sabia que era mais do que apenas atração física, que o sonho que eu estava começando a sonhar era mais que uma onda momentânea de desejo animal. Grace me pareceu inteligente, mas à medida que a reunião foi rolando e a ouvi falar de suas ideias para a capa, compreendi que não era uma pessoa tremendamente articulada (hesitava muitas vezes entre ideias, limitava seu vocabulário a palavras pequenas, funcionais, parecia não ter nenhum dom de abstração), e nada do que disse aquela tarde foi particularmente brilhante ou memorável. Além de fazer algumas observações simpáticas sobre meu livro, não deu nenhum sinal que sugerisse estar mesmo que remotamente interessada em mim. E, no entanto, ali estava eu em um estado de máximo tormento — *queimando* e *ansiando* e *definhando*, um homem colhido nas malhas do amor.

Ela media um metro e setenta e pesava sessenta e dois quilos. Pescoço esguio, braços longos e dedos longos, pele clara e cabelo curto, louro opaco. Aquele cabelo, percebi depois, tinha alguma semelhança com o cabelo dos desenhos do herói de *O pequeno príncipe* — tufos espetados lisos e cacheados — e talvez a associação enfatizasse a aura um tanto andrógina que Grace projetava. As roupas masculinas que estava usando aquela tarde devem ter desempenhado seu papel em criar a imagem também: jeans preto, camiseta branca e uma jaqueta de algodão azul-clara. Uns cinco minutos depois de começada a reunião, tirou a jaqueta e arrumou nas costas da cadeira. Vi então os seus braços, aqueles braços dela, longos, lisos, infinitamente femininos, e entendi que não haveria descanso para mim enquanto não conseguisse tocá-los, enquanto não tivesse o direito de pôr as mãos em seu corpo e deslizá-las por sua pele nua.

Mas eu queria ir mais fundo que o corpo de Grace, mais fundo que os fatos incidentais de sua pessoa física. Corpos contam, claro — contam mais do que estamos dispostos a admitir —, mas não nos apaixonamos por corpos, nos apaixonamos um pelo outro, e mesmo que muita coisa se limite a carne e ossos, há também coisas que não. Todos sabemos disso, mas no minuto em que vamos além

23

sar em nada para dizer. Rosa quebra o gelo perguntando se teve tempo de terminar o livro no fim de semana. Não, ele responde, chegou tarde demais. Só recebi hoje de manhã.

Rosa parece aliviada. Isso é bom, diz. Andaram dizendo que o romance é uma fraude, que não foi escrito por minha avó. Eu não tinha como ter certeza, então contratei um perito em caligrafia

---

de um catálogo de características e aparências superficiais, as palavras começam a nos faltar, a se desmanchar em confusões místicas, em nebulosas e irreais metáforas. Alguns dizem que é *a chama do ser*. Outros, a *faísca interna* ou *a luz interior do eu*. Outros ainda se referem a isso como *o fogo da singularidade*. Os termos são sempre oriundos de imagens de calor e luz, e aquela força, aquela essência da vida a que às vezes nos referimos como *alma* sempre se comunica a outra pessoa pelos olhos. Sem dúvida os poetas estavam certos em insistir nesse ponto. O mistério do desejo começa quando se olha nos olhos da amada, porque só aí é que se pode captar um lampejo do que é aquela pessoa.

Os olhos de Grace eram azuis. Um azul manchado de traços de cinza, talvez um pouco de castanho, talvez um pouco de avelã também, para contrastar. Eram olhos complexos, olhos que mudavam de cor segundo a intensidade e o tom da luz que batia neles em determinado momento, e a primeira vez que a vi aquele dia na sala de Betty, me ocorreu que eu nunca havia encontrado uma mulher que irradiasse tanta compostura, tanta tranquilidade de porte, como se Grace, que ainda não tinha vinte e sete anos na época, já tivesse passado para algum estado de ser superior ao resto de nós. Não pretendo insinuar que havia nela algo contido, que pairava acima das circunstâncias com um beatífico olhar de condescendência ou indiferença. Ao contrário, ela esteve bem animada durante toda a reunião, riu com prontidão, sorriu, disse todas as coisas adequadas e fez todos os gestos adequados, mas por baixo do compromisso profissional com as ideias que Betty e eu estávamos lhe propondo, senti uma surpreendente ausência de conflito interno, um equilíbrio mental que parecia isolá-la dos conflitos e agressões da vida moderna: insegurança, inveja, sarcasmo, a necessidade de julgar ou diminuir os outros, a insuportável e escaldante dor da ambição pessoal. Grace era jovem, mas tinha uma alma velha e calejada, e sentado junto dela naquele primeiro dia no escritório da Holst & McDermott, olhando em seus olhos e estudando os contornos de seu corpo magro e anguloso, foi por isso que me apaixonei: pela sensação de calma que a envolvia, o silêncio radiante que queimava ali dentro.

para examinar o manuscrito original. O parecer dele chegou no sábado, e ele disse que é genuíno. É só para você saber. *Noite do oráculo* foi escrito por Sylvia Maxwell.

Parece que você gostou do livro, diz Nick, e Rosa diz que sim, que ficou muito comovida. Se foi escrito em 1927, ele continua, então foi depois de A *casa incendiada* e *Redenção*, mas antes de *Paisagem com árvores* — o que faria dele o terceiro romance. Ela ainda tinha menos de trinta anos, não é?

Vinte e oito, diz Rosa. A mesma idade que eu tenho agora.

A conversa continua durante mais quinze ou vinte minutos. Nick tem milhares de coisas para fazer nessa manhã, mas não consegue pedir que ela vá embora. A garota tem algo tão direto, tão lúcido, tão desprovido de engano que ele quer continuar olhando um pouco para ela e absorver plenamente o impacto de sua presença — que é bonita, conclui ele, exatamente porque não sabe disso, por sua total indiferença pelo efeito que tem sobre os outros. Não é dito nada de importante. Ele fica sabendo que Rosa é filha do filho mais velho de Sylvia Maxwell (fruto do segundo casamento de Maxwell, com o diretor de teatro Stuart Leightman) e que ela nasceu e cresceu em Chicago. Quando Nick pergunta por que fazia tanta questão de que o livro fosse mandado para ele primeiro, ela responde que não entende nada do movimento editorial, mas que Alice Lazarre é a romancista viva de sua preferência, e quando descobriu que Nick era seu editor, concluiu que era o homem para o livro de sua avó. Nick sorri. Alice vai ficar contente, diz ele, e minutos depois, quando Rosa finalmente se levanta para sair, puxa alguns livros de uma estante da sala e dá para ela uma pilha de primeiras edições de Alice Lazarre. Espero que não fique decepcionado com *Noite do oráculo*, diz Rosa. Por que ficaria?, Nick pergunta. Sylvia Maxwell era uma romancista de primeira. Bom, diz Rosa, esse livro é diferente dos outros. De que jeito?, Nick pergunta. Não sei, diz Rosa, de muitos jeitos. Vai descobrir sozinho, quando ler.

Havia ainda outras decisões a tomar, claro, uma porção de detalhes significativos que ainda tinham de ser invocados e trabalhados na cena — para dar corpo e autenticidade, dar lastro narrativo. Há quanto tempo Rosa está morando em Nova York?, por exemplo. O que ela faz lá? Será que tem um emprego, e, se tem, o emprego é importante para ela ou é simplesmente um meio de gerar dinheiro suficiente para cobrir o aluguel? E qual é a situação de sua vida amorosa? É solteira ou casada, comprometida ou livre, à procura de alguém ou esperando pacientemente que alguém apareça? Meu primeiro impulso era fazer dela uma fotógrafa, ou talvez uma assistente de montagem de cinema — trabalho ligado a imagens, não a palavras, exatamente como o de Grace. Definitivamente não casada, definitivamente nunca casada, mas talvez envolvida com alguém, ou, melhor ainda, talvez saindo de um recente rompimento depois de um caso longo, torturado. Não queria me deter em nenhuma dessas questões por enquanto, nem em questões semelhantes relativas à vida de Nick — profissão, ambiente familiar, gosto musical, livros etc. Não estava escrevendo o conto ainda, apenas esboçava a ação em pinceladas largas, e não podia me permitir atolar nas minúcias de preocupações secundárias. Isso teria me forçado a parar e pensar, e no momento eu só estava interessado em continuar inventando, em ver aonde as imagens de minha cabeça iam me levar. Não era hora de controle; não era hora nem de fazer escolhas. Meu trabalho aquela manhã era simplesmente acompanhar o que estava acontecendo dentro de mim, e para isso eu tinha de manter a caneta em movimento o mais depressa que pudesse.

Nick não é malandro, nem sedutor de mulheres. Não criou o hábito de enganar a mulher no curso de seu casamento, e não tem consciência de ter nenhuma intenção quanto à neta de Sylvia

Maxwell agora. Mas não há dúvida de que se sente atraído por ela, de que se encantou com o brilho e a simplicidade de suas maneiras, e no momento em que ela se levanta e sai da sala, passa-lhe pela cabeça — um pensamento involuntário, o trovejar figurativo da luxúria — que provavelmente faria qualquer coisa para ir para a cama com essa mulher, a ponto mesmo de sacrificar seu casamento. Homens produzem pensamentos assim vinte vezes por dia, e só por experimentar uma fagulha momentânea de excitação não quer dizer que uma pessoa tenha qualquer intenção de agir por impulso, mas mesmo assim, no momento em que expressa esse pensamento em sua cabeça, sente nojo de si mesmo, picado por uma sensação de culpa. Para aplacar a consciência, telefona para a mulher no trabalho dela (uma empresa de advogados, casa de corretagem, hospital — a ser determinado depois) e avisa que vai fazer reservas no restaurante favorito deles na cidade e levá-la para jantar nessa noite.

Encontram-se lá às oito horas. Tudo corre de forma muito agradável durante os drinques e a entrada, mas aí começam a discutir alguma questão doméstica menor (uma cadeira quebrada, a chegada iminente de um dos primos de Eva a Nova York, uma coisa sem importância), e logo caem numa discussão. Não veemente, talvez, mas entra em suas vozes irritação suficiente para destruir o clima. Nick pede desculpas e Eva aceita; Eva pede desculpas e Nick aceita; mas a conversa esfriou, e não há como captar de volta a harmonia de minutos antes. Quando o prato principal chega à mesa, estão os dois sentados lá em silêncio. O restaurante está lotado, rumorejando de animação, e quando Nick dá uma olhada distraída pelo salão, vê Rosa Leightman sentada a uma mesa de canto com mais cinco ou seis pessoas. Eva nota que ele está olhando naquela direção e pergunta se viu alguém conhecido. Aquela moça, Nick responde. Esteve no meu escritório hoje de manhã. Continua contando a ela alguma coisa sobre Rosa, menciona o romance escrito por sua avó, Sylvia Maxwell, e tenta mudar de assunto, mas Eva virou a cabeça e está olhando para a mesa de Rosa do outro lado da sala. Ela é muito bonita, diz Nick, não acha? Nada má, Eva responde. Mas o cabelo é estranho, Nicky, e as roupas são terríveis. Não tem importância, diz Nick. Ela está viva — mais viva do que todo mundo que encontrei nos últimos meses. É o tipo de mulher capaz de virar um homem pelo avesso.

É uma coisa horrível de um homem dizer para sua mulher, principalmente uma mulher que sente que o marido está começando a se distanciar dela. Bem, diz Eva, defensiva, pena que você está comigo. Quer que eu vá lá falar com ela e convide para sentar conosco? Nunca vi um homem virado pelo avesso. Talvez possa aprender alguma coisa.

Percebendo a impensada crueldade do que acabou de dizer, Nick tenta desfazer o estrago. Não estava falando de mim, replica. Falava de um homem — qualquer homem. Homem, em teoria.

Depois do jantar, Nick e Eva voltam para seu apartamento no West Village. É um dúplex bem-arrumado e equipado na rua Barrow — na verdade, o apartamento de John Trause de que me apropriei para o meu conto flitcraftiano, como uma reverência silenciosa ao homem que me sugeriu a ideia. Nick tem de escrever uma carta, de pagar algumas contas, e enquanto Eva se prepara para dormir, ele se senta na mesa da sala de jantar para cuidar dessas pequenas tarefas. Leva quarenta e cinco minutos, mas mesmo sendo já tarde, ele se sente inquieto, ainda não pronto para dormir. Enfia a cabeça no quarto, vê que Eva ainda está acordada, e diz que está saindo para colocar as cartas no correio. Só até a caixa de correio da esquina, diz ele. Volto em cinco minutos.

É quando acontece a coisa. Bowen pega sua pasta (que ainda contém o manuscrito de *Noite do oráculo*), joga dentro as cartas, e sai para sua tarefa. É começo da primavera, e um vento frio está soprando pela cidade, sacudindo as placas da rua e agitando pedaços de papel e detritos. Ainda com a cabeça no perturbador encontro com Rosa essa manhã, ainda tentando entender o duplamente perturbador incidente de encontrá-la de novo nessa mesma noite, Nick vai até a esquina envolto em névoa, mal prestando atenção onde está. Tira as cartas da pasta e coloca na caixa de correio. Alguma coisa dentro dele se rompeu, diz a si mesmo, e pela primeira vez desde que começou a ter problemas com Eva está disposto a admitir a verdade da situação: que seu casamento fracassou, que sua vida chegou a um beco sem saída. Em vez de virar e ir direto para casa, resolve continuar andando mais alguns minutos. Continua descendo a rua, vira na esquina, anda mais uma rua, e vira na esquina seguinte. Onze andares acima dele, a cabeça de uma pequena gárgula de calcário presa à fachada de um prédio de apartamentos está lentamente se soltando do resto do corpo enquanto o vento continua a atacar a rua. Nick dá mais um passo, e mais um, e no momento em que a cabeça da gárgula finalmente se desloca, ele marcha diretamente para o trajeto do objeto que cai. Assim, de maneira ligeiramente modificada, começa a saga de Flitcraft. Arremetendo-se a centímetros da cabeça de Nick, a gárgula raspa seu braço direito, arranca a pasta de sua mão e se estilhaça em mil pedaços na calçada.

O impacto joga Nick no chão. Ele está tonto, desorientado, com medo. Primeiro, não faz ideia do que lhe aconteceu. Um segundo de alarme quando a pedra tocou sua manga, um instante de choque quando a pasta voou de sua mão, e aí o barulho da cabeça da gárgula explodindo contra a calçada. Passam-se alguns momentos antes que consiga reconstruir a sequência de eventos e, quando o faz, levanta-se da calçada entendendo que podia ter morrido. A pedra era para matá-lo. Saiu de seu apartamento essa noite por nenhuma outra razão senão topar com aquela pedra e, se conseguiu escapar com vida, isso só pode significar que uma nova vida lhe foi dada — que sua velha vida está terminada, que cada momento de seu passado agora pertence a outra pessoa.

Um táxi vira a esquina e vem em sua direção. Nick levanta a mão. O táxi para, Nick sobe. Para onde?, pergunta o motorista. Nick não faz ideia, então diz a primeira palavra que lhe vem à cabeça. Aeroporto, diz. Qual?, pergunta o motorista. Kennedy, La Guardia ou Newark? La Guardia, disse Nick, e lá vão eles para La Guardia. Quando chegam lá, Nick vai até o balcão de passagens e pergunta qual o primeiro voo. Voo para onde?, pergunta o vendedor de passagens. Para qualquer lugar, diz Nick. O vendedor consulta o horário. Kansas City, diz. Há um voo agora, o embarque começa dentro de dez minutos. Bom, diz Nick, entregando o cartão de crédito ao vendedor, me dê uma passagem. Só ida ou ida e volta?, pergunta o vendedor. Só ida, diz Nick, e meia hora depois está sentado no avião, voando na noite para Kansas City.

Foi aí que eu o deixei naquela manhã — suspenso no ar, voando loucamente para um futuro incerto, implausível. Não tinha certeza de quanto tempo fazia que estava ali, mas dava para sentir que estava começando a ficar sem energia, então pousei minha caneta e me levantei da cadeira. No fim das contas, tinha enchido oito páginas do caderno azul. Isso indicava pelo menos duas ou três horas de trabalho, mas o tempo passara tão depressa, que eu achava que eram apenas alguns minutos. Quando saí da sala, atravessei o corredor e entrei na cozinha. Inesperadamente, Grace estava ao fogão, preparando um bule de chá.

"Não sabia que estava em casa", disse ela.

"Voltei faz um tempinho", expliquei. "Estava sentado na minha sala."

Grace me olhou, surpresa. "Não me ouviu bater?"

"Não, desculpe. Devia estar muito envolvido no que estava fazendo."

"Como você não respondeu, abri a porta e dei uma olhada para dentro. Mas você não estava lá."

"Claro que estava. Estava sentado na mesa."

"Bom, eu não vi você. Vai ver que estava em algum outro lugar. No banheiro talvez."

"Não me lembro de ter ido ao banheiro. Que eu saiba, fiquei sentado na minha mesa o tempo inteiro."

Grace deu de ombros. "Está bom, Sidney", respondeu. Evidentemente, ela não estava a fim de embarcar numa briga. Mulher inteligente que era, me deu um dos seus gloriosos, enigmáticos sorrisos e virou para o fogão para terminar de fazer o chá.

A chuva parou em algum momento no meio da tarde, e algumas horas depois um velho Ford azul de um serviço de carros municipal atravessou a Brooklyn Bridge para o nosso jantar quinzenal com John Trause. Desde minha volta do hospital, nós três tínhamos feito questão de nos encontrar um sábado sim outro não, alternando jantares em nosso apartamento do Brooklyn (onde cozinhávamos para John) com elaboradas aventuras culinárias no Chez Pierre, um restaurante novo e caro no West Village (onde John sempre insistia em pagar a conta). O programa original dessa noite era nos encontrarmos no bar do Chez Pierre às sete e meia, mas John telefonou no meio da semana para dizer que estava com alguma coisa errada na perna e que tínhamos de cancelar. Acabou sendo um ataque de flebite (uma inflamação da veia, provocada pela presença de um coágulo sanguíneo), mas depois John telefonou na sexta-feira à tarde para dizer que estava se sentindo um pouco melhor. Não devia andar, disse ele, mas se não nos importássemos de ir para seu apartamento e pedir comida chinesa, talvez pudéssemos fazer o nosso jantar afinal. "Vou detestar ficar sem ver você e Gracie", disse ele. "Como tenho mesmo de comer alguma coisa, por que não fazemos isso aqui, todos juntos? Contanto que eu fique com a perna para cima, não incomoda mais tanto assim."[4]

Eu havia roubado o apartamento de John para o meu conto no caderno azul e, quando chegamos à rua Barrow e ele abriu a porta para entrarmos, tive a estranha, mas não inteiramente desagradável sensação de estar entrando em um espaço imaginário, andando numa sala que não estava lá. Tinha visitado o apartamento de Trause inúmeras vezes antes, mas agora que havia passado várias horas pensando nele como meu próprio apartamento

---

4. John era a única pessoa no mundo que ainda a chamava de *Gracie*. Nem seus pais faziam mais isso, e eu próprio, que estava envolvido com ela havia mais de três anos, nunca tinha me dirigido a ela com esse diminutivo. Mas John a conhecia de vida inteira — literalmente desde o dia em que ela nasceu — e ao longo do tempo havia acumulado alguns privilégios especiais que o elevavam do nível de amigo de família ao de parente consanguíneo não oficial. Era como se tivesse adquirido o status de tio favorito — ou, se quiserem, de padrinho-sem-documento.

John adorava Grace, Grace o adorava também e, como eu era o homem da vida de Grace, John havia me recebido no círculo íntimo de suas afeições. Durante o período de meu colapso, ele sacrificou muito de seu tempo e energia ajudando Grace a atravessar a crise e, quando finalmente me recuperei de minha esfrega com a morte, ele começou a aparecer no hospital todas as tardes para sentar na minha cama e me fazer companhia — para me manter (como entendi depois) na terra dos vivos. Quando Grace e eu fomos visitá-lo para jantar naquela noite (18 de setembro de 1982), duvido que qualquer um em Nova York fosse mais próximo de John do que nós dois. Nem ninguém era tão próximo de nós quanto John. Isso explicaria por que ele considerava nossas noites de sábado tão importantes e não quis desmarcar o compromisso, apesar do problema na perna. Morava sozinho e, como raramente circulava em público, estar conosco passou a ser sua principal forma de entretenimento social, sua única oportunidade real de se permitir algumas horas de conversa ininterrupta.

no Brooklyn, povoando-o com os personagens inventados do meu conto, parecia pertencer tanto ao mundo da ficção quanto ao mundo de objetos sólidos e seres humanos de carne e osso. Inesperadamente, essa sensação não ia embora. Ao contrário, foi ficando mais forte com o passar da noite e, na hora em que chegou a comida chinesa, às oito e meia, eu já estava começando a me instalar no que teria de chamar (por falta de termo melhor) de um estado de dupla consciência. Eu fazia parte daquilo que estava acontecendo à minha volta, e ao mesmo tempo estava separado daquilo, flutuando livremente dentro da minha cabeça, me imaginando sentado em minha mesa no Brooklyn, escrevendo sobre este lugar no caderno azul, e sentado em uma cadeira no andar superior de um dúplex em Manhattan, firmemente ancorado em meu corpo, ouvindo o que John e Grace diziam um para o outro e até acrescentando algumas observações minhas. Não é raro uma pessoa estar tão preocupada que parece ausente — mas a questão é que eu não estava ausente. Eu estava lá, plenamente participante do que estava acontecendo, e ao mesmo tempo não estava lá — porque não havia mais um autêntico lá. Era um lugar ilusório que existia na minha cabeça, e era também onde eu estava. Em ambos os lugares ao mesmo tempo. No apartamento e na história. Na história no apartamento que eu ainda estava escrevendo na minha cabeça...

John parecia estar sentindo muito mais dor do que estava disposto a admitir. Apoiava-se em uma muleta ao abrir a porta e, quando o vi subir mancando a escada e depois se deixar cair de volta em seu lugar no sofá — uma coisa mole coberta com uma pilha de almofadas e cobertores para apoiar sua perna —, dava para notar que estava todo encolhido, sofrendo com cada passo que dava. Mas John não estava a fim de fazer grande coisa daquilo. Tinha lutado no Pacífico como recruta aos dezoito anos de idade no fim da Segunda Guerra Mundial, e pertencia àquela geração de homens que consideravam ponto de honra nunca sentir pena de si mesmos, que se recolhiam, com desdém, sempre que alguém tentava cuidar deles. Além de algumas piadas sobre Richard Nixon que, nos dias de sua administração, dera certa conotação cômica à palavra *flebite*, John se recusou teimosamente a falar sobre sua doença. Não, não é bem verdade. Depois que entramos na sala de cima, ele deixou que Grace o ajudasse a se acomodar no sofá e a recolocar as almofadas e cobertores, desculpando-se pelo que chamou de sua "idiota decrepitude". Então, uma vez instalado em seu lugar, virou-se para mim e disse: "Nós dois somos uma dupla e tanto, hein, Sid? Você com seus desmaios e sangramentos pelo nariz, e agora eu com esta perna. Somos os malditos mancos do universo".

Trause nunca foi de dar muita atenção à aparência, mas nessa noite me pareceu especialmente desmazelado e, a julgar pelo estado amarrotado da calça jeans e do suéter de algodão — para não falar do tom acinzentado que se espalhara nas solas das meias brancas —, concluí que devia estar usando aquela roupa fazia vários dias. Não era de surpreender que seu cabelo estivesse embaraçado, e os fiapos pretos estivessem amassados e duros depois de passar tantas horas deitado no sofá na última semana. A verdade é que John parecia acabado, consideravelmente mais velho do que me parecera antes, mas quando um homem está sentindo dor, e sem dúvida perdendo muito sono por causa da dor, não se pode esperar que tenha boa aparência. Não fiquei alarmado com o que vi, mas Grace, que normalmente era a pessoa mais tranquila que eu conhecia, parecia agitada e incomodada com o estado de John. Até chegar a hora de pedir a comida, ela o interrogou durante dez longos minutos sobre médicos, remédios e prognósticos, e então, quando ele garantiu que não ia morrer, ela mudou para uma lista de preocupações práticas: comprar comida, cozinhar, remover o lixo, lavar a roupa, rotina diária. Madame Dumas tem tudo sob controle, disse John, referindo-se à mulher da Martinica que limpava seu apartamento fazia dois anos, e quando ela não estava disponível vinha a filha em seu lugar. "Vinte anos de idade", acrescentou ele, "e muito inteligente. Por sinal, bonita de se olhar também. Ela nem anda, ela desliza pela sala, como se não tocasse o solo com os pés. E me dá uma chance de praticar meu francês."

Deixando de lado a questão da perna, John parecia contente de estar conosco, e falou mais do que costumava falar nessas ocasiões, matraqueando sem parar a maior parte da noite. Não posso ter certeza, mas acredito que a dor é que liberava sua língua e o mantinha ativo. As palavras deviam servir de distração para o tumulto que havia em sua perna, uma espécie de frenético alívio. Isso, e também a vasta quantidade de álcool que consumiu. A cada nova garrafa de vinho destampada, John era o primeiro a estender o copo e, das três garrafas que tomamos aquela noite, pelo menos metade do conteúdo acabou circulando no corpo dele. Isso quer dizer uma garrafa e meia de vinho, além de dois copos de uísque puro que bebeu mais para o final. Eu já o tinha visto beber tanto assim algumas vezes no passado mas, por mais lubrificado que estivesse, John nunca parecia bêbado. Nada de fala arrastada, de olho vidrado. Era uma pessoa grande — um metro e oitenta e sete, um pouco abaixo dos cem quilos — e aguentava bem.

"Uma semana mais ou menos antes de começar essa coisa da perna", disse ele, "Richard, o irmão de Tina, me telefonou.[5] Fazia

---

5. Tina era a segunda mulher de John. Seu primeiro casamento durou dez anos (de 1954 a 1964) e terminou em divórcio. Ele nunca falava disso em minha presença, mas Grace me contou que ninguém em sua família gostava especialmente de Eleanor. Os Tebbetts sempre a consideraram uma menina antipática de Bryn Mawr, pertencente a uma longa linhagem de aristocratas de Massachusetts, uma "mosca morta" que sempre empinou o nariz para o Paterson de John, nome de família de trabalhadores de Nova Jersey. Apesar disso, Eleanor era uma respeitada pintora, cuja reputação era quase tão grande quanto a de John. Não

muito tempo que não sabia dele. Desde o dia do enterro, na verdade, o que quer dizer uns oito anos — mais de oito anos. Nunca tive muito a ver com a família dela enquanto estivemos casados e, depois que ela não estava mais aqui, não me dei ao trabalho de manter contato com eles. Nem eles comigo, por sinal — não que eu me incomodasse com isso. Todos aqueles irmãos Ostrow, com suas toscas lojinhas de móveis na avenida Springfield e suas esposas chatas e filhos medíocres. Tina tinha uns oito ou nove primos-irmãos, mas só uma com algum espírito, a única que teve força para romper com aquele mundinho de Nova Jersey e tentar fazer alguma coisa de si mesma. De forma que fiquei surpreso quando Richard me telefonou outro dia. Ele mora na Flórida agora, e veio a Nova York em viagem de negócios. Será que gostaria de jantar

---

se surpreenderam de o casamento acabar, e nenhum deles ficou triste de vê-la ir embora. A única pena, disse Grace, era John ser forçado a manter contato com ela. Não por nenhum desejo da parte dele, mas por causa das loucuras de seu filho Jacob, perturbado e loucamente instável.

Ele então conheceu Tina Ostrow, uma bailarina-coreógrafa doze anos mais nova que ele e, quando se casou com ela em 1966, o clã dos Tebbetts aplaudiu a decisão. Confiavam plenamente que John havia finalmente encontrado a mulher que merecia, e o tempo provou que tinham razão. A pequena e vibrante Tina era uma pessoa adorável, disse Grace, e amara John (nas palavras de Grace) "a ponto de venerar". O único problema com o casamento foi que Tina não viveu o suficiente para ver seu trigésimo sétimo aniversário. Um câncer de útero a tirou dele lentamente ao longo de dezoito meses e, depois que John a enterrou, disse Grace, ele se fechou durante longo tempo, "simplesmente congelou e parou de respirar". Mudou-se para Paris por um ano, depois para Roma, depois para uma pequena aldeia no litoral norte de Portugal. Quando voltou a Nova York, em 1978, e se instalou no apartamento da rua Barrow, fazia três anos que seu último romance havia sido publicado, e corria o boato de que Trause não havia escrito uma palavra desde a morte de Tina. Passaram-se então mais quatro anos, e ele ainda não produzira nada — pelo menos nada que quisesse mostrar para ninguém. Mas estava trabalhando. Eu sabia que estava trabalhando. Ele próprio me disse isso, mas não sabia que tipo de trabalho era, pela simples razão de que não tive a coragem de perguntar.

com ele? Em algum lugar bom, disse, por conta dele. Como eu não tinha outros planos, aceitei. Não sei por que fiz isso, mas não havia nenhuma razão para não aceitar, e então combinamos de nos encontrar no dia seguinte às oito da noite.

"Richard não é uma pessoa fácil de entender. Ele sempre me pareceu peso-pluma, um homem sem substância. Nasceu um ano depois de Tina, o que lhe daria quarenta e três anos agora e, a não ser uns poucos momentos de glória como jogador de basquete no colégio, se arrastou por aí a maior parte da vida, jubilado de duas ou três faculdades, passando de um emprego desanimador para outro, sem nunca se casar, sem nunca crescer de fato. Um temperamento doce, acho, mas raso e pouco inspirado, com uma espécie de sonolência meio frouxa que sempre me deu nos nervos. A única coisa de que eu gostava nele era sua devoção por Tina. Ele amava Tina tanto quanto eu — isso é fato, incontestável — e não vou negar que era um bom irmão para ela, um irmão exemplar. Você esteve no enterro, Gracie. Deve lembrar do que aconteceu. Centenas de pessoas apareceram, e todo mundo na capela estava soluçando, gemendo, chorando de horror. Foi uma inundação de tristeza coletiva, de sofrimento, numa escala que eu nunca havia visto antes. Mas, de todos que choravam naquela sala, Richard era o que mais sofria. Ele e eu juntos, sentados no banco da frente. Quando terminou a celebração, ele quase desmaiou quando tentou levantar. Precisei de toda a minha força para impedir que caísse. Tive de literalmente abraçar o corpo dele para que não caísse no chão.

"Mas isso foi anos atrás. Atravessamos juntos aquele trauma, e depois perdi contato com ele. Quando concordei em jantarmos na outra noite, estava esperando enfrentar uma chatice, ter de batalhar umas duas horas de conversa mole, depois correr para a porta e voltar para casa. Mas eu estava errado. Fico contente de contar que estava errado. Acho sempre estimulante descobrir novos exemplos de meus próprios preconceitos e bobagens, de entender que não sei nem metade do que acho que sei.

"Começou pelo prazer de ver a cara dele. Tinha esquecido o quanto parecia com a irmã, quantos traços tinham em comum. A forma e a posição dos olhos, o queixo redondo, a boca elegante, a ponte do nariz — era Tina em corpo de homem, ou pelo menos alguns flashes dela espoucando de vez em quando. Era perturbador para mim estar assim com ela de novo, sentir sua presença de novo, sentir que uma parte dela sobrevivia no irmão. Richard às vezes se virava de um certo jeito, fazia um certo gesto, fazia alguma coisa com os olhos, e eu ficava tão comovido que sentia vontade de me debruçar por cima da mesa e dar um beijo nele. Um beijo na boca — um ósculo pleno. Vocês provavelmente vão rir, mas me arrependo de não ter feito isso.

"Richard ainda era Richard, o mesmíssimo Richard de outrora — mas melhor, de alguma forma, mais confortável dentro do próprio corpo. Casou-se e tem duas filhinhas. Talvez isso tenha ajudado. Talvez o fato de estar oito anos mais velho tenha ajudado, não sei. Ainda se mata em um daqueles seus empregos inúteis — vendedor de peças de computador, consultor de eficiência, esqueço o que — e ainda passa todas as noites na frente da televisão. Jogos de futebol, séries de comédia, policiais, especiais de natureza — ele adora tudo da televisão. Mas nunca lê, nunca vota, nunca nem se dá ao trabalho de fingir que tem uma opinião sobre o que se passa no mundo. Me conhece faz dezesseis anos e, em todo esse tempo, nem uma vez se deu ao trabalho de abrir um dos meus livros. Eu não me importo, claro, falo disso para mostrar o quanto é preguiçoso, o quanto é desprovido de curiosidade. E mesmo assim gostei de estar com ele na outra noite. Gostei de ouvir quando falava de seu programa de tevê preferido, da mulher e das duas filhas, do tênis que joga cada vez melhor, das vantagens de viver na Flórida em vez de Nova Jersey. Melhor clima, entende. Nada de tempestades de neve, nem invernos gelados; verão todo dia do ano. Tão comum, meninos, tão cheio de si, porra, e ao mesmo tempo — como posso dizer? — tão absolutamente em paz consigo mesmo, tão satisfeito com a vida que quase fiquei com inveja dele.

"E lá estávamos, comendo um jantar nada especial em um restaurante nada especial do centro da cidade, falando de coisas sem grande importância, quando Richard de repente levantou os olhos do prato e começou a me contar uma história. Por isso é que estou contando tudo isso a vocês — para chegar à história de Richard. Não sei se vão concordar comigo, mas me parece uma das coisas mais interessantes que ouvi em muito tempo.

"Três ou quatro meses atrás, Richard estava na garagem da casa dele, procurando alguma coisa em uma caixa de papelão, quando encontrou um visor de 3-D. Lembrava vagamente que seus pais tinham comprado aquilo quando era menino, mas não se lembrava em que circunstâncias, nem como usavam aquilo. A menos que tivesse apagado a experiência, tinha quase certeza de que nunca tinha olhado com aquilo, nunca tinha nem mesmo pegado na mão. Quando tirou o objeto da caixa e começou a examinar, viu que não era uma daquelas coisas baratas, vagabundas, usadas para olhar fotos prefabricadas de locais turísticos e belas paisagens. Era um instrumento ótimo, sólido, bem construído, uma relíquia preciosa da loucura da 3-D do começo dos anos 50. A moda não durou muito, mas a ideia era tirar suas próprias fotos em 3-D com uma câmera especial, revelar em forma de slides e depois olhar com o visor, que servia como uma espécie de álbum de fotografias tridimensional. A câmera não existia mais, mas Richard encontrou uma caixa de slides. Havia doze, disse ele, o que parecia indicar que seus pais tinham tirado só um rolo de filme com a novidade — e depois guardado a câmera em algum lugar e esquecido dela.

"Sem saber o que esperar, Richard colocou um dos slides no visor, apertou o botão retroiluminador e olhou. Em um instante, disse ele, trinta anos de sua vida se apagaram. Era 1953, e ele estava na sala da casa de sua família em West Orange, Nova Jersey, parado no meio dos convidados do aniversário de dezesseis anos de Tina. Ainda se lembrava de tudo: a festança do auge da adolescência, os fornecedores alinhando taças de champanhe no balcão, o toque da campainha, a música, o rumor de vozes, o *chignon* do cabelo de Tina, o farfalhar de seu vestido longo amarelo. Um a um, foi colocando os slides no visor e olhou todos os doze. Todo mundo lá, disse ele. A mãe e o pai, os primos, as tias e os tios, sua irmã, as amigas da irmã, e até ele mesmo, um adolescente esquelético de catorze anos com o pomo de adão saliente, cabelo cortado à escovinha, e gravata-borboleta vermelha de laço pronto. Não era igual a olhar fotografias comuns, explicou. Não era nem igual a assistir a filmes familiares — que sempre decepcionam a gente com suas imagens puladas e cores desbotadas, com a sensação de pertencerem a um passado remoto. As fotos de 3-D estavam incrivelmente bem conservadas, sobrenaturalmente nítidas. Todo mundo nelas parecia vivo, transbordando de energia, presente no momento, uma parte de algum eterno agora que continuou se perpetuando durante quase trinta anos. Cores intensas, minúsculos detalhes brilhando com total clareza, e uma ilusão de espaço circundante, de profundidade. Quanto mais olhava os slides, disse Richard, mais sentia que podia ver as figuras respirando e, cada vez que parava e passava para a seguinte, tinha a impressão de que se olhasse um pouco mais — só mais um momento — elas realmente começariam a se mexer.

"Depois de olhar uma vez cada slide, olhou todos de novo e nessa segunda vez lhe ocorreu que a maioria das pessoas nas fotos já tinha morrido. O pai, morto de enfarte em 1969. A mãe, morta de falência renal em 1972. Tina vitimada por um câncer em 1974.

E das seis tias e tios presentes naquele dia, quatro mortos e enterrados também. Em uma foto, ele estava sentado na varanda da frente com os pais e Tina. Eram só os quatro — de braços dados, um encostado no outro, uma fileira de quatro rostos sorridentes, ridiculamente animados, fazendo careta para a câmera — e, quando Richard colocou essa no visor pela segunda vez, seus olhos de repente se encheram de lágrimas. Foi essa que me derrubou, ele disse, essa que foi demais para ele. Estava na varanda com três fantasmas, concluiu, único sobrevivente daquela tarde de trinta anos atrás, e depois que as lágrimas começaram não havia mais como parar. Baixou o visor, cobriu o rosto com as mãos e começou a soluçar. Foi essa a palavra que ele usou quando me contou a história: *soluçar*. 'Solucei até virar do avesso', disse. 'Perdi completamente o controle.'

"Esse era o Richard, não esqueçam — um homem sem poesia, um homem com a sensibilidade de uma maçaneta de porta —, porém, depois que encontrou aquelas fotos, não conseguia pensar em mais nada. O visor era uma lanterna mágica que lhe permitia viajar no tempo e visitar os mortos. Ele olhava as fotos de manhã antes de sair para o trabalho e olhava de noite quando voltava para casa. Sempre na garagem, sempre sozinho, sempre longe da mulher e das filhas — voltando obsessivamente àquela tarde de 1953, sem nunca se saciar. O encantamento durou dois meses, até que uma manhã Richard foi à garagem e o visor não funcionou. A máquina tinha enguiçado, e não dava mais para apertar o botão de ligar a luz. Provavelmente tinha usado demais, disse, e como não sabia consertar, concluiu que a aventura havia terminado, que a coisa maravilhosa que descobriu tinha sido tirada dele para sempre. Era uma perda catastrófica, a mais cruel das privações. Não dava nem para olhar os slides contra a luz. Fotos em 3-D não são fotos convencionais, e é preciso o visor para transformá-las em imagens coerentes. Sem visor, nada de imagem. Sem imagem, nada de viajar no tempo até o passado. Sem viagem no tempo, nada de alegria. Mais um momento de tristeza, mais um momento de dor — como se, depois de trazer os mortos de volta à vida, tivesse de enterrar todos de novo.

"Era essa a situação quando encontrei com ele há duas semanas. A máquina estava quebrada e Richard ainda estava tentando se acomodar com o que havia lhe acontecido. Nem consigo dizer o quanto fiquei tocado com essa história. Ver esse homem comum, sem graça, transformado em um sonhador filosófico, em uma alma angustiada desejando o inalcançável. Disse a ele que faria tudo o que pudesse para ajudar. Estamos em Nova York, e como se pode encontrar de tudo no mundo em Nova York, tinha de haver alguém na cidade que pudesse consertar o aparelho. Richard ficou um pouco constrangido com meu entusiasmo, mas agradeceu a oferta, e foi assim que ficamos. Na manhã seguinte, pus mãos à obra. Dei uns telefonemas, pesquisei um pouco, e dois ou três dias depois tinha conseguido localizar o dono de uma loja de câmeras na rua Trinta e Um oeste que achava que podia consertar. Richard já tinha voltado para a Flórida e, quando telefonei de noite para dar a notícia, achei que ele ia ficar animado, que íamos começar imediatamente a combinar como empacotar o visor e despachar para Nova York. Mas houve uma longa pausa do outro lado da linha. 'Não sei, John', Richard disse, afinal. 'Pensei muito no assunto desde que estive com você, e talvez não seja uma boa ideia ficar olhando essas fotos o tempo todo. Arlene estava ficando bem incomodada e eu não estava mesmo dando muita atenção para as meninas. Talvez seja melhor assim. A gente tem de viver o presente, certo? O passado é o passado e, por mais que eu passe muito tempo com aquelas fotos, não ia conseguir trazer o passado de volta.'"

Assim terminou a história. Um final decepcionante, John achava, mas Grace não concordava. Depois de comungar com os mortos durante dois meses, Richard tinha se colocado em perigo, disse ela, e talvez estivesse correndo o risco de cair em uma séria depressão. Eu ia dizer alguma coisa, mas assim que abri a boca para dar minha opinião tive mais um dos meus infernais sangramentos pelo nariz. Eles começaram um mês ou dois antes de eu ir para o hospital e, embora meus outros sintomas tivessem desaparecido, os sangramentos nasais persistiam — e parece que atacavam sempre no momento mais inoportuno, me provocando infalivelmente intenso constrangimento. Eu detestava não ter controle sobre mim mesmo, estar sentado numa sala como estava essa noite, por exemplo, participando de uma conversa, e de repente notar que estava jorrando sangue, pingando na camisa e na calça, incapaz de fazer alguma coisa para impedir aquilo. Os médicos tinham dito para eu não me preocupar — não era sinal de nenhum problema médico, de nenhuma perturbação futura — mas isso não me deixava menos aflito e envergonhado. Cada vez que meu nariz jorrava sangue, me sentia como um menino pequeno que molhou a calça.

Pulei da cadeira, apertei um lenço no rosto e corri para o banheiro mais próximo. Grace perguntou se eu queria ajuda, e devo ter dado uma resposta mal-humorada, embora não lembre o que disse. "Não se preocupe", talvez, ou "Me deixe em paz". De qualquer forma, algo suficientemente irritado a ponto de divertir John, porque me lembro distintamente de ter ouvido a risada dele quando saí da sala. "O Velho Fiel ataca outra vez", ele disse. "O narigão menstruante de Orr. Não fique triste, Sidney. Pelo menos você sabe que não está grávido."

Havia dois banheiros no apartamento, um deles no piso dúplex. Normalmente, teríamos ficado aquela noite embaixo, na sala de jantar e na sala de estar, mas a flebite de John nos empurrou para o andar de cima, uma vez que era lá que ele estava passando a maior parte do tempo agora. O cômodo superior era uma espécie de saleta suplementar, um lugarzinho aconchegante com grandes *bay windows*, estantes cobrindo três paredes, e espaços embutidos para o equipamento de som e televisão — o território perfeito para um inválido em recuperação. O banheiro daquele andar ficava na porta do quarto de John e para chegar ao quarto tive de atravessar seu estúdio, o lugar onde ele escrevia. Acendi a luz quando entrei na sala, mas estava ocupado demais com meu nariz sangrando para prestar atenção no que havia ali dentro. Devo ter passado quinze minutos no banheiro, apertando as narinas e inclinando a cabeça para trás, e até essa velha providência funcionar, saiu tanto líquido de mim que pensei se não teria de ir ao hospital para tomar uma transfusão de emergência. Como era vermelho o sangue contra a brancura da pia de porcelana, pensei. Como era cheia de imagens vivas aquela cor, como era esteticamente chocante. Os outros fluidos que saem de nós são sem graça em comparação, os mais pálidos jatos. Saliva esbranquiçada, sêmen leitoso, urina amarela, muco verde-amarronzado. Excretávamos cores de outono e inverno, mas correndo invisível em nossas veias, aquilo que nos mantinha vivos, o carmesim de um artista maluco — um vermelho tão brilhante como tinta fresca.

Quando a crise acabou, fiquei mais um pouco na pia, fazendo o possível para me tornar apresentável de novo. Era tarde demais para remover as manchas de minha roupa (endurecidas na forma de pequenos círculos cor de ferrugem que entranharam no tecido quando tentei esfregar), mas dei uma boa lavada nas mãos e no rosto e molhei o cabelo, usando o pente de John para completar o serviço. Estava sentindo um pouco menos de pena de mim mesmo, estava um pouco menos abatido. A camisa e a calça ainda enfeitadas de feias pintas, mas o rio não estava mais correndo, e a pontada em meu nariz tinha misericordiosamente cessado.

Quando atravessei o quarto de John e entrei em seu estúdio, dei uma olhada na mesa. Não estava olhando de fato, apenas passando os olhos pela sala indo na direção da porta, mas ali, exposto a plena vista, cercado por um sortimento de canetas, lápis e pilhas de papel desarrumadas, estava um caderno de capa dura azul — incrivelmente semelhante ao que eu havia comprado no Brooklyn aquela manhã. A mesa de um escritor é um local sagrado, o santuário mais privado do mundo, e estranhos não podem se aproximar dela sem permissão. Eu nunca havia chegado perto da mesa de John antes, mas fiquei tão perplexo, tão curioso para saber se o caderno era igual ao meu, que esqueci a discrição e fui dar uma olhada. O caderno estava fechado, com a capa para cima, sobre um pequeno dicionário, e no momento em que me curvei para examiná-lo, vi que era exatamente um duplo do que estava em cima da minha mesa em casa. Por razões que ainda me escapam, fiquei extremamente excitado com essa descoberta. Que diferença fazia o tipo de caderno que John usava? Tinha vivido em Portugal durante uns dois anos, e sem dúvida deviam ser um artigo comum por lá, disponível em qualquer papelaria do outro lado da esquina. Por que não haveria de estar escrevendo em um caderno azul de capa dura fabricado em Portugal? Não havia razão, nenhuma razão — e no entanto, dada a deliciosa sensação de prazer que eu havia sentido aquela manhã ao comprar meu caderno azul, e dado que eu havia passado algumas horas produtivas escrevendo nele antes, naquele dia (meu primeiro esforço literário em quase um ano), e dado que eu estava pensando nesse esforço a noite inteira ali na casa de John, ele me tocou como uma conjunção surpreendente, um pequeno passe de magia negra.

Não pensava mencioná-lo ao voltar para a saleta. De algum jeito, era maluco demais, esquisito e pessoal demais, e não queria dar a John a impressão de que eu tinha o costume de xeretar suas coisas. Mas quando entrei na sala e o vi deitado no sofá com a perna para cima, olhando o teto com um ar sombrio e derrotado nos olhos, de repente mudei de ideia. Grace estava no andar de baixo, na cozinha, lavando os pratos e se livrando dos restos de nossa refeição encomendada, de forma que sentei na poltrona que ela havia ocupado antes, que por acaso ficava bem à direita do sofá, a poucos centímetros da cabeça de John. Ele me perguntou se estava me sentindo melhor. Estou, sim, respondi, muito melhor, e aí me inclinei e disse para ele: "Hoje me aconteceu uma coisa muito estranha. Quando estava dando a minha caminhada de manhã, entrei em uma loja e comprei um caderno. Era um caderno ótimo, uma coisinha tão atraente e simpática que me deu vontade de escrever de novo. Então, no minuto em que entrei em casa, sentei na mesa e escrevi nele durante duas horas, direto".

"É uma boa notícia, Sidney", disse John. "Está começando a trabalhar de novo."

"O episódio Flitcraft."

"Ah, melhor ainda."

"Vamos ver. São só umas notas simples por enquanto, nada muito excitante. Mas o caderno parece ter carregado minha pilha, e mal posso esperar para escrever nele de novo amanhã. É azul--escuro, um tom muito agradável de azul-escuro, com uma tira de pano cobrindo a lombada e a capa dura. Feito em Portugal, imagine."

"Portugal?"

"Não sei em que cidade. Mas tem uma etiqueta na parte de dentro da capa de trás que diz MADE IN PORTUGAL."

"Como é que você foi encontrar uma coisa dessas aqui?"

"Tem uma loja nova no meu bairro. A Paper Palace, de um sujeito chamado Chang. Tinha quatro em estoque."

"Eu costumava comprar esses cadernos nas minhas viagens a Lisboa. São muito bons, muito sólidos. Quando a gente se acostuma com eles, não quer escrever em mais nada."

"Tive essa mesma sensação hoje. Espero que não queira dizer que estou para ficar viciado."

"Viciado talvez seja uma palavra forte demais, mas não há dúvida de que são extremamente sedutores. Tome cuidado, Sid. Eu escrevo neles há anos, e sei do que estou falando."

"Você faz parecer que são perigosos."

"Depende do que você escreve. Esses cadernos são muito amigos, mas podem também ser cruéis, e você tem de tomar cuidado para não se perder neles."

"Você não me parece perdido — e eu vi um deles em cima da sua mesa quando saí do banheiro."

"Comprei um estoque grande antes de mudar de volta para Nova York. Infelizmente, aquele que você viu é o último que eu tenho, e está quase cheio. Eu não sabia que era possível comprar desses na América. Estava pensando em escrever para o fabricante pedindo mais alguns."

"O homem da loja me disse que a fábrica fechou."

"Azar meu. Mas não me surpreende. Parece que não havia muita demanda por eles."

"Posso pegar um para você na segunda-feira, se quiser."

"Ainda tem azul?"

"Preto, vermelho e marrom. Eu comprei o último azul."

"Pena. Azul é a única cor de que eu gosto. Agora que a fábrica acabou, acho que vou começar a desenvolver novos hábitos."

"É engraçado, mas quando olhei a pilha hoje de manhã fui direto para o azul. Me senti atraído por aquele, como se não pudesse resistir. O que acha que isso quer dizer?"

"Não quer dizer nada, Sid. Só que você está um pouco ruim da cabeça. E eu tanto quanto você. Nós escrevemos livros, não escrevemos? O que mais se pode esperar de gente como nós?"

As noites de sábado em Nova York são sempre cheias, mas naquela noite as ruas estavam ainda mais apinhadas que o normal e, com uma demora e outra, levamos uma hora para chegar em casa. Grace conseguiu acenar para um táxi diante da porta de John, mas, quando subimos e dissemos para o motorista que estávamos indo para o Brooklyn, ele deu uma desculpa, que estava com pouca gasolina, e não aceitou a corrida. Eu queria protestar, mas Grace pegou meu braço e delicadamente me puxou para fora do táxi. Não apareceu mais nenhum depois desse, então fomos andando até a Sétima Avenida, trilhando nosso caminho em meio a gangues de meninos bêbados e barulhentos e meia dúzia de mendigos malucos. O Village estava fervendo de energia essa noite, um ruído de hospício que parecia pronto a irromper em violência a qualquer momento, e senti que era exaustivo ficar no meio daquelas multidões, tentando não perder o equilíbrio enquanto segurava no braço de Grace. Ficamos parados na esquina da Barrow com a Sétima durante uns bons dez minutos até um táxi vazio se aproximar, e Grace deve ter se desculpado seis vezes por me forçar a sair do outro. "Desculpe, eu não deixei você brigar", ela disse. "A culpa é minha. A última coisa de que você precisa é ficar aqui parado nessa friagem, mas eu detesto discutir com gente burra. Me deixa muito perturbada."

Mas Grace não estava perturbada só por motoristas de táxi burros essa noite. Poucos momentos depois de entrarmos no segundo táxi, ela inexplicavelmente começou a chorar. Não em larga escala, não num ataque sufocado de soluços, mas as lágrimas começaram a encher os cantos de seus olhos e, quando paramos num farol vermelho na Clarkson, o brilho das luzes da rua invadiu o carro e pude ver as lágrimas brilhando na claridade, crescendo em seus olhos como pequenos cristais que se expandiam. Grace nunca caía em prantos desse jeito. Grace nunca chorava, nem se entregava a demonstrações excessivas de sentimento e, mesmo nos momentos mais tensos (durante o meu colapso, por exemplo, e ao longo das primeiras semanas desesperadas de minha estada no hospital), parecia ter um talento inato para se controlar, para encarar as mais negras verdades. Perguntei o que estava errado, mas ela apenas sacudiu a cabeça e virou para o outro lado. Quando coloquei a mão em seu ombro e perguntei de novo, ela tirou minha mão — coisa que nunca tinha feito antes. Não foi um gesto terrivelmente hostil, mas não era do feitio de Grace agir assim, e admito que fiquei um pouco picado com aquilo. Não querendo me impor a ela, nem deixar que percebesse que tinha me magoado, me encolhi no meu canto do banco de trás e esperei em silêncio enquanto o táxi se arrastava para o sul pela Sétima Avenida. Quando chegamos ao cruzamento da Varick com a Canal, ficamos parados no trânsito durante muitos minutos. Era um monumental congestionamento: carros e caminhões buzinando, motoristas berrando obscenidades um para o outro, a hecatombe nova-iorquina em sua forma mais pura. No meio de toda essa balbúrdia e confusão, Grace virou-se para mim abruptamente e pediu desculpas. "É que ele estava tão mal esta noite", disse, "tão exausto. Todos os homens que eu amo estão caindo aos pedaços. Está ficando meio duro de aguentar."

Eu não podia acreditar nela. Meu corpo estava se recuperando, e me pareceu pouco plausível que Grace pudesse ficar tão desanimada com a doença passageira da perna de John. Estava incomodada por alguma outra coisa, algum tormento particular que não estava querendo repartir comigo, mas eu sabia que, se insistisse para ela contar, só ia piorar as coisas. Estendi a mão e pus o braço em volta de seus ombros, depois a puxei lentamente para mim. Dessa vez, não houve resistência. Senti seus músculos relaxarem, e um momento depois estava se enrolando ao meu lado e encostando a cabeça em meu peito. Pus a mão em sua testa e comecei a acariciar seu cabelo. Era um velho ritual nosso, a expressão de uma intimidade sem palavras que ainda resumia quem éramos nós dois juntos, e como eu nunca me cansava de tocar Grace, nunca me cansava de colocar as mãos em alguma parte de seu corpo, continuei, repetindo o mesmo gesto dezenas de vezes enquanto descíamos a West Broadway e nos arrastávamos para a ponte do Brooklyn.

Não dissemos nada um para o outro durante vários minutos. Quando o táxi virou à esquerda na rua Chambers e começou a se aproximar da ponte, todas as rampas estavam tomadas de trânsito e dificilmente conseguiríamos avançar. Nosso motorista, cujo nome era Boris Stepanovich, resmungou xingamentos em russo para si mesmo, sem dúvida lamentando a loucura de tentar atravessar para o Brooklyn em uma noite de sábado. Me inclinei para a frente e falei com ele pela abertura de passar o dinheiro na divisória de plástico. Não se preocupe, eu disse, sua paciência será recompensada. Ah?, disse ele. E o que isso é? Uma boa gorjeta, respondi. Se nos levar até lá inteiros, vai receber a maior gorjeta da noite. Grace soltou uma risadinha quando ouviu a frase torta — *O que isso é?* — e tomei isso por sinal de que sua aflição estava se dissipando. Me acomodei no banco para retomar a carícia em sua cabeça e, quando entramos na rampa de acesso à ponte, nos arrastando a um quilômetro por hora, suspensos acima do rio com o resplendor dos edifícios atrás de nós e a Estátua da Liberdade à nossa direita, comecei a falar com ela — a falar só por falar —, a falar para reter sua atenção e impedir que se afastasse de mim outra vez.

"Fiz uma descoberta intrigante esta noite", eu disse.

"Coisa boa, espero."

"Descobri que John e eu temos a mesma paixão."

"Ahn?"

"Acontece que estamos ambos apaixonados pela cor azul. Em particular, uma finada linha de cadernos azuis que costumavam ser fabricados em Portugal."

"Bom, azul é uma cor bonita. Muito calma, muito serena. Assenta bem na mente. Eu gosto tanto que tenho de fazer um esforço consciente para não usar azul em todas as capas que desenho no trabalho."

"As cores realmente transmitem emoção?"

"Claro que sim."

"E qualidades morais?"

"Como assim?"

"Amarelo de covardia. Branco de pureza. Preto do mal. Verde de inocência."

"Verde de inveja."

"É, isso também. Mas azul o que é?"

"Não sei. Esperança talvez."

"E tristeza. Como na expressão *I'm feeling blue* [Estou triste]. Ou, *I've got the blues* [Estou com melancolia]."

"Não se esqueça de *true blue* [fidelidade]."

"É, tem razão. Azul de lealdade."

"Mas vermelho de paixão. Isso todo mundo concorda."

"A Grande Máquina Vermelha. A bandeira vermelha do socialismo."

"A bandeira branca da rendição."

"A bandeira negra do anarquismo. O Partido Verde."

"Mas vermelho para amor e ódio. Vermelho para guerra."

"Você leva as cores para a batalha. É assim o ditado, não é?"

"Acho que é."

"Conhece o termo *guerra colorida*?"

"Não me lembra nada."

"É da minha infância. Você passava o verão montando a cavalo na Virginia, mas minha mãe me mandava para um acampamento no norte do estado de Nova York. Acampamento Pontiac, em honra do chefe indígena. No fim do verão, dividiam todo mundo em dois times, e durante os quatro ou cinco dias seguintes, diversos grupos dos dois lados disputavam um com o outro."

"Disputavam o quê?"

"Beisebol, basquete, tênis, natação, cabo de guerra — até corridas com o ovo na colher e concursos de canto. Como as cores do acampamento eram vermelho e branco, um lado se chamava Time Vermelho, e o outro se chamava Time Branco."

"E isso era a guerra colorida."

"Para um maníaco por esporte como eu, era uma delícia. Alguns anos eu ficava no Time Branco, outros anos no Time Vermelho. Depois de algum tempo, porém, formou-se um terceiro time, uma espécie de sociedade secreta, uma irmandade de almas afins. Faz anos que não penso nisso, mas foi muito importante para mim na época. O Time Azul."

"Uma sociedade secreta. Me soa como bobagem de meninos."

"E era. Não... na verdade, não era, não. Quando penso nisso agora, não acho nada bobo."

"Você devia ser diferente na época. Nunca quer se filiar a nada."

"Eu não me filiei, fui escolhido. Como um dos membros fundadores, na verdade. Me senti muito honrado."

"Você já tinha sido Vermelho e Branco. O que tinha de tão especial no Azul?"

"Começou quando eu tinha catorze anos. Nesse ano, chegou um monitor novo no acampamento, alguém um pouco mais velho que o resto das pessoas da equipe — que eram quase todos estudantes universitários de dezenove, vinte anos. Bruce... Bruce alguma coisa... nunca mais vou me lembrar do sobrenome. Bruce tinha o seu diploma de bacharel e já terminara um ano da Escola de Direito de Columbia. Um sujeitinho magro, parecendo um gnomo, um não atleta total trabalhando em um acampamento dedicado aos esportes. Mas era inteligente e engraçado, sempre desafiando a gente com perguntas difíceis. Adler. É isso. Bruce Adler. Conhecido como o Rabino."

"E ele inventou o Time Azul?"

"Mais ou menos. Para ser mais exato, ele recriou o time como um exercício de nostalgia."

"Não estou entendendo."

"Poucos anos antes, tinha trabalhado como monitor em outro acampamento. As cores desse campo eram azul e cinza. Quando começou a guerra colorida no fim do verão, Bruce foi colocado no Time Azul e, quando olhou em volta e viu quem estava no time com ele, entendeu que era todo mundo de quem mais gostava, todos que mais respeitava. O Time Cinza era exatamente o oposto — cheio de gente chorona e desagradável, o rebotalho do acampamento. Na cabeça de Bruce, as palavras *Time Azul* passaram a representar algo mais do que umas corridinhas de revezamento. Representavam um ideal humano, uma associação de indivíduos tolerantes e generosos muito unida, o sonho de uma sociedade perfeita."

"Isso está ficando muito esquisito, Sid."

"Eu sei. Mas Bruce não levava a sério. Era essa a beleza do Time Azul. A coisa toda era uma espécie de piada."

"Não sabia que rabinos podiam fazer piadas."

"Provavelmente não podem. Mas Bruce não era rabino. Era só um estudante de direito com um emprego de verão, querendo se divertir um pouco. Quando veio trabalhar no nosso acampamento, falou do Time Azul para um dos outros monitores e juntos resolveram formar um novo ramo, reinventar o time como uma organização secreta."

"Como escolheram você?"

"No meio da noite. Eu estava dormindo profundamente na minha cama, e Bruce e o outro monitor me sacudiram até eu acordar. 'Venha', disseram, 'temos uma coisa para dizer para você', e me levaram, com mais dois outros rapazes, para dentro da floresta, com lanternas nas mãos. Tinham acendido uma fogueira, então sentamos em torno do fogo e nos contaram o que era o Time Azul, por que tinham nos escolhido como membros fundadores, e quais as qualificações que estavam procurando — no caso de querermos recomendar outros candidatos."

"Quais eram as qualificações?"

"Nada específico, na verdade. Os membros do Time Azul não cabiam dentro de um tipo único, e cada um era uma pessoa distinta e independente. Mas ninguém era admitido se não tivesse senso de humor — não importa como esse humor se manifestasse. Algumas pessoas faziam piadas o tempo inteiro; outras eram capazes de levantar a sobrancelha no momento certo e de repente todo mundo na sala estava rolando no chão. Bom senso de humor, então, gosto pelas ironias da vida e apreço pelo absurdo. Mas também certa modéstia e discrição, gentileza com os outros, coração generoso. Nada de gente que falava demais, de idiotas arrogantes, de mentirosos e ladrões. Um membro do Time Azul tinha de ser curioso, leitor de livros e consciente do fato de que não podia dobrar o mundo segundo sua vontade. Um observador astuto, alguém capaz de fazer distinções morais mais sutis, amante da justiça. Um membro do Time Azul daria a camisa do corpo se visse uma pessoa passando necessidade, mas preferia mesmo era enfiar uma nota de dez dólares no bolso do necessitado quando não estivesse olhando. Está começando a fazer sentido? Não dá para definir para você e dizer que era uma coisa ou outra. Era tudo isso ao mesmo tempo, cada parte separada interagindo com todas as outras."

"O que você está descrevendo é uma pessoa boa. Pura e simples. Meu pai usava o termo *homem honesto*. Betty Stolowitz usa a palavra *mensch*. John diz *não babaca*. É tudo a mesma coisa."

"Talvez. Mas gosto mais de *Time Azul*. Insinua uma ligação entre os membros, um laço de solidariedade. Quem faz parte do Time Azul não tem de explicar seus princípios. Eles são imediatamente compreendidos através dos atos do sujeito."

"Mas as pessoas nem sempre agem do mesmo jeito. São boas num minuto e más no minuto seguinte. Cometem erros. Gente boa faz coisa ruim, Sid."

"Claro que sim. Não estou falando de perfeição."

"Está, sim. Está falando de gente que se convenceu de que é melhor que os outros, que se sente moralmente superior ao resto de nós, gente comum. Aposto que você e seus amigos tinham um aperto de mão secreto, não tinham? Para distinguir vocês do rebotalho, dos patetas, certo? Para fazer vocês pensarem que tinham algum conhecimento especial que ninguém era esperto a ponto de ter."

"Nossa, Grace! Era só uma coisinha de vinte anos atrás. Não precisa dissecar e analisar."

"Mas você ainda acredita nesse lixo. Dá para ouvir na sua voz."

"Eu não acredito em nada. Estar vivo — é nisso que eu acredito. Estar vivo e estar com você. É só isso que existe para mim, Grace. Mais nada, mais coisa nenhuma na droga do mundo inteiro."

Era um jeito desanimador de terminar a conversa. Minha tentativa não muito sutil de arrancá-la de seu humor sombrio havia funcionado um pouquinho, mas aí eu forcei demais, acidentalmente toquei no assunto errado, e ela se virou contra mim com aquela cáustica denúncia. Era inteiramente contrário ao seu caráter falar com tanta beligerância. Grace raramente se irritava com questões desse tipo e, sempre que tivemos discussões semelhantes no passado (aqueles diálogos flutuantes e sinuosos que não são sobre nada, que só dançam de uma associação casual para outra), ela tendia a se divertir com as ideias que eu jogava para ela, raramente as levando a sério ou apresentando contra-argumentos, satisfeita de brincar comigo e me permitir expor minhas opiniões sem sentido. Mas não essa noite, não na noite do dia em questão, e como ela estava lutando para controlar as lágrimas de novo, tomada pela mesma infelicidade que a havia dominado no começo da corrida, entendi que estava numa genuína angústia, incapaz de parar de pensar sobre a coisa inominável que a estava atormentando. Havia dezenas de perguntas que eu queria fazer, mas uma vez mais me contive, sabendo que ela não ia confiar em mim enquanto não estivesse boa e pronta para falar — se é que um dia estaria.

Tínhamos passado a ponte, então, e descíamos a rua Henry, uma via estreita ladeada de pequenos prédios de tijolos vermelhos sem elevador que iam de Brooklyn Heights ao nosso apartamento em Cobble Hill, pouco abaixo da avenida Atlantic. Não era nada pessoal, concluí. A pequena explosão de Grace não era contra mim, era apenas uma reação ao que eu havia dito — uma fagulha produzida por uma colisão acidental entre meus comentários e sua própria linha de pensamento. *Gente boa faz coisas ruins.* Será que Grace tinha feito alguma coisa errada? Será que alguém próximo a ela tinha feito alguma coisa errada? Era impossível saber, mas alguém estava sentindo culpa por alguma coisa, concluí, e mesmo tendo sido minhas palavras a detonar as observações defensivas de Grace, eu tinha quase certeza de que não tinham nada a ver comigo. E como para provar meu ponto de vista, um momento depois que atravessamos a avenida Atlantic, e entramos no trecho final de nossa jornada, Grace estendeu a mão e pegou a minha nuca, puxou-me para ela e apertou a boca contra a minha, empurrando lentamente a língua num beijo longo, provocante — *um ósculo pleno*, como Trause havia dito. "Faça amor comigo hoje", ela sussurrou. "No minuto em que a gente entrar em casa, arranque minha roupa e faça amor comigo. Me quebre em duas, Sid."

Dormimos até tarde na manhã seguinte, sem sair da cama até onze e meia ou meio-dia. Uma prima de Grace ia passar o dia na cidade, e elas estavam planejando se encontrar no Guggenheim às duas horas, depois ir até o Met para passar algumas horas na coleção permanente. Olhar pinturas era a atividade de fim de semana preferida de Grace, e ela se arrastou para fora de casa à uma hora num estado de espírito razoavelmente tranquilo.[6] Me

6. Grande parte da inspiração para seu trabalho artístico vinha de olhar pinturas e, antes do meu colapso no começo do ano, passamos muitas tardes de sábado entrando e saindo juntos de galerias e museus. Em certo sentido, a arte tinha tornado possível nosso casamento e, sem a intervenção das artes plásticas, duvido que eu tivesse tido coragem de ir atrás dela. Era uma sorte termos nos encontrado no ambiente neutro da Holst & McDermott, um local considerado de trabalho. Se tivéssemos nos cruzado de qualquer outro jeito — num jantar, por exemplo, ou num ônibus, num avião —, não teria podido entrar em contato com ela outra vez sem expor minhas intenções, e instintivamente eu sentia que tinha de me aproximar de Grace cautelosamente. Se cantasse a minha jogada cedo demais, tinha quase certeza de que perderia para sempre a minha chance com ela.

Felizmente, eu tinha uma desculpa para telefonar. Ela recebeu a tarefa de fazer a capa do meu livro e, sob o pretexto de ter uma ideia nova para discutir, telefonei para a sala dela dois dias depois do nosso primeiro encontro e perguntei se podia ir falar com ela. "A hora que quiser", disse ela. A *hora que quiser* acabou sendo difícil de marcar. Eu tinha um emprego regular na época (dando aulas de história na John Jay High School, no Brooklyn), e não podia ir ao escritório dela antes das quatro da tarde. Acontece que a agenda de Grace estava congestionada de compromissos de fim de tarde para o resto da semana. Quando ela sugeriu que nos encontrássemos na segunda ou terça-feira seguintes, eu disse que ia sair da cidade para fazer uma palestra (o que, por acaso, era verdade, mas eu provavelmente teria dito isso mesmo que não fosse), de forma que Grace cedeu e ofereceu espremer um tempinho para mim depois do trabalho na sexta-feira. "Tenho um compromisso às oito horas", disse, "mas se nos encontrarmos durante uma hora, uma hora e pouco às cinco e meia, não tem problema."

ofereci para ir com ela até o metrô, mas ela já estava ficando atrasada e, como a estação ficava a boa distância da casa (era preciso subir a rua Montague inteira), não quis que eu me extenuasse caminhando tantos quarteirões a passo muito ligeiro. Desci a escada com ela e saí para a rua, mas na primeira esquina nos despedimos e fui andando na direção oposta. Grace subiu depressa a rua Court, na direção do Heights, e eu andei devagar uns quartei-

---

Eu havia roubado o título do meu livro de um desenho a lápis de Willem de Kooning, feito em 1938. *Autorretrato com irmão imaginário* é uma obra pequena, muito delicada, que mostra dois meninos de pé lado a lado, um deles um ano ou dois mais velho que o outro, um de calça comprida, outro de cueca. Por mais que admirasse o desenho, o que me interessava era o título, e usei-o não porque quisesse me referir a de Kooning, mas por causa das palavras em si, que eu achava bastante evocativas e que pareciam caber no romance que eu tinha escrito. No começo daquela semana, na sala de Betty Stolowitz, eu havia sugerido colocar o desenho de de Kooning na capa. Agora, estava planejando dizer a Grace que não achava boa ideia — que os traços a lápis eram fracos demais e não ficariam visíveis, que o efeito seria brando demais. Mas não me importava de fato. Se eu tivesse ficado contra o desenho na sala de Betty, agora ficaria a favor. Tudo o que eu queria era uma chance de encontrar Grace de novo — e a arte foi a minha entrada, o assunto que não comprometeria meu verdadeiro propósito.

Sua disposição de se encontrar comigo depois do horário de trabalho me deu esperança, mas ao mesmo tempo a notícia de que ia sair às oito horas quase destruiu essa esperança. Não havia muita dúvida de que tinha um encontro com um homem (mulheres bonitas estão sempre com um homem nas noites de sexta-feira), mas era impossível saber até que ponto estava ligada a ele. Podia ser um primeiro encontro, podia ser um jantar tranquilo com o noivo ou namorado que morava junto. Sabia que não era casada (Betty havia me dito isso quando Grace saiu de sua sala depois da nossa primeira reunião), mas o leque de outras intimidades era ilimitado. Quando perguntei a Betty se Grace estava envolvida com alguém, ela disse que não sabia. Grace guardava sua vida privada para si mesma, e ninguém na empresa tinha a menor noção do que fazia fora do escritório. Dois ou três editores a tinham convidado para sair desde que começara a trabalhar ali, mas ela recusara os convites.

Logo descobri que Grace não era alguém que faz confidências. Nos dez meses que a conheci antes de nos casarmos, nem uma vez revelou um segredo ou insinuou qualquer envolvimento com outro homem. Nem eu pedi que me

rões até a Confeitaria Landolfi's e comprei um maço de cigarros. Era essa a minha disposição para o dia. Estava louco para voltar ao caderno azul, então, em vez de fazer a minha caminhada de sempre pelo bairro, virei imediatamente e fui para casa. Dez minutos depois estava no apartamento, sentado à minha mesa na sala do fim do corredor. Abri o caderno, fui para a página em que estava no sábado e me dispus a trabalhar. Não me preocupei em

---

contasse algo que não parecia disposta a comentar. Era esse o poder do silêncio de Grace. Se alguém queria amá-la do jeito que exigia ser amada, era preciso aceitar a linha que traçava entre ela própria e as palavras.

(Uma vez, numa das primeiras conversas que tive com ela sobre sua infância, ela rememorou uma boneca preferida que seus pais haviam lhe dado aos sete anos. Ela a chamou de Pearl, levava-a para toda parte durante os quatro ou cinco anos seguintes e a considerava sua melhor amiga. O mais incrível de Pearl é que ela sabia falar e entendia tudo o que lhe era dito. Mas Pearl nunca pronunciou uma palavra na presença de Grace. Não porque não pudesse falar, mas porque escolheu assim.)

Havia alguém na vida dela quando nos conhecemos — tenho certeza disso —, mas nunca soube seu nome, nem se era sério para ela. Devia ser bem sério, imagino, porque os primeiros seis meses se mostraram um momento bem tempestuoso para mim e terminaram mal, com Grace me dizendo que queria romper e que não era para eu telefonar mais para ela. Ao longo de todas as decepções desses meses, porém, de todas as efêmeras vitórias e pequenos surtos de otimismo, dos rompimentos e capitulações, das noites em que estava ocupada demais para me ver e das noites em que me permitia repartir sua cama, ao longo de todos os altos e baixos dessa desesperada, fracassada corte, Grace foi sempre um ser encantado para mim, um ponto de contato luminoso entre o desejo e o mundo, e o amor implacável. Mantive a promessa e não telefonei para ela, mas, seis ou sete semanas depois, ela entrou em contato comigo inesperadamente e disse que tinha mudado de ideia. Não deu nenhuma explicação, mas concluí que o homem que tinha sido meu rival estava agora fora do jogo. Ela não só queria voltar a se encontrar comigo, disse, como queria que nos casássemos. *Casamento* era a única palavra que eu nunca tinha falado em sua presença. Estava na minha cabeça desde o primeiro momento em que a vi, mas nunca ousei pronunciá-la, por medo de assustá-la. Agora, Grace estava me fazendo a proposta. Eu tinha me resignado a viver o resto da vida com um coração em pedaços, e agora ela estava me dizendo que eu podia viver com ela — juntos, minha vida inteira junto com ela.

ler o que havia escrito até ali. Apenas peguei a caneta e comecei a escrever.

Bowen está no avião, voando no escuro para Kansas City. Depois do torvelinho de gárgulas caindo e da louca corrida ao aeroporto, uma sensação crescente de calma, um sereno vazio interior. Bowen não questiona o que está fazendo. Não lamenta nada, não repensa sua decisão de deixar a cidade e abandonar o emprego, não sente a menor pontada de remorso de deixar Eva para trás. Sabe que vai ser duro para ela, mas consegue se convencer de que, no fim, estará melhor sem ele, que, uma vez recuperada do choque de seu desaparecimento, será possível para ela começar uma vida nova e mais satisfatória. Dificilmente uma posição admirável, ou solidária, mas Bowen é presa de uma ideia, e essa ideia é tão grande, tão maior que miúdas necessidades e obrigações, que sente não ter escolha, senão obedecer — mesmo à custa de agir como um irresponsável, de fazer coisas que lhe seriam moralmente repugnantes um dia antes. "Os homens morrem ao acaso", é assim que Hammett expressa a ideia, "e só vivem quando a cega fortuna os poupa... Ao ordenar sensatamente suas coisas [Flitcraft] saiu do compasso, não acertou o passo, com a vida. Não tinha se afastado nem vinte passos da viga que caiu e já sabia que nunca mais teria paz enquanto não se ajustasse a esse novo lampejo de vida. Ao terminar seu almoço, tinha encontrado os meios desse ajuste. A vida podia ter terminado para ele ao acaso, pela queda de uma viga: ele transformaria sua vida ao acaso simplesmente indo embora."

Eu não tinha de aprovar as atitudes de Bowen para escrever sobre elas. Bowen era Flitcraft, e Flitcraft tinha feito a mesma coisa com sua própria vida no romance de Hammett. Essa era a premissa do conto, e eu não ia recuar do pacto que tinha feito comigo mesmo de não me afastar da premissa do conto. Ao mesmo tempo, entendia que havia outras coisas além de Bowen e o que acontece com ele ao tomar o avião. Havia também Eva a se considerar e, por mais envolvido que eu ficasse ao acompanhar as aventuras de Nick em Kansas City, não poderia fazer justiça à história a menos que voltasse a Nova York para explorar o que acontecia com ela. Bowen está em busca de indiferença, de uma tranquila afirmação das coisas como são, enquanto Eva está em guerra com essas coisas, vítima das circunstâncias e, a partir do momento em que Nick não volta de sua tarefa ali na esquina, sua cabeça se transforma em uma tormenta de emoções conflitantes: pânico e medo, tristeza e raiva, desespero. Eu saboreava a perspectiva de entrar nesse tormento, de saber que poderia viver essas paixões com ela e escrever a respeito nos dias seguintes.

Meia hora depois de o avião partir de La Guardia, Nick abre sua pasta, tira o manuscrito do romance de Sylvia Maxwell e começa a ler. Esse era o terceiro elemento da narrativa que estava tomando forma em minha cabeça, e resolvi que devia ser introduzido o mais cedo possível — antes mesmo de o avião pousar em Kansas City. Primeiro a história de Nick; depois, a história de Eva; e finalmente o livro que Nick lê e continua lendo enquanto suas histórias se desenrolam: a história dentro da história. Nick é um homem de letras, afinal de contas, e portanto, alguém suscetível ao poder dos livros. Pouco a pouco, por força da atenção que presta às palavras de Sylvia Maxwell, ele começa a ver a conexão entre ele próprio e a história do romance, como se de algum jeito oblíquo, altamente metafórico, o livro estivesse lhe falando intimamente de suas circunstâncias atuais.

Nesse ponto, eu tinha apenas uma vaga noção do que queria que fosse *Noite do oráculo*, nada mais que os primeiros traços incertos de um esboço. Tudo o que se referia à trama tinha ainda de ser trabalhado, mas eu sabia que precisava ser um breve romance filosófico sobre a previsão do futuro, uma fábula sobre o tempo. O protagonista era Lemuel Flagg, um tenente britânico que ficou cego com a explosão de um morteiro nas trincheiras da Primeira Guerra Mundial. Sangrando pelos ferimentos, desorientado e uivando de dor, ele sai vagando da batalha e perde contato com seu regimento. Segue adiante, arrastando-se, tropeçando, sem a menor ideia de onde está, penetra na floresta das Ardenas e cai no chão. Mais tarde, nesse mesmo dia, seu corpo inconsciente é descoberto por duas crianças francesas, um menino de onze anos e uma menina de catorze, François e Geneviève. Os dois são órfãos de guerra que moram sozinhos em uma cabana abandonada no meio da floresta — puros personagens de contos de fadas em um puro cenário de conto de fadas. Levam Flagg para casa, cuidam dele até que recupere a saúde e, quando a guerra acaba alguns meses depois, ele leva as crianças consigo para a Inglaterra. É Geneviève que narra a história, em 1927, fazendo uma retrospectiva da estranha carreira e suicídio de seu pai adotivo. A cegueira de Flagg deu-lhe o dom da profecia. Em súbitos transes, ele cai ao chão e começa a se sacudir como um epiléptico. Os ataques duram entre oito e dez minutos e, ao longo desse tempo, sua mente é dominada por imagens do futuro. As crises o pegam sem aviso, e não há nada que possa fazer para deter ou controlar os ataques. Seu talento é ao mesmo tempo uma bênção e uma maldição. Traz-lhe riqueza e influência, mas ao mesmo tempo os ataques lhe causam intensa dor física — para não falar da dor mental, uma vez que muitas das visões de Flagg lhe fornecem o conhecimento de coisas que preferiria não saber. O dia da morte de sua mãe, por exemplo, ou a localização de um desastre de trem na Índia, onde duzentas pessoas serão mortas. Ele batalha para levar uma vida que não atrapalhe seus filhos, mas a incrível precisão de suas previsões (que vão de previsões do tempo ao resultado das eleições para o

Parlamento, até o placar das partidas de críquete) o transforma em um dos homens mais celebrados da Grã-Bretanha do pós--guerra. Então, no auge da fama, as coisas para ele começam a dar errado no amor, e seu talento acaba por destruí-lo. Fica caído por uma mulher chamada Bettina Knott, e durante dois anos ela corresponde ao seu amor, a ponto de aceitar sua proposta de casamento. Na véspera das núpcias, porém, Flagg tem mais um dos seus ataques, durante o qual é assaltado pelo pressentimento de que Bettina vai traí-lo antes de terminar o ano. Suas previsões nunca foram tão fortes, e portanto ele sabe que o casamento está condenado. A tragédia é que Bettina é inocente, inteiramente livre de culpa, uma vez que ainda nem conheceu o homem com que irá trair seu marido. Incapaz de enfrentar a angústia que o destino lhe preparou, Flagg se apunhala no coração e morre.

O avião aterrissa. Bowen coloca o manuscrito lido até a metade dentro da pasta, caminha para o terminal, encontra um táxi. Não conhece nada em Kansas City. Nunca esteve ali antes, nunca conheceu ninguém que vivesse a duzentos quilômetros do lugar, e lhe seria difícil apontar sua localização num mapa em branco. Pede ao motorista que o leve ao melhor hotel da cidade, e o motorista, um negro corpulento com o improvável nome de Ed Victory, explode numa gargalhada. Espero que não seja supersticioso, diz ele.

Supersticioso?, Nick replica. O que tem isso a ver?

O senhor quer o melhor hotel. Seria o Hyatt Regency. Não sei se leu no jornal, mas teve um grande desastre no Hyatt, faz um ano. A galeria suspensa soltou do teto. Caiu no saguão, e mais de cem pessoas morreram.

É, me lembro disso. Havia uma foto na primeira página do *Times*.

O hotel está aberto de novo, mas tem gente que tem medo e, se o senhor não é supersticioso, é esse hotel que eu recomendo.

63

Tudo bem, diz Nick. Que seja o Hyatt. Já fui atingido por um raio uma vez hoje. Se quiser me atingir de novo, vai saber onde me encontrar.[7]

Ed ri com a resposta de Nick e os dois homens continuam conversando enquanto rodam pela cidade. Resulta que Ed está para se aposentar da profissão de taxista. Está no ramo faz trinta e quatro anos e essa é sua última noite de trabalho. É o seu último turno, o seu último trajeto do aeroporto, Bowen, sua última corrida — o último passageiro que viajará em seu carro. Nick pergunta o que ele planeja fazer para se ocupar, e Edward M. Victory (é esse o nome completo do homem) tira do bolso da camisa um cartão de visita e entrega para Nick. GABINETE DE PRESERVAÇÃO HISTÓRICA é o que diz o cartão — com o nome de Ed, o endereço e número de telefone impresso embaixo. Nick está a ponto de perguntar o significado das palavras, mas, antes que possa formular a pergunta, o carro estaciona na frente do hotel, e Ed estende a mão para receber a última tarifa que lhe será paga. Bowen acrescenta uma gorjeta de vinte dólares ao montante, deseja boa sorte ao motorista agora aposentado, e entra pelas portas giratórias do saguão do malfadado hotel.

---

7. Kansas City foi uma escolha arbitrária para o destino de Bowen — o primeiro lugar que me veio à cabeça. Possivelmente porque era tão longe de Nova York, uma cidade trancada do coração do centro da terra: Oz, em toda a sua gloriosa estranheza. Uma vez tendo colocado Nick a caminho de Kansas City, porém, lembrei-me da catástrofe do Hyatt Regency, que era um fato real ocorrido uns catorze meses antes (em julho de 1981). Cerca de duas mil pessoas estavam reunidas no saguão naquele momento — um imenso átrio ao ar livre de quase seis mil metros quadrados. Estavam todos olhando para cima, assistindo a um concurso de dança realizado em uma das galerias superiores (chamadas também de "galerias flutuantes" ou "passagens aéreas"), quando as largas vigas de sustentação da estrutura se soltaram das amarras e caíram, se espatifando no saguão quatro andares abaixo. Vinte e um anos depois, essa ainda é considerada a pior tragédia em hotel da história americana.

Como está com pouco dinheiro e tem de pagar com cartão de crédito, Nick se hospeda usando seu próprio nome. O saguão reconstruído parece ter apenas alguns dias, e Nick não pode deixar de pensar que ele e o hotel estão mais ou menos na mesma situação: ambos tentando esquecer o passado, ambos tentando começar uma nova vida. O palácio cintilante com seus elevadores transparentes, imensos candelabros, paredes de metal escovado, e ele com nada além da roupa do corpo, dois cartões de crédito na carteira e um romance lido pela metade dentro da pasta. Ele esbanja numa suíte, sobe de elevador até o décimo andar, e não torna a descer durante trinta e seis horas. Nu debaixo do roupão do hotel, come refeições do serviço de quarto, fica parado diante da janela, se estuda no espelho do banheiro e lê o livro de Sylvia Maxwell. Termina a leitura na primeira noite, antes de ir para a cama, e depois passa o dia seguinte inteiro lendo de novo, e de novo, e uma quarta vez, lavrando suas duzentas e dezenove páginas como se sua vida dependesse daquilo. A história de Lemuel Flagg o afeta profundamente, mas Bowen não lê *Noite do oráculo* porque está querendo se emocionar ou divertir, e não mergulha no romance a fim de protelar a decisão do que fazer em seguida. Ele sabe o que tem de fazer em seguida, e o livro é apenas o meio que tem à mão. Tem de treinar para não pensar no passado. Essa é a chave para toda a louca aventura que começou para ele quando a gárgula se espatifou na calçada. Se perdeu sua velha vida, tem de agir como se tivesse acabado de nascer, fingir que não está mais sobrecarregado de passado do que um bebê. Tem lembranças, claro, mas essas lembranças não são mais relevantes, não são mais parte da vida que começou para ele e, sempre que se vê deslizando para pensamentos sobre sua velha vida em Nova York — que foi apagada, que não é agora nada mais que ilusão —, faz tudo o que está em seu poder para tirar da cabeça o passado e se concentrar no presente. Por isso lê o livro. Por isso continua lendo o livro.

Precisa atrair-se para longe das falsas lembranças de uma vida que não lhe pertence mais e, como o manuscrito exige total submissão para ser lido, uma atenção ininterrupta tanto do corpo como da mente, ele pode esquecer quem era quando está perdido nas páginas do romance.

No terceiro dia, Nick finalmente se aventura a sair. Desce a rua, entra numa loja de roupas de homem e gasta meia hora examinando os cabides, prateleiras e escaninhos. Pouco a pouco, vai compondo um novo guarda-roupa para si, equipando-se com tudo, desde calças e camisas até roupa de baixo e meias. Quando entrega ao vendedor o seu cartão American Express para pagar a conta, porém, a máquina rejeita o cartão. A conta foi cancelada, informa-lhe o vendedor. Nick fica abalado com esse acontecimento inesperado, mas finge fazer frente à situação. Não importa, diz. Pago com meu cartão Visa. Mas quando o vendedor o passa pela máquina, esse se revela também inválido. É um momento embaraçoso para Nick. Ele tenta fazer uma piada, mas não lhe vem nenhuma observação engraçada à cabeça. Desculpa-se com o vendedor por ter lhe causado um inconveniente, vira-se e sai da loja.

A confusão é facilmente explicável. Bowen já entendeu tudo quando chega ao hotel e, ao entender por que Eva cancelou os cartões, admite relutante que teria feito a mesma coisa no lugar dela. Um marido sai para colocar uma carta no correio e não volta. O que a esposa pode pensar? Abandono é uma possibilidade, claro, mas esse pensamento só vem depois. A primeira reação seria de alarme, e então a esposa repassa uma lista de possíveis acidentes e perigos. Atropelado por um caminhão, esfaqueado nas costas, assalto à mão armada, atingido na cabeça. E, se o marido foi vítima de roubo, o ladrão teria levado a carteira e sumido com os cartões de crédito. Sem nenhuma prova para sustentar uma ou outra hipótese (nenhuma queixa de crime, nenhum morto encontrado na rua), cancelar os cartões de crédito seria um mínimo de precaução.

Nick tem apenas sessenta e oito dólares em dinheiro. Não tem cheques com ele e, quando para em um caixa eletrônico no caminho de volta para o Hyatt Regency, descobre que seu cartão do Citibank também foi cancelado. Sua situação de repente ficou bem desesperada. Todas as vias para o dinheiro estão bloqueadas e, quando o hotel descobrir que o cartão American Express com que se hospedou na segunda-feira de noite não é mais válido, vai estar na pior das dificuldades, talvez até mesmo se veja forçado a defender-se de acusações de crime. Pensa em telefonar para Eva em casa, mas não consegue fazer isso. Não chegou até esse ponto para virar e fugir ao primeiro sinal de dificuldade, e o fato é que não quer ir para casa; não quer voltar para trás. Em vez disso, toma o elevador para o décimo andar do hotel, entra em sua suíte, e liga para o número de Rosa Leightman em Nova York. Faz isso por impulso puro, sem ter a menor ideia do que quer dizer a ela. Felizmente, Rosa não está e Nick deixa uma mensagem na secretária eletrônica — um monólogo desconexo que faz pouco ou nenhum sentido até para ele mesmo.

Estou em Kansas City, diz. Não sei por que estou aqui, mas estou aqui agora, talvez por um longo tempo, e preciso falar com você. Seria melhor falar pessoalmente, mas talvez seja demais pedir para você pegar um avião até aqui assim de repente. Mesmo que não possa vir, por favor me telefone. Estou no Hyatt Regency, quarto dez quarenta e seis. Li o livro de sua avó diversas vezes já, e acho que é a melhor coisa que ela escreveu. Obrigado por ter dado esse livro para mim. E obrigado por ter ido ao meu escritório na segunda-feira. Não se incomode de eu dizer isto, mas não consegui parar de pensar em você. Você bateu em mim como um martelo e, quando levantou da cadeira e saiu da sala, meu cérebro estava em pedaços. É possível se apaixonar por alguém em dez minutos?

Não sei nada de você. Não sei nem mesmo se é casada ou mora com alguém, se é livre ou não. Mas seria tão bom se pudesse falar com você, tão bom se pudesse ver você outra vez. É bonito aqui, por sinal. Tudo estranho e plano. Estou parado na frente da janela, olhando a cidade. Centenas de edifícios, centenas de ruas, mas está tudo em silêncio. O vidro bloqueia o som. A vida está do outro lado da janela, mas aqui tudo parece morto, irreal. O problema é que não posso ficar muito tempo mais neste hotel. Conheço um homem que mora do outro lado da cidade. É a única pessoa que conheci até agora, e vou procurar por ele dentro de alguns minutos. Chama-se Ed Victory. Estou com o cartão dele no bolso e vou dar o número para o caso de eu já ter ido embora quando você chamar. Talvez ele saiba onde vou estar. 816-765-4321. Vou dizer de novo: 816-765-4321. Que estranho. Acabo de notar que os números decrescem em ordem, um dígito de cada vez. Nunca vi um número de telefone assim antes. Acha que quer dizer alguma coisa? Provavelmente não. A menos que queira dizer, sim, claro. Conto para você assim que descobrir. Se não receber nenhuma notícia sua, ligo de novo dentro de alguns dias. Adiós.

Passa-se uma semana até ela ouvir a mensagem. Se Nick tivesse ligado vinte minutos antes, ela teria atendido ao telefone, mas Rosa acabou de sair de seu apartamento e portanto nada sabe de seu telefonema. No momento em que Nick grava suas palavras na secretária, ela está sentada dentro de um táxi amarelo a três quarteirões da entrada do túnel Holland, a caminho do aeroporto Newark, onde um voo vespertino irá levá-la a Chicago. É quarta-feira. Sua irmã vai se casar no sábado e, como a cerimônia será realizada na casa dos pais e Rosa é dama de honra, está indo mais cedo para ajudar nos preparativos. Ela não vê os pais faz algum tempo, de forma que aproveita a visita para passar mais alguns dias com eles depois do casamento. Seu plano é voltar a Nova York na terça-feira de manhã. Um homem acaba de lhe fazer uma declaração de amor em uma secretária eletrônica, e uma semana inteira irá se passar antes que ela fique sabendo.

Em outra parte de Nova York, naquela mesma tarde de quarta-feira, a esposa de Nick, Eva, também voltou seus pensamentos para Rosa Leightman. Nick está desaparecido há cerca de quarenta horas. Sem nenhuma palavra da polícia a respeito de acidentes ou crimes envolvendo um homem que corresponda à descrição de seu marido, sem nenhum bilhete, nenhum telefonema de pretensos sequestradores, ela começa a considerar a possibilidade de Nick ter ido embora, de tê-la abandonado por sua própria conta. Até esse momento, nunca desconfiou que tivesse um caso, mas quando pensa no que disse a respeito de Rosa no restaurante na segunda-feira à noite, e lembra como ficou tomado por ela — a ponto de confessar em voz alta a sua atração —, começa a pensar que ele pode ter saído em alguma escapada adúltera, abrigado entre os braços daquela moça magra de cabelo loiro espetado.

Procura o número de Rosa no catálogo telefônico e liga para o apartamento dela. Ninguém atende, claro, uma vez que Rosa já está no avião. Eva deixa uma mensagem curta e desliga. Como Rosa não responde sua chamada, Eva disca de novo à noite e deixa outra mensagem. Esse padrão é repetido vários dias — uma chamada de manhã e uma chamada à noite — e, quanto mais persiste o silêncio de Rosa, mais enraivecida fica Eva. Por fim, Eva vai ao edifício de Rosa em Chelsea, sobe os três lances de escada e bate na porta do apartamento. Nada acontece. Bate de novo, esmurrando com o punho e sacudindo a porta nas dobradiças, e mesmo assim ninguém atende. Eva toma isso como prova definitiva de que Rosa está com Nick — uma conclusão irracional, mas agora Eva já está além da lógica, costurando freneticamente uma história que explique a ausência do marido, baseada em suas ansiedades mais sombrias, em seus piores medos em relação ao casamento e a si mesma. Rabisca um bilhete em um pedaço de papel e enfia debaixo da porta de Rosa. *Preciso conversar com você sobre Nick*, diz. *Telefone para mim imediatamente. Eva Bowen.*

Nesse momento, Nick já saiu há muito do hotel. Encontrou Ed Victory, que mora num quarto minúsculo do último andar de uma pensão em uma das piores partes da cidade, um bairro da periferia de armazéns abandonados, caindo aos pedaços, e prédios incendiados. As poucas pessoas que andam pela rua são negras, mas é uma zona de horror e devastação, e tem alguma semelhança com os enclaves de pobreza negra que Nick já viu em outras cidades americanas. Entra não num gueto urbano, mas num pedaço do inferno, uma terra de ninguém juncada de garrafas de bebida vazias, de agulhas usadas e carcaças de carros dilapidados enferrujando. A pensão é o único prédio inteiro do quarteirão, sem dúvida o último remanescente do que foi o bairro, oitenta ou cem anos antes. Em qualquer outra rua, teria passado por um edifício condenado, mas naquele contexto parece quase convidativo: um prédio de três andares com pintura amarela descascada, degraus e teto cedendo, com tábuas de compensado pregadas em todas as nove janelas da frente.

Nick bate de leve na porta, mas ninguém atende. Bate de novo, e alguns momentos depois uma velha de roupão atoalhado verde e peruca avermelhada barata está parada diante dele — desarrumada, desconfiada, perguntando o que deseja. Ed, responde Bowen, Ed Victory. Telefonei para ele faz uma hora mais ou menos. Está me esperando. Durante um tempo imenso a mulher nada diz. Olha para Nick de cima a baixo, olhos mortos a estudá-lo como se fosse algum tipo inclassificável, observando a pasta de couro em sua mão e depois seu rosto, tentando entender o que um homem branco está fazendo em sua casa. Nick enfia a mão no bolso e tira o cartão de Ed, esperando convencê-la de que está ali por razões legítimas, mas a mulher é meio cega e, quando se curva para olhar o cartão, Nick entende que não consegue ler as palavras. Ele não está com nenhum problema, não é?, ela pergunta. Nenhum problema, Nick responde. Não que eu saiba, pelo menos. E você não é da polícia?, diz a mulher. Estou aqui para me aconselhar, Nick diz a ela, e Ed é a única pessoa que pode me aconselhar. Segue-se outra longa pausa e finalmente a mulher aponta a escada. Três G, diz ela, a porta da esquerda. Bata bem forte quando chegar lá. Ed geralmente está dormindo essa hora do dia e não escuta bem.

A mulher sabe do que está falando, pois assim que Nick sobe a escada escura e localiza a porta de Ed Victory no fim do corredor, tem de bater dez ou doze vezes antes que o ex-motorista de táxi mande entrar. Grande e rotundo, com os suspensórios pendurados sobre a calça desabotoada, o único conhecido de Nick em Kansas City está sentado na cama, apontando uma arma bem para o coração de seu visitante. É a primeira vez que alguém aponta uma arma para Bowen, mas antes que possa ficar suficientemente alarmado e sair do quarto, Victory baixa a arma e coloca na mesinha de cabeceira.

É você, diz. O homem do raio que veio de Nova York.

Está esperando problemas?, Nick pergunta, sentindo atrasado o terror de uma possível bala no peito, mesmo que o perigo já tenha passado.

Tempos difíceis, diz Ed, e um lugar difícil aqui. Cuidado nunca é demais. Principalmente para um homem de sessenta e sete anos que não é muito ligeiro a pé.

Ninguém foge de uma bala, Nick responde.

Ed dá um grunhido por resposta, e diz para Bowen se sentar, inesperadamente se referindo a uma passagem de *Walden* ao apontar com um gesto a única cadeira da sala. Thoreau dizia que tinha três cadeiras em casa, Ed fala. Uma cadeira para solidão, outra para amizade e a terceira para sociedade. Só tenho uma para solidão. Contando a cama, talvez duas para amizade. Mas não tem sociedade aqui, não. Para mim bastou o que tive de sociedade pilotando meu carro.

Bowen acomoda-se na cadeira de madeira de encosto reto e olha em torno do quarto pequeno e arrumado. Faz pensar em uma cela de monge, ou no refúgio de um ermitão: um lugar neutro, espartano, sem nada além do essencial para viver. Uma cama de solteiro, uma cômoda de gavetas pequena, um fogão de chapa elétrica, uma geladeira tamanho frigobar, uma escrivaninha e uma estante com dezenas de livros, entre eles oito ou dez dicionários e uma coleção bem manipulada da *Collier's Encyclopedia* em vinte volumes. O quarto representa um mundo de contenção, de interioridade e disciplina e, quando Bowen olha de novo para Victory, que está calmamente olhando para ele da cama, percebe um último detalhe que havia lhe escapado antes. Não há quadros nas paredes, nenhuma fotografia ou objetos pessoais expostos. O único enfeite é um calendário pregado na parede acima da escrivaninha — de 1945, aberto no mês de abril.

Estou com um problema, e achei que você podia me ajudar.

Tudo depende, disse Ed, pegando seu maço de Pall Mall sem filtro da mesinha de cabeceira. Acende um cigarro com um fósforo de madeira, dá uma tragada prolongada e imediatamente começa a tossir. Anos de catarro coagulado metralham dentro de seus brônquios contraídos, e durante vinte segundos o quarto se enche de convulsas explosões sonoras. Quando a crise abranda, Ed sorri para Bowen e diz: Quando me perguntam por que eu fumo, respondo que é porque gosto de tossir.

Eu não queria incomodar, diz Nick. Talvez não seja um bom momento.

Não está me incomodando. Um homem me dá uma gorjeta de vinte dólares e dois dias depois aparece para me dizer que está com um problema. Me deixa meio curioso.

Preciso de trabalho. Qualquer trabalho. Sou um bom mecânico e me ocorreu que você pode saber de alguma coisa na companhia de táxis onde trabalhava.

Um homem de Nova York com uma pasta de couro e um terno bom me dizendo que quer ser mecânico. Ele dá gorjeta demais para o motorista e depois diz que está duro. E agora vai me dizer que não quer responder pergunta nenhuma. Estou certo ou errado?

Pergunta nenhuma. Eu sou o homem atingido pelo raio, lembra? Estou morto, e a pessoa que eu era não faz mais a menor diferença. A única coisa que conta é agora. E agora eu preciso ganhar algum dinheiro.

Gente que usa essa roupa é um bando de malandro e trouxa. Esqueça isso, Nova York. Se está desesperado mesmo, posso ter alguma coisa para você no Gabinete. Precisa ser bom de costas e ter cabeça para números. Se tiver essas qualificações, eu contrato você. Com um salário decente. Posso parecer pobre, mas tenho sacos de dinheiro, tanto dinheiro que você não ia saber nem o que fazer com ele.

O Gabinete de Preservação Histórica. Sua empresa.

Não é uma empresa. É mais um museu, um arquivo particular.

Tenho as costas fortes e sei somar e subtrair. Está falando de que tipo de trabalho?

Estou reorganizando meu sistema. Tem o tempo e tem o espaço. Só existem essas duas possibilidades. O arranjo atual é geográfico, espacial. Agora, eu quero mudar as coisas e transformar em cronológico. Assim é melhor e eu sinto não ter feito isso antes. Precisa levantar coisas pesadas e meu corpo não dá mais para fazer isso sozinho. Preciso de um ajudante.

E se eu disser que estou disposto a ser esse ajudante, quando começamos?

Agora mesmo, se quiser. Só me dê tempo de abotoar a calça e saio daqui junto com você. Aí você resolve se está interessado ou não.

Dei uma parada então para comer alguma coisa (umas bolachas salgadas e uma lata de sardinhas) e reguei o lanche com uns dois copos de água. Já eram quase cinco horas e, embora Grace tivesse dito que voltaria por volta das seis, seis e meia, eu queria aproveitar mais um tempinho com o caderno azul antes de ela voltar, para continuar até o último minuto possível. Voltando para meu estúdio no fim do corredor, dei uma entrada no banheiro para um xixi rápido e joguei um pouco de água na cara — senti-me revigorado, pronto para mergulhar de volta no conto. Assim que saí do banheiro, porém, a porta do apartamento se abriu e Grace entrou parecendo abatida e exausta. Sua prima Lily devia acompanhá-la até o Brooklyn (para jantar conosco e passar a noite no sofá-cama da sala, partindo depois, cedinho, para New Haven, onde era aluna do segundo ano de arquitetura em Yale), mas Grace estava sozinha e, antes que eu pudesse perguntar qual o problema, ela me deu um sorriso fraco, e correu pelo corredor na minha direção, virou repentinamente à esquerda e entrou no banheiro. Assim que entrou, caiu de joelhos e vomitou na privada.

Quando terminou o dilúvio, ajudei-a a se pôr de pé e levei-a para o quarto. Estava terrivelmente pálida e, com o braço direito em seus ombros e o esquerdo em sua cintura, eu podia sentir todo seu corpo tremendo — como se estivesse sendo atravessada por pequenas correntes de eletricidade. Talvez a comida chinesa de ontem, disse ela, mas eu disse que achava que não porque havia comido os mesmos pratos que ela e meu estômago estava normal. Você deve ter pegado alguma coisa, disse eu. É, Grace respondeu, você deve ter razão, deve ser um vírus desses — usando essa estranha palavrinha a que todos recorremos para descrever os contágios invisíveis que flutuam pela cidade e se enfiam na circulação e órgãos internos das pessoas. Mas eu nunca fico doente, acrescentou Grace, enquanto deixava passivamente que eu tirasse suas roupas e a colocasse na cama. Toquei sua testa, que não estava nem quente, nem fria, desencavei o termômetro da gaveta da mesa de cabeceira e enfiei em sua boca. Estava com a temperatura normal. Isso é bom, eu disse. Se dormir bem de noite, provavelmente vai se sentir melhor de manhã. Ao que Grace respondeu: Preciso melhorar. Tenho uma reunião importante no trabalho amanhã, não posso perder.

Fiz para ela uma xícara de chá fraco e uma fatia de torrada seca, e durante uma hora e pouco fiquei sentado ao seu lado na cama, conversando sobre sua prima Lily, que havia colocado Grace num táxi depois que a primeira onda de enjoo a obrigara a correr para o banheiro feminino do Met. Depois de uns goles de chá, Grace declarou que a náusea estava passando — mas foi dominada por ela de novo quinze minutos depois, o que a fez ir correndo outra vez para o banheiro do outro lado do corredor. Depois desse segundo ataque, ela começou a assentar, mas uns trinta ou quarenta minutos se passaram antes que conseguisse relaxar o suficiente para dormir. Nesse intervalo, conversamos um pouco, depois não dissemos nada por um momento, conversamos de novo e, durante todos esses minutos que se passaram até ela finalmente adormecer, acariciei sua cabeça com a mão aberta. Era gostoso brincar de enfermeira, eu lhe disse, mesmo que só por algumas horas. Tinha sido o contrário durante tanto tempo que eu havia esquecido que podia haver outro doente na casa além de mim.

"Você não está entendendo", disse Grace. "É castigo por causa de ontem à noite."

"Castigo? Do que está falando?"

"Por ter brigado com você no táxi. Eu fui uma merda."

"Não foi, não. E, mesmo que tivesse sido, duvido que Deus se vingue das pessoas fazendo elas passarem mal do estômago."

Grace fechou os olhos e sorriu. "Você sempre me amou, não é, Sidney?"

"Desde o primeiro momento que te vi."

"Sabe por que eu casei com você?"

"Não. Nunca tive coragem de perguntar."

"Porque você nunca me decepciona."

"Está apostando no cavalo errado, Grace. Estou decepcionando você já faz quase um ano. Primeiro, aprontei um inferno para você quando fiquei doente, depois fiz a gente fazer essa dívida de novecentas contas de médico sem pagar. Sem o seu emprego, estaríamos os dois na rua. Você está me levando nas costas, Ms. Tebbetts. Sou um homem dependente."

"Não estou falando de dinheiro."

"Sei que não. Mas está passando um mau bocado."

"Sou eu que devo a você, Sid. Mais do que você imagina — mais do que jamais vai imaginar. Enquanto não ficar decepcionado comigo, enfrento qualquer coisa."

"Não estou entendendo."

"Não tem de entender. Só continue me amando, e tudo vai se ajeitar por si."

Era a segunda conversa perturbadora que tínhamos nas últimas dezoito horas. Mais uma vez, Grace estava insinuando alguma coisa que se recusava a contar, algum tipo de torvelinho interno que parecia estar atormentando sua consciência e isso me deixava perdido, tateando às cegas para entender o que estava acontecendo. E, mesmo assim, como estava terna essa noite, aceitando tão contente os meus cuidados, feliz de eu estar sentado ao seu lado na cama. Depois de tudo o que passamos juntos no último ano, depois de toda a sua firmeza e compostura durante a minha longa doença, parecia impossível que ela pudesse um dia fazer alguma coisa que me decepcionasse. E, mesmo que fizesse, eu era tolo o suficiente e leal o suficiente para não me importar. Queria continuar casado com ela o resto de minha vida e, se Grace escorregasse em algum ponto ou fizesse alguma coisa de que não se orgulhasse, que diferença podia fazer aquilo a longo prazo? Não tinha o direito de julgá-la. Eu era seu marido, não um tenente da polícia moral, e pretendia ficar ao lado dela apesar de tudo. *Só continue me amando.* Eram instruções simples e, a menos que ela resolvesse cancelar essas instruções em alguma data futura, eu pretendia obedecer aos seus desejos até o fim.

Ela adormeceu pouco antes das seis e meia. Ao sair do quarto na ponta dos pés para beber mais um copo de água na cozinha, me dei conta de que estava contente de Lily ter desistido de seu plano de passar a noite e pegado logo um trem de volta para New Haven. Não que eu desgostasse da prima mais nova de Grace — na verdade, gostava muito dela, e achava divertido ouvir seu sotaque da Virginia, que era bem mais marcado que o de Grace —, mas ter de ficar conversando com ela a noite inteira enquanto Grace dormia no quarto era um pouco demais para mim. Imaginei que não ia conseguir continuar trabalhando quando as duas voltassem de Manhattan, mas agora que o jantar estava desmarcado, não havia nada a impedir que eu mergulhasse de volta no meu caderno azul. Ainda era cedo; Grace estava acomodada para a noite; e, depois da minha minirrefeição de sardinhas e bolachas, minha fome estava satisfeita. Então voltei para o fim do corredor, tomei meu lugar à mesa e abri o caderno pela segunda vez aquele dia. Sem levantar nem uma vez da cadeira, trabalhei firme até três e meia da manhã.

O tempo passou. Na segunda-feira seguinte, sete dias depois do desaparecimento de Bowen, sua mulher recebe a conta final do cartão American Express que cancelou. Examinando a lista de cobranças, topa com a última, no fim da página — um voo da Delta Airlines para Kansas City na segunda-feira anterior — , e, de repente, entende que Nick está vivo, que deve estar vivo. Mas por que Kansas City? Faz um esforço para imaginar por que seu marido tomou um avião para um lugar onde não tem nenhuma ligação (nem parentes, nem autores de sua lista de escritores, nem amigos do passado), mas não consegue pensar em nenhum motivo. Ao mesmo tempo, começa a duvidar da hipótese de Rosa Leightman. A garota vive em Nova York e, se Nick realmente fugiu com ela, por que cargas-d'água teria levado a moça para o Meio-Oeste? A menos que Rosa Leightman fosse de Kansas City, claro, mas isso parecia pouco provável, a mais remota das soluções remotas.

Não tem mais nenhuma teoria, mais nenhuma narrativa adivinhada onde se apoiar, e a raiva que a vinha roendo por dentro nessa última semana gradualmente se dissipa, e acaba por desaparecer. Do vazio e confusão que se seguem, emerge uma nova emoção para preencher seus pensamentos: a esperança, ou algum afim da esperança. Nick está vivo e, considerando o relatório das despesas do cartão de crédito, comprou uma passagem só, há uma boa chance de estar sozinho. Eva telefona para o Departamento de Polícia de Kansas City e pede o Departamento de Pessoas Desaparecidas, mas o sargento que pega o telefone não ajuda muito. Maridos desaparecem todos os dias, diz ele, e, a menos que haja indício de crime, a polícia não pode fazer nada. Perto do desespero, dando por fim vazão à angústia e à tristeza que foram se acumulando dentro dela nos últimos dias, Eva diz ao sargento que ele é um filho da puta sem coração e desliga. Resolve que vai tomar um avião para Kansas City, e começar a procurar Nick ela mesma. Agitada demais para ficar sentada, resolve partir nessa mesma noite.

Liga para a secretária eletrônica de seu trabalho, deixa instruções minuciosas para sua secretária sobre os negócios a serem realizados nessa semana, depois explica que tem um problema de família urgente para resolver. Vai ficar fora da cidade durante algum tempo, diz, mas manterá contato pelo telefone. Até agora, não contou a ninguém do desaparecimento de Nick, a não ser à polícia de Nova York, que não foi capaz de fazer nada por ela. Mas manteve os amigos e colegas no escuro, se recusando até a mencionar a história para seus pais e, quando o escritório de Nick começou a ligar na terça-feira para descobrir onde ele estava, manteve todos à distância dizendo que ele tinha pegado um vírus intestinal e que estava de cama. Na segunda-feira seguinte, ele devia estar recuperado e de volta ao trabalho, mas ela disse que estava bem melhor, só que sua mãe tinha ido às pressas para o hospital depois de uma queda feia, e que tinha ido para Boston com ela. Essas mentiras eram uma forma de autoproteção, motivadas por vergonha, humilhação e medo. Que tipo de esposa seria se não fosse capaz de dar conta do paradeiro do marido? A verdade era um pântano de incertezas, e a ideia de confessar para alguém que Nick a havia abandonado não entrava em sua cabeça.

Armada com várias fotos recentes de Nick, faz uma mala pequena e vai para La Guardia, depois de ligar para reservar um lugar no voo das nove e meia. Quando aterrissa em Kansas City várias horas depois, encontra um táxi e pede para o motorista recomendar um hotel, repetindo quase palavra por palavra o que seu marido perguntou a Ed Victory na segunda-feira anterior. A única diferença é que ela usa a palavra *bom*, em vez de *melhor*, mas apesar das nuances dessa distinção, a resposta do motorista é idêntica. Ele a leva para o Hyatt e, sem saber que está trilhando as pegadas do marido, Eva se registra no balcão, pedindo um quarto de solteiro. Não é do tipo que joga dinheiro fora e se permite suítes caras, mas seu quarto, mesmo assim, é no décimo andar, no mesmo corredor onde Nick ficou as duas primeiras noites depois de sua chegada à cidade. A não ser pelo fato de seu quarto ficar uma fração de grau mais para o sul do que o dele, tem a mesma vista da cidade que ele tinha: a mesma extensão de edifícios, a mesma rede de ruas, o mesmo céu de nuvens suspensas que ele descreveu para Rosa Leightman quando ficou parado na frente da janela, falando com a secretária eletrônica antes de omitir-se ao pagamento da conta e sair do lugar para sempre.

Eva dorme mal na cama desconhecida, a garganta seca, acorda três ou quatro vezes durante a noite para visitar o banheiro, beber outro copo de água, olhar os números de luz vermelha do despertador digital e ouvir o rumor dos ventiladores do teto. Às cinco horas, apaga, dorme ininterruptamente durante umas três horas, e depois pede o café da manhã no quarto. Às quinze para as nove, já banhada, vestida e fortalecida com um bule de café preto, desce de elevador até o andar térreo para começar sua busca. Todas as esperanças de Eva estão nas fotos que leva na bolsa. Vai andar pela cidade e mostrar a foto de Nick para todas as pessoas que puder, a começar pelos hotéis e restaurantes, depois as lojas e mercados, depois as companhias de táxi, os prédios de escritórios, e Deus sabe o que mais, rezando para que alguém o reconheça e lhe dê uma pista. Se nada acontecer no primeiro dia, vai mandar fazer cópias de uma das fotos e pregar pela cidade inteira — nas paredes, nos postes de luz, nas cabines telefônicas — e publicar a foto no *Kansas City Star*, além de qualquer outro jornal que circule na região. Já no elevador descendo para o saguão, imagina o texto para o prospecto com a foto. DESAPARECIDO. Ou: VOCÊ VIU ESTE HOMEM? Seguido do nome de Nick, idade, altura, peso e cor de cabelo. Depois um telefone de contato e a promessa de recompensa. Está ainda tentando resolver o montante quando a porta do elevador se abre. Mil dólares? Cinco mil dólares? Dez mil dólares? Se o estratagema falhar, diz para si mesma, passará ao segundo passo, contratando os serviços de um detetive particular. Não algum ex-tira com licença de investigador, mas um perito, um homem especializado em caçar seres desaparecidos, evaporados do mundo.

Três minutos depois de Eva entrar no saguão, algo miraculoso acontece. Ela mostra a foto de Nick para a atendente na recepção, e a jovem de cabelo loiro e dentes brancos brilhantes faz uma identificação positiva. Isso leva a uma procura nos registros e, mesmo no ritmo de lesma dos computadores de 1982, não leva muito tempo para confirmar que Nick Bowen se hospedou no hotel, passou duas noites ali e desapareceu sem se dar ao trabalho de encerrar a conta. Tinham o decalque do cartão de crédito arquivado, mas ao passar o número pelo sistema do American Express, o cartão mostrou-se inválido. Eva pediu para ver o gerente a fim de acertar a conta de Nick e, uma vez sentada em sua sala, entregando a ele seu próprio cartão que acabou de validar, para cobrir as despesas faltosas, ela começa a chorar, cedendo de verdade pela primeira vez desde que seu marido desapareceu. Mr. Lloyd Sharkey fica embaraçado com essa demonstração de angústia feminina, mas com as maneiras suaves e untuosas de um profissional veterano, oferece a Mrs. Bowen toda a ajuda que estiver a seu alcance. Minutos depois, Eva está de volta ao décimo andar, conversando com a camareira mexicana responsável pela limpeza do apartamento 1046. A mulher informa que a plaquinha de NÃO PERTURBE ficou pendurada na maçaneta do quarto de Nick durante toda a sua estada e que nunca o viu. Dez minutos depois disso, Eva está no térreo, na cozinha, conversando com Leroy Washington, o garçom do serviço de quarto que serviu algumas refeições a Nick. Ele reconhece o marido de Eva na foto e acrescenta que Mr. Bowen dava gorjetas generosas, embora não falasse muito e parecesse "preocupado" com alguma coisa. Eva pergunta se Nick estava sozinho ou com uma mulher. Sozinho, diz Washington. A menos que houvesse uma dama escondida no banheiro ou no armário, continua ele, mas as refeições eram sempre para uma pessoa e, pelo que podia dizer, só um lado da cama havia sido desarrumado.

Agora que pagou a conta de hotel dele, e agora que tem quase certeza de que não fugiu com outra mulher, Eva começa a se sentir como uma esposa de novo, uma esposa completa batalhando para encontrar seu marido e salvar seu casamento. Não obtém mais nenhuma informação das entrevistas que faz com outros membros do pessoal do Hyatt Regency. Não tem como começar a adivinhar onde Nick pode ter ido ao sair do hotel, mas mesmo assim se sente encorajada, como se o fato de saber que ele esteve ali, no mesmo lugar em que ela está agora, possa constituir um sinal de que não está longe — mesmo que não passe de uma sobreposição sugestiva, de uma congruência espacial que não quer dizer nada.

Assim que sai para a rua, porém, o desespero de sua situação despenca em cima dela outra vez. Porque permanece o fato de que Nick foi embora sem uma palavra — abandonou-a, abandonou o emprego, deixou tudo para trás em Nova York — e a única explicação em que consegue pensar agora é que ele está ficando maluco, tomado por algum violento colapso nervoso. Será que viver com ela o deixou tão infeliz? Terá sido ela que o levou a dar um passo tão drástico, que o empurrou ao desespero? Sim, diz para si mesma, provavelmente fez isso com ele. E, para piorar as coisas, ele deve estar sem um vintém. Uma alma perturbada, meio louca, vagando por uma cidade estranha sem um tostão no bolso. E isso por culpa sua também, diz a si mesma, toda aquela história infeliz é culpa sua.

Nessa mesma manhã, enquanto Eva começa os seus inúteis turnos de investigação, entrando e saindo de restaurantes e lojas do centro de Kansas City, Rosa Leightman pega o avião de volta para Nova York. Destranca a porta de seu apartamento em Chelsea à uma hora, e a primeira coisa que vê é o bilhete de Eva na soleira. Tomada de surpresa, perplexa com o tom urgente do recado, larga a mala sem se dar ao trabalho de desfazê-la e telefona imediatamente para o primeiro dos dois números anotados no fim do bilhete. Ninguém atende no apartamento da rua Barrow, mas ela deixa um recado na secretária, explicando que estava fora da cidade e que agora pode ser encontrada no número de sua casa. Telefona então para o escritório de Eva. A secretária diz que Mrs. Bowen viajou a negócios, mas que deve telefonar mais tarde e, assim que ligar, receberá o recado. Rosa fica intrigada. Encontrou Nick Bowen apenas uma vez e não sabe nada sobre ele. A conversa em sua sala foi extremamente boa, ela achou, e, mesmo sentindo que ele ficara atraído por ela (viu isso em seus olhos, sentiu isso no jeito como olhava para ela), seus modos foram reservados e cavalheirescos, até um pouco distantes. Um homem mais perdido do que agressivo, lembrava disso, com um inconfundível toque de tristeza pairando sobre si. Casado, ela agora descobriu, e portanto fora de questão, interditado para qualquer consideração. Mas tocante de alguma forma, um tipo sensível com instintos gentis.

Ela desfaz a mala e olha a correspondência antes de ouvir as mensagens na secretária eletrônica. São quase duas horas então, e a primeira coisa que entra é a voz de Bowen declarando amor por ela e pedindo que vá encontrar com ele em Kansas City. Rosa fica paralisada, ouvindo em assombrada confusão. Fica tão abalada com o que Nick está dizendo que tem de voltar a fita para o fim da mensagem duas vezes mais antes de ter certeza de anotar o número de Ed Victory corretamente — apesar do diminuendo dos números decrescentes, impossível de esquecer. Ficou tentada a parar a secretária e ligar para Kansas City imediatamente, mas então resolve correr as catorze outras mensagens, para ver se Nick telefonou de novo. Telefonou. Na sexta-feira, e de novo no domingo. "Espero que não tenha se apavorado com o que eu disse o outro dia", começava a segunda mensagem, "mas cada palavra é sincera. Não consigo me livrar de você. Está o tempo inteiro no meu pensamento e, mesmo parecendo que você quer me dizer que não está interessada — o que mais posso entender com seu silêncio? —, gostaria que me telefonasse. Se não por outra coisa, para falarmos do livro de sua avó. Use o telefone de Ed, aquele que eu dei antes: 816-765-4321. Por sinal, esses números não foram um acaso. Ed pediu de propósito. Diz que são uma metáfora — do quê, eu não sei. Acho que ele quer que eu entenda sozinho." A última mensagem era a mais curta, e nela Nick praticamente desiste de Rosa. "Sou eu", diz ele, "fazendo uma última tentativa. Por favor telefone, mesmo que seja só para me dizer que não quer falar."

Rosa disca o número de Ed Victory, mas ninguém atende do outro lado e, depois de deixar o telefone tocar mais de doze vezes, conclui que é um aparelho velho, sem secretária eletrônica. Sem tomar nenhum tempo para examinar o que sente (ela não sabe o que sente), Rosa desliga o telefone convencida de que tem a obrigação moral de entrar em contato com Bowen — e que isso tem de ser feito o mais depressa possível. Pensa em mandar um telegrama, mas quando chama o serviço de informações de Kansas City e pede o endereço de Ed, a telefonista diz que o número não está na lista, o que significa que não pode fornecer essa informação. Rosa tenta de novo o escritório de Eva, esperando que a esposa de Nick já tenha telefonado, mas a secretária diz que ainda não tem nenhuma notícia. O que acontece é que Eva fica tão envolvida com seu drama em Kansas City que vai se esquecer de telefonar para o escritório durante vários dias e, quando finalmente entra em contato com a secretária, a própria Rosa já estará a caminho de Kansas City num ônibus da Greyhound. Por que ela vai? Porque, no curso daqueles dias, ela telefonou para Ed Victory umas cem vezes, e ninguém atendeu ao telefone. Porque, na ausência de maiores comunicações de Nick, ela se convenceu de que ele está com problemas — talvez sérios, em risco de vida. Porque ela é jovem e aventureira, atualmente desempregada (entre empregos como ilustradora freelance) e talvez — só se pode especular a respeito — porque está namorando a ideia de um homem que mal conhece ter abertamente confessado que não consegue parar de pensar nela, a ideia de que fez um homem se apaixonar por ela à primeira vista.

Voltando à quarta-feira anterior, à tarde em que Bowen subiu os degraus da pensão de Ed e recebeu a oferta de ser ajudante no Gabinete de Preservação Histórica, retomei a crônica do meu moderno Flitcraft...

Ed abotoa a calça, apaga o Pall Mall fumado pela metade e leva Nick para baixo. Saem para o friozinho da tarde de começo da primavera e continuam andando nove ou dez quarteirões, virando à direita, virando à esquerda, lentamente se dirigindo por uma rede de ruas dilapidadas até um pátio de estocagem abandonado perto do rio, a fronteira líquida que separa o lado de Missouri da cidade do lado de Kansas. Continuam andando até a água estar diretamente à frente deles, sem mais nenhum prédio à vista e nada mais adiante a não ser meia dúzia de trilhos de trem, que correm todos paralelos uns aos outros e parecem não estar mais em uso, dado o estado enferrujado dos trilhos e das numerosas presilhas quebradas e rachadas amontoadas no cascalho e na terra em torno. Um vento forte está soprando do rio quando os dois homens passam por cima do primeiro conjunto de trilhos, e Nick não consegue deixar de pensar no vento que estava soprando nas ruas de Nova York na noite de segunda-feira, pouco antes de a gárgula cair do edifício e quase matá-lo esmagado. Com a respiração chiando pelo esforço da longa caminhada, Ed para de repente ao atravessarem o terceiro conjunto de trilhos e aponta o chão. Há um quadrado de madeira sem pintura, batido pelo tempo, embutido no cascalho, uma espécie de comporta ou porta de alçapão, e mistura-se tão discretamente com o meio circundante que Nick duvida que tivesse encontrado sozinho. Por favor, faça a gentileza de levantar essa coisa do chão e colocar de lado, Ed lhe pede. Eu mesmo faria isso, mas engordei tanto estes dias que acho que não consigo mais me curvar sem cair para a frente.

Nick faz o que o patrão pediu, e um momento depois os dois homens estão descendo uma escada de ferro presa na parede de cimento. Chegam ao fundo, quatro metros abaixo da superfície. Ajudado pela luz que vem da escotilha aberta lá em cima, Nick vê que estão em uma estreita passagem, diante de uma porta de madeira compensada nua. Não há maçaneta nem puxador visível, mas um cadeado do lado direito, à altura do peito. Ed tira uma chave do bolso e enfia no buraco de baixo da tranca. Assim que o mecanismo de mola se solta e o cadeado está em sua mão, ele afasta a trava com o polegar e desliza a ponta solta da corrente no buraco do ferrolho. É um gesto firme e prático, observa Nick, certamente produto de incontáveis visitas a esse úmido esconderijo subterrâneo ao longo dos anos. Ed dá um empurrãozinho na porta e, quando ela se abre girando nos gonzos, Nick dá uma espiada no escuro à sua frente e não consegue ver nada. Ed gentilmente o empurra de lado, dá um passo, atravessando a soleira, e um instante depois Nick ouve o estalido de um interruptor, depois outro, um terceiro e talvez até um quarto. Numa gaguejante sucessão de flashes, oscilações e zumbidos, diversas fileiras de luz fluorescente vão gradualmente se acendendo no alto, e Nick se vê olhando para um grande depósito, um recinto sem janelas que mede aproximadamente dezessete metros por dez. Em alas precisas que correm ao comprido do chão, estantes metálicas cinzentas enchem todo o espaço, cada uma delas subindo até o teto, que deve ter entre três e três metros e meio de altura. Bowen tem a impressão de que entrou na sala de alguma biblioteca secreta, uma coleção de livros proibidos que ninguém, senão os iniciados, pode ler.

O Gabinete de Preservação Histórica, diz Ed, com um pequeno aceno de mão. Dê uma olhada. Não toque em nada, mas olhe o quanto quiser.

As circunstâncias são tão bizarras, tão distantes de qualquer coisa que Nick estivesse esperando, que não consegue nem começar a imaginar o que o aguarda. Percorre o primeiro corredor e descobre que as estantes estão tomadas de listas telefônicas. Centenas de listas telefônicas, milhares de listas telefônicas, arrumadas em ordem alfabética por cidade e colocadas em ordem cronológica. Por acaso se encontra na fileira que contém Baltimore e Boston. Conferindo as datas das lombadas das listas, vê que o livro mais antigo de Baltimore é de 1927. Existem várias falhas depois disso, mas a partir de 1946 a coleção está completa até o ano atual, 1982. O primeiro livro de Boston é ainda mais antigo, datando de 1919, mas aí também faltam muitos volumes até 1946, quando os anos todos passam a figurar. Com base nessa escassa evidência, Nick conclui que Ed começou a coleção em 1946, o ano seguinte ao final da Segunda Guerra Mundial, que é, por acaso, o ano em que o próprio Bowen nasceu. Trinta e seis anos dedicados a uma empresa vasta e aparentemente sem sentido, que cobre exatamente a duração de sua própria vida.

Atlanta, Buffalo, Cincinnati, Chicago, Detroit, Houston, Kansas City, Los Angeles, Miami, Minneapolis, os cinco distritos de Nova York, Filadélfia, St. Louis, San Francisco, Seattle — todas as metrópoles americanas à mão, ao lado de dezenas de cidades menores, condados rurais do Alabama, cidades suburbanas de Connecticut e territórios não incorporados do Maine. Mas não se limita à América. Quatro das vinte e quatro fileiras de dois lados das altas estantes de metal são dedicadas a cidades e aldeias de países estrangeiros. Esses arquivos não são tão completos ou exaustivos como suas contrapartidas domésticas, mas além do Canadá e do México, a maior parte das nações da Europa ocidental e oriental estão representadas: Londres, Madri, Estocolmo, Paris, Munique, Praga, Budapeste. Para seu assombro, Nick vê que Ed conseguiu comprar uma lista telefônica de Varsóvia de 1937/38: *Spis Abonentów Warszawskiej Sieci TELEFONÓW*. Lutando com a tentação de tirá-la da estante, ocorre a Nick que todos os judeus listados naquele livro morreram há muito tempo — assassinados antes mesmo que Ed tivesse iniciado sua coleção.

A expedição dura dez ou quinze minutos e, a todo lugar que Nick vai, Ed o acompanha com um sorriso no rosto, saboreando a perplexidade de seu visitante. Quando chegam ao final da fileira de estantes do lado sul da sala, Ed finalmente diz: O homem está intrigado. Está perguntando a si mesmo: que diabo é isto aqui?

É um jeito de encarar a coisa, Nick responde.

Alguma ideia — ou só uma grande confusão?

Não tenho certeza, mas tenho a impressão de que não é só um jogo para você. Acho que sabe disso. Não é algo colecionado só por colecionar. Tampas de garrafa, embalagens de cigarro, cinzeiros de hotel, estatuetas de elefante de vidro. As pessoas passam o tempo procurando todo tipo de lixo. Mas estas listas telefônicas não são lixo. Elas significam alguma coisa para você.

Esta sala contém o mundo, Ed replica. Ou pelo menos uma parte dele. Os nomes dos vivos e dos mortos. O Gabinete de Preservação Histórica é uma casa da memória, mas é também um altar ao presente. Ao juntar essas duas coisas em um só lugar, eu provo para mim mesmo que a humanidade não está acabada.

Acho que não estou entendendo.

Eu vi o fim de todas as coisas, Homem do Raio. Desci até as entranhas do inferno, e vi o fim. Você volta de uma viagem dessas e, por mais que continue no meio dos vivos, uma parte de você vai estar sempre morta.

Quando isso aconteceu?

Abril de 1945. Minha unidade estava na Alemanha, fomos nós que liberamos Dachau. Trinta mil esqueletos respirando. Você já viu as fotos, mas as fotos não mostram o que era aquilo. Tinha de estar lá e sentir o cheiro você mesmo; tinha de estar lá e tocar com a sua própria mão. Seres humanos fizeram aquilo com seres humanos, e fizeram com plena consciência. Aquilo foi o fim da humanidade, Mr. Sapato Bom. Deus desviou os olhos de nós e abandonou o mundo para sempre. E eu estava lá para ver.

Quanto tempo ficou no campo?

Dois meses. Eu era cozinheiro, então trabalhava na tropa da cozinha. Meu trabalho era alimentar os sobreviventes. Você deve ter lido as histórias de que alguns não conseguiam parar de comer. Os desnutridos. Tinham pensado em comida durante tanto tempo, que não conseguiam se controlar. Comiam até o estômago explodir e morriam. Centenas deles. No segundo dia, uma mulher veio falar comigo com um bebê no colo. Tinha perdido a cabeça, essa mulher, dava para ver, dava para ver no jeito como os olhos dela ficavam dançando nas órbitas, tão magra, tão mal alimentada, eu não entendia como conseguia ficar em pé. Não pediu comida nenhuma, mas queria que eu desse leite para o bebê. Fiquei contente de servir, mas quando ela me deu a criança, vi que estava morta, que fazia dias que estava morta. O rostinho todo enrugado e preto, mais preto que a minha cara, uma coisinha que não pesava quase nada, só pele enrugada, pus seco e ossos sem peso. A mulher continuou implorando leite, e então eu despejei um pouco de leite na boca do bebê. Não sabia mais o que fazer. Despejei o leite na boca do bebê morto, e aí a mulher pegou o bebê de volta — tão feliz, tão feliz que começou a cantarolar, quase cantar mesmo, cantando de um jeito amoroso, alegre.

Não sei se algum dia vi alguém mais contente do que ela naquele momento, indo embora com o bebê morto nos braços, cantando porque tinha finalmente conseguido dar um pouco de leite para ele. Fiquei olhando a mulher se afastar. Ela se arrastou uns cinco metros e aí os joelhos dela cederam e, antes que eu pudesse chegar e segurar, ela caiu morta na lama. Foi por causa disso que a coisa começou para mim. Quando vi essa mulher morrer, entendi que eu ia ter de fazer alguma coisa. Não podia simplesmente voltar para casa depois da guerra e esquecer tudo. Tinha de guardar aquele lugar na minha cabeça, de continuar pensando naquilo todos os dias do resto da minha vida.

Nick ainda não entende. Pode entender a enormidade do que Ed viveu, sentir compaixão pela angústia e horror que continuavam a assombrá-lo, mas como esses sentimentos encontravam expressão na louca empresa de colecionar listas telefônicas é uma coisa que escapa à sua compreensão. É capaz de imaginar cem outras maneiras de traduzir a experiência do campo da morte em uma ação persistente de vida inteira, mas não este estranho arquivo subterrâneo cheio com os nomes de pessoas de todo o mundo. Porém, quem pode julgar a paixão de outro homem? Bowen precisa trabalhar, gosta da companhia de Ed e não tem nada contra passar as próximas semanas ou meses ajudando-o a reorganizar o sistema de armazenagem dos livros, por mais inútil que seja esse trabalho. Os dois homens entram em acordo na questão de salário, horário e assim por diante, e apertam-se as mãos para selar o contrato. Mas Nick ainda está na embaraçosa posição de ter de pedir um adiantamento sobre seus futuros ganhos. Precisa de roupas e de um lugar para morar, e os sessenta e poucos dólares que tem na carteira não são suficientes para cobrir essas despesas. Seu novo patrão, porém, dá um passo à sua frente. Há uma Missão da Boa Vontade a menos de um quilômetro de onde a gente está, diz ele, e Nick pode se equipar com roupas novas por poucos dólares essa mesma tarde. Nada chique, claro, mas o que vai fazer para ele exige roupas de trabalho, não ternos caros de escritório. Além disso, já tem um desses e, se um dia sentir vontade de ir para a cidade, é só vestir de novo.

Resolvido esse problema, Ed imediatamente soluciona o problema de moradia também. Há um apartamento de um quarto no recinto, informa para Nick, e, se Bowen não se assusta com a ideia de passar as noites debaixo da terra, pode ficar, sem pagar nada. Chamando Nick para ir atrás dele, Ed se arrasta devagar por um dos corredores centrais, oscilando instavelmente nos tornozelos doloridos e inchados até chegar a uma parede de concreto no limite oeste da sala. Eu mesmo fico aqui muitas vezes, diz, procurando no bolso e tirando as chaves. É um lugarzinho gostoso.

Há uma porta de metal embutida na superfície da parede e, como é do mesmo tom de cinza da própria parede, Nick nem havia notado que existia ao passar por ali minutos antes. Assim como a porta da entrada de madeira do outro extremo da sala, esta também não tem maçaneta nem puxador, e abre-se para dentro com um suave empurrão de Ed. É mesmo, diz Nick delicadamente ao entrar, é um lugarzinho gostoso, embora ache o quarto bem deprimente, tão nu e pouco mobiliado quanto o quarto de Ed na pensão. Mas os rudimentos estão ali — a não ser por uma janela, claro, uma possibilidade de olhar para fora. Cama, mesa e cadeira, refrigerador, fogãozinho, privada com descarga, uma estante cheia de comida enlatada. Não tão terrível, na verdade, e afinal que escolha tem Nick, senão aceitar a oferta de Ed? Ed parece satisfeito com a disposição de Bowen ficar ali e, quando tranca a porta e os dois homens se viram para chegar à escada que os levará de volta acima do chão, conta para Nick que começou a construir o quarto vinte anos antes. No outono de sessenta e dois, diz ele, no meio da crise dos mísseis cubana. Achei que iam jogar a grandona em cima da gente, e pensei que precisava de um lugar para me esconder. Sabe, um não sei o quê.

Um abrigo contra radiação.

Certo. Então quebrei a parede e aumentei aquele quartinho. A crise terminou antes de eu acabar, mas nunca se sabe, não é? Esses maníacos que governam o mundo são capazes de qualquer coisa.

Nick sente uma pequena onda de alarme ao ouvir Ed falar assim. Não que não concorde com sua opinião sobre os governantes do mundo, mas pensa agora se não terá juntado forças com uma pessoa desequilibrada, um maluco sem estabilidade e/ou demente. Sem dúvida é possível, diz para si mesmo, mas Ed Victory é o homem que o destino lhe enviou e, se tem a intenção de se nortear pelos princípios da gárgula caída, tem de ir em frente e manter a direção que tomou — dê no que der. Se não for assim, sua partida de Nova York se transforma em um gesto vazio, infantil. Se não é capaz de aceitar o que está acontecendo, aceitar e ativamente adotar aquilo, terá de admitir a derrota, telefonar para sua mulher para dizer que está voltando para casa.

Por fim, essas ansiedades se mostram infundadas. Os dias passam e, enquanto os dois homens trabalham juntos na cripta abaixo dos trilhos do trem, arrastando listas telefônicas de um lado para outro da sala dentro de caixotes de madeira de maçãs montados sobre patins, Nick descobre que Ed é nada menos que uma pessoa leal, um homem de palavra. Não pede nunca que seu ajudante se explique nem conte sua história, e Nick passa a admirar essa discrição, principalmente em alguém tão falante como Ed, cujo próprio ser emana curiosidade pelo mundo. Os modos de Ed são tão refinados, na verdade, que não pergunta nem o nome de Nick. Um dia, Bowen menciona ao seu patrão que pode chamá-lo de Bill, mas percebendo que o nome é inventado, Ed raramente se dá ao trabalho, preferindo se dirigir ao funcionário como *Homem do Raio, Nova York,* e *Mr. Sapato Bom.* Nick está absolutamente satisfeito com o arranjo. Vestindo as diversas roupas compradas na loja da Missão da Boa Vontade (camisas de flanela, calça cáqui e jeans, meias brancas retas e tênis de basquete puídos), imagina como seriam os homens que usaram originalmente as roupas que usa agora. Refugos podem vir de uma dentre duas fontes, e são dados por duas razões. A pessoa perde o interesse numa roupa e a dá para a caridade, ou então uma pessoa morre, e os herdeiros dispõem de seus bens em troca de um magro abatimento no imposto. Nick gosta da ideia de andar por aí com as roupas de alguém que já morreu. Agora que cessou de existir, parece adequado usar o guarda-roupa de um homem que igualmente deixou de existir — como se essa dupla negação fizesse o apagamento de seu passado mais total, mais permanente.

Mas Bowen mesmo assim tem de estar em guarda. Ele e Ed fazem pausas frequentes durante o trabalho e, cada vez que interrompem as atividades, Ed gosta de passar o tempo conversando, muitas vezes pontuando suas frases com um trago de uma lata de cerveja. Nick fica sabendo sobre Wilhamena, a primeira mulher de Ed, que desapareceu em uma manhã de 1953 com um vendedor de bebidas de Detroit, e de Rochelle, a sucessora de Wilhamena, que lhe deu três filhas e depois morreu de problemas cardíacos em 1969. Bowen acha Ed um *raconteur* atraente, mas toma o cuidado de não fazer nenhuma pergunta mais íntima — para não abrir caminho para ser ele próprio interrogado sobre essas questões. Os dois estabeleceram um pacto de silêncio, um não sonda os segredos do outro, e por mais que Nick queira saber se Victory é o nome real de Ed, por exemplo, ou se é proprietário do espaço subterrâneo que abriga o Gabinete de Preservação Histórica, ou se ele simplesmente se apropriou daquilo ali sem ser percebido pelas autoridades, prefere não falar nada sobre esses assuntos e se contentar em ouvir o que Ed oferece de livre e espontânea vontade.

Mais perigosos são os momentos em que Nick quase se entrega e, cada vez que isso acontece, faz um novo alerta a si mesmo para manter-se mais atento ao que diz. Uma tarde, quando Ed está falando de suas experiências como soldado na Segunda Guerra Mundial, levanta o nome de um jovem recruta que se juntou ao regimento no final de quarenta e quatro, John Trause. Dezoito anos só, diz Ed, mas o rapaz mais esperto e brilhante que jamais viu. É um escritor famoso agora, continua, e não é de admirar quando se pensa no quanto era afiada a cabeça do garoto. É aí que Bowen dá uma escorregada quase catastrófica. Eu conheço John Trause, diz, e, quando Ed levanta a cabeça e pergunta como está John agora, Nick imediatamente disfarça as pegadas esclarecendo a frase. Não pessoalmente, diz. Queria dizer os livros dele, li os livros dele, e aí abandonam o assunto e vão fazer outras coisas. Mas a verdade é que Nick trabalha com John e é o editor responsável pela sua obra. A menos de um mês, na verdade, acabou de trabalhar em uma série de capas novas para as edições em brochura dos romances de Trause. Ele o conhece há anos, e a razão principal de ter pedido emprego na editora em que trabalha (ou trabalhava até alguns dias atrás) foi eles publicarem os romances de Trause.

Nick começa a trabalhar para Ed na quinta-feira de manhã e a tarefa de rearrumar as listas telefônicas é tão assustadora, tão colossal em termos do peso que tem de ser deslocado — o volume e a massa de incontáveis volumes de mil páginas a serem levados das estantes, empurrados para outras áreas da sala e levantados para as novas estantes —, que o progresso é lento, muito mais lento do que imaginaram que fosse ser. Decidiram trabalhar direto durante o fim de semana e, na quarta-feira da semana seguinte (o mesmo dia em que Eva entra numa loja de fotocópias para fazer um projeto do pôster que divulgará a notícia de seu marido desaparecido, que acontece de ser também o dia em que Rosa Leightman volta a Nova York e escuta a mensagem apaixonada de Bowen em sua secretária eletrônica), a preocupação cada vez maior de Nick com a saúde de Ed finalmente desabrocha em aflição total. O ex-motorista de táxi tem sessenta e sete anos e pelo menos metade desse número de excesso de peso. Fuma três maços de cigarros sem filtro por dia e tem problemas para andar, problemas para respirar e problemas em todas as artérias cheias de colesterol. Já vitimado por dois enfartes, não está em forma para fazer o trabalho que ele e Nick estão tentando realizar. Subir e descer a escada todo dia exige um enorme esforço de concentração e de vontade, sobrecarregando-o a tal ponto que mal consegue respirar quando chega em cima ou embaixo. Nick percebeu isso desde o começo e está sempre estimulando Ed a sentar e descansar, garantindo que é capaz de fazer o trabalho sozinho, mas Ed é um sujeito teimoso, um homem que tem um objetivo e, agora que seu sonho de reorganizar seu museu de listas telefônicas está finalmente sendo realizado, ignora o conselho de Bowen e pula para ajudar a cada oportunidade. Na quarta-feira de manhã, as coisas finalmente tomam um rumo mais sombrio. Bowen volta de uma incursão ao outro lado da sala com seu caixote de maçãs vazio a reboque e encontra Ed sentado no chão, encostado em uma das estantes. Está de olhos fechados, e a mão direita apertando forte o coração.

Dor no peito, diz Nick, saltando à óbvia conclusão. Muito forte?

Um minuto só, diz Ed. Já passa.

Mas Nick recusa-se a aceitar isso como resposta e insiste em acompanhar Ed até a ala de emergência do centro médico mais próximo. Depois de fazer uma breve tentativa de protesto, Ed concorda em ir.

Passa-se mais de uma hora antes de os dois estarem sentados no banco de trás de um táxi a caminho do Hospital de Caridade Saint Anselm. Primeiro, há o árduo trabalho de empurrar o corpo grande e volumoso de Ed escada acima e conseguir tirá-lo de lá; depois, o desafio igualmente desesperado de encontrar um táxi nessa parte triste e esquecida da cidade. Nick corre durante vinte minutos até encontrar um telefone público funcionando e, quando finalmente consegue entrar em contato com a Companhia de Táxis Vermelho e Branco (antigos empregadores de Ed), leva mais quinze minutos para o carro aparecer. Nick dá ao motorista instruções para ir ao trilho da estrada de ferro perto do rio. Os dois recolhem o extenuado Ed, que está estendido no cascalho sentindo uma dor considerável (mas ainda consciente, ainda com suficiente domínio de si para fazer piadas enquanto o ajudam a entrar no táxi), e partem para o hospital.

Essa emergência médica explica por que nesse dia Rosa Leightman não conseguiu encontrar Ed pelo telefone mais tarde. O homem conhecido como Victory, mas cuja carteira de motorista e cartão do Medicare mostra o nome de Johnson, sofreu seu terceiro enfarte. Quando Rosa telefona do seu apartamento em Nova York, ele já está confinado na unidade de tratamento intensivo do Saint Anselm e, segundo os dados cardiovasculares registrados na tabela aos pés da cama, não vai voltar para a pensão tão cedo. A partir dessa quarta-feira, até sair para Kansas City no sábado de manhã, Rosa continua telefonando todas as horas do dia e da noite, mas nem uma única vez tem lá alguém para ouvir o telefone tocar.

No táxi a caminho do hospital, Ed já está pensando no que vai acontecer, se preparando para o que promete ser más notícias, mesmo fingindo não estar preocupado. Sou um homem gordo, diz a Nick, e gordo nunca morre. É uma lei da natureza. O mundo pode nos dar murros que não sentimos nada. Por isso é que temos todo este acolchoado — para nos proteger em momentos assim.

Nick diz para Ed parar de falar. Poupe suas forças, diz, mas Ed batalha para vencer a dor que está queimando em seu peito, descendo pelo braço esquerdo e subindo até o queixo, os pensamentos voltados para o Gabinete de Preservação Histórica. Provavelmente vou ter de passar algum tempo no hospital, diz, e fico triste de pensar em interromper o trabalho que a gente começou. Nick lhe garante que está disposto a continuar sozinho, e Ed, comovido com a lealdade do ajudante, fecha os olhos para deter as lágrimas que estão se formando espontaneamente neles e diz que Nick é um bom homem. Então, como está fraco demais para fazer isso sozinho, Ed pede a Bowen que enfie a mão no bolso de sua calça e tire a carteira e o chaveiro. Nick retira os dois objetos da calça de Ed, e um momento depois Ed está lhe dizendo para abrir a carteira e pegar o dinheiro. Me deixe só vinte dólares, diz, mas pegue o resto para você — como adiantamento pelos serviços prestados. É quando Nick descobre que o nome verdadeiro de Ed é Johnson, mas logo conclui que essa descoberta é de pouca importância e não faz nenhum comentário. Em vez disso, conta o dinheiro, que chega a mais de seiscentos dólares, e coloca o maço no bolso da frente de sua própria calça. Depois disso, numa litania quase sufocada, lutando para falar apesar da dor, Ed o informa da finalidade de cada chave do chaveiro: da porta da frente da pensão, da porta de seu quarto, da caixa postal no correio, do cadeado da porta de madeira do Gabinete e da porta do apartamento de baixo. Quando Bowen está colocando a sua chave do apartamento no chaveiro, Ed lhe diz que está esperando um grande carregamento de listas telefônicas europeias essa semana, de forma que Nick tem de se lembrar de conferir no correio na sexta-feira. Um longo silêncio segue essa observação, quando Ed se recolhe a si mesmo e batalha para recuperar o fôlego, mas pouco antes de chegarem ao hospital, ele abre os olhos e diz a Nick que pode ficar em seu quarto na pensão enquanto estiver fora. Nick pensa nisso um momento e recusa a oferta. É muita gentileza sua, diz, mas não é preciso mudar nada. Estou contente lá no meu buraco.

Fica muitas horas no hospital, esperando até ter certeza de que Ed está fora de perigo para ir embora. É marcada uma cirurgia de três pontes para a manhã seguinte e, quando Nick sai do Saint Anselm às três da manhã, está confiante de que, quando voltar para a visita na tarde seguinte, Ed estará a caminho da plena recuperação. Ou pelo menos é o que o cardiologista o faz acreditar. Mas nada é certo no reino da prática médica, muito menos quando a questão é de facas cortando a carne de corpos doentes e, quando Edward M. Johnson, mais conhecido como Ed Victory, expira na mesa de operações na quinta-feira de manhã, esse mesmo cardiologista que fez para Nick o prognóstico promissor nada pode fazer a não ser admitir que estava errado.

Nessa hora, Nick não está mais em posição de falar com o médico e perguntar por que seu amigo não sobreviveu. Menos de uma hora depois de voltar para o arquivo subterrâneo na quarta-feira, Bowen comete um dos grandes erros de sua vida e, como acredita que Ed vai viver — e continua acreditando depois de seu patrão ter morrido —, não faz a menor ideia da gigantesca dimensão da calamidade que aprontou para si mesmo.

Tanto o chaveiro quanto o dinheiro que Ed lhe deu estão no bolso direito da frente de sua calça quando desce a escada de entrada do Gabinete. Depois de abrir o cadeado da porta de madeira, ele coloca as chaves no bolso esquerdo da calça velha, usada, da loja da Missão da Boa Vontade. Há um buraco grande nesse bolso e as chaves caem por ele, deslizam pela perna de Nick e pousam a seus pés. Ele se abaixa e pega o chaveiro, mas em vez de colocar de volta no bolso direito, fica com ele na mão, leva para o lugar onde pretende começar a trabalhar e coloca em uma estante na frente de uma fileira de listas telefônicas — para que não fiquem fazendo volume e machucando sua perna enquanto faz o trabalho de pegar e transportar, abaixar e levantar. O ar ali embaixo está especialmente frio e úmido esse dia. Nick trabalha meia hora, esperando que o exercício vá aquecê-lo, mas o frio penetra cada vez mais fundo em seus ossos, e ele acaba por resolver recolher-se a seu apartamento no fundo da sala, que é equipado com um aquecedor elétrico portátil. Lembra-se das chaves, volta ao local onde deixou o chaveiro, e mais uma vez fica com ele na mão. Em vez de ir direto para o apartamento, porém, começa a pensar na lista telefônica de Varsóvia de 1937/38 que chamou sua atenção na primeira vez que visitou o Gabinete com Ed. Vai até o outro extremo da sala procurá-la, querendo levá-la consigo para o apartamento e estudar durante sua pausa. Mais uma vez, coloca as chaves numa estante, mas dessa vez, absorto na procura do livro, se esquece de levá-las consigo quando encontra o volume. Em circunstâncias normais, isso não teria causado nenhum problema. Ele precisaria das chaves para abrir a porta do apartamento e, assim que se desse conta do erro, voltaria para pegá-las. Mas nessa manhã, na agitação que se seguiu ao colapso de Ed, a porta foi deixada aberta e, quando Nick passa por ela agora, já folheando a lista telefônica de Varsóvia e pensando nas histórias terríveis que Ed lhe contou sobre 1945, está distraído a ponto de não prestar atenção no que faz. Se chega a pensar nas chaves, acha que colocou no bolso direito, então vai direto para seu quarto, acende a luz do teto e com um chute fecha a porta atrás de si — trancando-se lá dentro. Ed instalou uma porta que se tranca ao bater e, uma vez a pessoa dentro do quarto, não pode sair a menos que use a chave para abrir a porta por dentro.

Como imagina que a chave está em seu bolso, Nick não tem noção do que fez. Acende o aquecedor elétrico, senta-se na cama e começa a ler a lista telefônica de Varsóvia com mais cuidado, prestando total atenção em suas páginas marrons e ressecadas. Passa-se uma hora e, quando Nick se sente aquecido o suficiente para voltar ao trabalho, finalmente se dá conta do erro. Sua primeira reação é rir, mas à medida que a repulsiva verdade do que fez vai aos poucos baixando sobre ele, para de rir e passa as duas horas seguintes tentando freneticamente achar uma saída dali.

Isto aqui é um abrigo contra bomba de hidrogênio, não um quarto comum, e as paredes de isolamento duplo medem um metro e meio de grossura, o chão de concreto se estende por quase um metro abaixo dele, e até o teto, que Bowen pensa que será o ponto mais vulnerável, é construído com uma mistura de reboco e cimento tão sólida que chega a ser inexpugnável. Há respiradouros correndo pelo alto das quatro paredes, mas quando Bowen consegue desatarraxar uma das grades do seu encaixe metálico, entende que a abertura é estreita demais para um homem sair engatinhando, mesmo um homem mais para o pequeno como ele.

Acima do chão, no brilho do sol da tarde, a esposa de Nick está pregando fotos de seu rosto em todas as paredes e postes do centro da cidade de Kansas City, e no dia seguinte, quando os moradores da grande área metropolitana saem da cama e vão para suas cozinhas tomar o café da manhã, toparão com a mesma foto na página sete do jornal matinal: VOCÊ VIU ESTE HOMEM?

Exausto pelo esforço, Bowen senta na cama e calmamente tenta reavaliar a situação. Apesar de tudo, resolve que não há por que entrar em pânico. A geladeira e as prateleiras estão cheias de comida, há um abundante suprimento de água e cerveja à mão e, se acontecer o pior, é capaz de aguentar duas semanas com relativo conforto. Mas não vai levar tanto tempo, diz para si mesmo. Nem metade disso. Ed vai sair do hospital dentro de alguns dias e, assim que puder se locomover para descer a escada daqui de novo, vai vir para o Gabinete e me libertar.

Sem nenhuma opção disponível, Bowen se põe a esperar em seu solitário confinamento, almejando encontrar paciência e firmeza suficientes para suportar essa situação absurda. Passa o tempo lendo o manuscrito de *Noite do oráculo* e folheando a lista telefônica de Varsóvia. Pensa, sonha e faz mil flexões por dia. Faz planos para o futuro. Luta para não pensar no passado. Embora não acredite em Deus, diz a si mesmo que Deus o está testando — e que não pode deixar de aceitar seu infortúnio com graça e serenidade de espírito.

Quando o ônibus de Rosa Leightman chega a Kansas City no domingo à noite, Nick já está no quarto há cinco dias. A liberdade está próxima, diz para si mesmo, Ed vai chegar a qualquer momento agora e, dez minutos depois de pensar isso, a lâmpada do teto queima e Nick se vê sentado sozinho no escuro, olhando as serpentinas alaranjadas do aquecedor elétrico.

Os médicos haviam me dito que a recuperação dependia de manter horários regulares e dormir o suficiente toda noite. Trabalhar até três e meia da manhã não era uma atitude inteligente, mas fiquei absorto demais no caderno azul para controlar a passagem do tempo e, quando me enfiei na cama ao lado de Grace, às quinze para as quatro, entendi que provavelmente ia ter de pagar um preço por ter saído do meu regime. Mais um sangramento pelo nariz, talvez, ou um novo ataque de tontura, ou uma prolongada dor de cabeça de alta intensidade — algo prometia sacudir meu organismo e fazer o dia seguinte mais difícil que a maioria. Quando abri os olhos às nove e meia, porém, não me sentia pior do que sempre ao acordar de manhã. Talvez descanso não fosse o tratamento, disse a mim mesmo, e sim o trabalho. Talvez escrever fosse o remédio que ia me deixar completamente bom de novo.

Depois de sua crise de enjoo no domingo, achei que Grace ia tirar a segunda-feira de folga, mas, quando rolei para a esquerda para ver se ainda estava dormindo, descobri que seu lado da cama estava vazio. Procurei no banheiro, mas ela não estava. Quando fui para a cozinha, encontrei um recado em cima da mesa. *Estou me sentindo muito melhor*, dizia, *então fui trabalhar. Obrigada por ser tão bonzinho ontem à noite. Você é o mais querido dos queridos, Sid, Time Azul até o fim.* E adiante, depois de seu nome, acrescentou um P.S. ao pé da página. *Quase esqueci. Estamos sem fita adesiva e quero embrulhar o presente de aniversário de papai hoje à noite para ele receber a tempo. Você poderia comprar um rolo quando sair para a sua caminhada?*

Sabia que era apenas um detalhe, mas esse pedido de Grace parecia simbolizar tudo o que ela possuía de melhor. Trabalhava como designer gráfica de uma das principais editoras de Nova York e, se havia uma coisa que o seu departamento tinha em profusão, era fita adesiva. Quase todo trabalhador de colarinho branco na América rouba no escritório. Hordas de assalariados embolsam rotineiramente canetas, lápis, envelopes, clipes de papel e elásticos de borracha e poucos sentem sequer a mais vaga pontada de remorso por esses atos de furto. Mas Grace não era uma dessas pessoas. Não tinha nada a ver com medo de ser apanhada: simplesmente não lhe passava pela cabeça pegar alguma coisa que não lhe pertencia. Não por respeito à lei, não por qualquer pretensiosa retidão, não porque sua educação religiosa em criança a fizesse estremecer com as palavras dos Dez Mandamentos, mas porque a ideia de roubo era estranha ao sentido de quem ela era, uma traição a todos os seus instintos de como queria viver a vida. Ela podia não apoiar o conceito, mas Grace era um membro permanente, ferrenho do Time Azul, e era tocante para mim ela ter se dado ao trabalho de falar no assunto de novo em seu bilhete. Era uma outra maneira de me dizer que sentia por sua pequena explosão no táxi, sábado à noite, uma forma discreta e totalmente característica de desculpas. Gracie em resumo.

Engoli os quatro comprimidos que tomava toda manhã, bebi um pouco de café, comi duas fatias de torrada e então fui até o final do corredor e abri a porta de meu estúdio. Achei que ia continuar com o conto até a hora do almoço. Nessa hora, sairia e faria outra visita à loja de Chang — não só para procurar a fita adesiva de Grace, mas para comprar todos os cadernos portugueses que ainda existissem no estoque. Não me importava que não fossem azuis. Preto, vermelho e marrom serviam também, e eu queria ter à mão tantos quantos pudesse. Não para o presente, talvez, mas para fazer um suprimento para futuros projetos e, quanto mais demorasse para ir à loja de Chang, maior a possibilidade de não ter mais cadernos.

Até então, escrever no caderno azul tinha me dado nada mais que prazer, uma sensação maníaca, sublime, de realização. As palavras saíam de mim como se eu estivesse ouvindo um ditado, transcrevendo frases de uma voz que falava na linguagem cristalina dos sonhos, dos pesadelos, dos pensamentos sem influências. Na manhã de 20 de setembro, porém, dois dias depois do dia em questão, aquela voz de repente silenciou. Abri o caderno e, quando olhei a página à minha frente, entendi que estava perdido, que não sabia mais o que estava fazendo. Tinha colocado Bowen no quarto. Tinha trancado a porta e apagado a luz, e agora não fazia a menor ideia de como tirá-lo de lá. Dezenas de soluções me vinham à cabeça, mas todas me pareciam banais, mecânicas, sem graça. Trancafiar Nick em um abrigo de bomba subterrâneo era uma ideia atraente para mim — ao mesmo tempo aterrorizadora e misteriosa, além de qualquer explicação racional — e não queria abandoná-la. Mas ao levar a história para esse lado, tinha me afastado da premissa original do exercício. Meu herói não estava mais trilhando o mesmo caminho que Flitcraft havia seguido. Hammett termina sua parábola com uma límpida virada cômica e, embora haja certo ar de inevitabilidade nisso, achei a conclusão dele muito branda para meu gosto. Depois de vagar durante alguns anos, Flitcraft acaba em Spokane e casa com uma mulher que é quase um duplo de sua primeira mulher. Como diz Sam Spade para Brigid O'Shaughnessy: "Acho que ele nem sabia que acabou naturalmente se acomodando de volta na mesma rotina de que havia pulado fora em Tacoma. Mas essa é a parte de que eu sempre gostei. Ele se adaptou às vigas caindo e, quando não caiu mais nenhuma, ele se adaptou ao fato de elas não caírem". Bonito, simétrico e irônico — mas não forte o bastante para o tipo de história que eu estava interessado em contar. Sentei à minha mesa por mais de uma hora com a caneta na mão, mas não escrevi nem uma palavra. Talvez fosse a isso que John estivesse se referindo quando falou da "crueldade" dos cadernos portugueses. Voa-se neles durante algum tempo, levado por uma sensação da própria força, um Super-Homem mental voando depressa pelo céu azul brilhante com a capa batendo atrás e, de repente, sem nenhum aviso, a gente cai e se estatela na terra. Depois de tanta excitação de sonhar acordado (a ponto, confesso, de chegar a imaginar que poderia transformar o conto em um romance, que me colocaria na posição de ganhar algum dinheiro e começar a me encarregar das despesas da casa de novo), estava infeliz, envergonhado de permitir que umas quarenta páginas escritas às pressas pudessem me levar a pensar que de repente havia virado as coisas a meu favor. Tudo o que tinha conseguido fazer era me enfiar num canto. Talvez houvesse uma saída, mas por enquanto eu não via nenhuma. A única coisa que eu conseguia enxergar nessa manhã era o meu infeliz homenzinho — sentado no escuro do seu quarto subterrâneo, esperando que alguém o resgate.

O tempo estava mais quente esse dia, com temperaturas na casa dos dezesseis graus, mas as nuvens tinham voltado e, quando saí do apartamento às onze e meia, a chuva parecia iminente. Não me dei ao trabalho de voltar para cima e pegar um guarda-chuva, porém. Mais uma viagem subindo e descendo três andares me custariam muita energia, então resolvi arriscar, apostando na chance de a chuva não cair até eu voltar.

Desci a rua Court a passo lento, começando a fraquejar um pouco por causa da minha sessão de trabalho até tarde da noite anterior, e senti um pouco da minha tontura e confusão. Levei mais de quinze minutos para chegar ao quarteirão entre a Carroll e a President. O sapateiro estava aberto, do mesmo jeito que no sábado de manhã, assim como a bodega duas portas adiante, mas a loja entre as duas estava vazia. Quarenta e oito horas antes, o comércio de Chang estava em plena operação, com uma vitrina lindamente decorada e um exuberante estoque de artigos de papelaria lá dentro, mas agora, para minha absoluta perplexidade, tudo aquilo havia desaparecido. O portão trancado com cadeado bloqueando a fachada e, quando olhei pelas aberturas losangulares, vi que uma pequena placa escrita à mão havia sido colocada na vitrina: LOJA PARA ALUGAR. 858-1143.

Fiquei tão intrigado que parei ali um tempo olhando a sala vazia. Será que o negócio tinha ido tão mal que Chang resolvera impulsivamente fechar as portas? Será que havia desmontado a loja num louco ataque de tristeza e derrota, levando de carrinho todo o seu estoque no decurso de um único fim de semana? Não parecia possível. Durante um momento ou dois, pensei se eu não teria imaginado minha visita à Paper Palace na manhã de sábado, ou se a sequência temporal estaria misturada na minha cabeça, o que significaria que eu estava lembrando alguma coisa acontecida muito antes — não dois dias antes, mas duas semanas, ou dois meses antes. Entrei na bodega e falei com o homem atrás do balcão. Felizmente, ele estava tão confuso quanto eu. A loja de Chang estava lá no sábado, disse, e ainda lá estava quando foi para casa às sete da noite. "Deve de ter sido essa noite", continuou, "ou quem sabe ontem. Eu folguei no domingo. Fale com Ramón — ele é o homem do domingo. Quando a gente chegou aqui hoje de manhã, tinham limpado tudo. Se é para ser esquisito, meu amigo, isso aí é bem esquisito. Como se algum mágico sacudiu a varinha e puf, o chinês desapareceu."

Comprei a fita adesiva em outro lugar e fui até a Landolfi's para comprar uma maço de cigarros (Pall Mall, em honra do falecido Ed Victory) e jornais para ler no almoço. A meio quarteirão da confeitaria ficava um lugar chamado Rita's, uma cafeteria pequena e barulhenta onde passei a maior parte do verão. Fazia mais de um mês que não ia lá e foi gratificante quando a garçonete e o balconista me cumprimentaram calorosamente ao entrar. Fora do eixo como eu estava aquele dia, era bom saber que não havia sido esquecido. Pedi o meu sanduíche de queijo quente de sempre e sentei com os jornais. O *Times* primeiro, depois o *Daily News* para ver os esportes (os Mets tinham perdido para os Cardinals as duas partidas de um jogo duplo no domingo) e por fim uma olhada no *Newsday*. Eu já era veterano em perder tempo então e, com meu trabalho parado e nada urgente a me chamar para o apartamento, não tinha pressa de ir embora, principalmente agora que a chuva havia começado e eu tinha sido preguiçoso demais para subir a escada e pegar um guarda-chuva antes de sair.

Se eu não tivesse ficado na Rita's tanto tempo, pedindo um segundo sanduíche e uma terceira xícara de café, nunca teria visto um artigo impresso na parte de baixo da página trinta e sete do *Newsday*. Na noite anterior, eu havia escrito vários parágrafos sobre as experiências de Ed Victory em Dachau. Embora Ed fosse um personagem de ficção, a história que ele contava do leite dado ao bebê morto era verdadeira. Tomei emprestada de um livro que li uma vez sobre a Segunda Guerra Mundial[8] e, com as

---

8. *The Lid Lifts* [Abre-se a tampa], de Patrick Gordon-Walker, Londres, 1945. Mais recentemente, a mesma história foi recontada por Douglas Botting em *From the Ruins of the Reich: Germany 1945-1949* [Das ruínas do Reich: Alemanha 1945-1949], Crown Publishers, Nova York, 1985, p. 43.

palavras de Ed ainda ressoando em meus ouvidos ("Aquilo era o fim da humanidade"), topei com esta notícia mal redigida sobre um bebê morto, outro despacho das entranhas do inferno. Posso citar o artigo literalmente porque está aqui na minha frente agora. Rasguei-o do jornal naquela tarde, vinte anos atrás, e levo a toda parte dentro da minha carteira desde então.

NASCIDO NUMA PRIVADA,
BEBÊ REJEITADO

Drogada com crack, uma conhecida prostituta de 22 anos deu à luz na privada de uma das instalações da SRO [Programa de Assistência aos Sem-Teto] no Bronx, depois jogou o bebê morto em uma lata de lixo ao ar livre, informou a polícia, ontem.

A mulher, informa a polícia, estava fazendo sexo com um homem qualquer por volta da uma da manhã de ontem quando saiu do quarto que ocupava com outra na Cyrus Place 450 e entrou em um banheiro para fumar crack. Sentada na privada, a mulher "sentiu a bolsa romper, sentiu alguma coisa sair", disse o sargento Michael Ryan.

Mas a polícia diz que a mulher — drogada com crack — aparentemente não notou que tinha dado à luz.

Devo mencionar também que, por acaso, eu possuía um exemplar da lista telefônica de Varsóvia de 1937/38. Foi-me dada por um amigo jornalista que foi à Polônia para cobrir o movimento do Solidariedade em 1981. Parece que ele encontrou o livro em um mercado das pulgas de algum lugar e, sabendo que meus avós paternos tinham nascido em Varsóvia, me deu de presente quando voltou a Nova York. Eu o chamei de meu *livro dos fantasmas*. No final da página 220, encontrei um casal cujo endereço é dado como Wejnerta 19 — Janina e Stefan Orlowscy. Era a grafia polonesa do meu sobrenome e, embora não tenha certeza se essas pessoas são parentes meus ou não, senti que havia uma boa possibilidade de serem.

Vinte minutos depois, a mulher notou um bebê morto na privada, embrulhou em uma toalha e jogou em uma lata de lixo. Voltou então para seu cliente e retomou o ato sexual, disse Ryan. Porém logo ocorreu uma discussão sobre o pagamento e, diz a polícia, a mulher apunhalou seu cliente no peito por volta da 1h15.

Afirma a polícia que a mulher, identificada como Kisha White, fugiu de seu apartamento na rua 188. Mais tarde, White retornou ao lixo e recuperou seu bebê. Um vizinho, porém, testemunhou a sua volta e chamou a polícia.

Quando terminei de ler o artigo pela primeira vez, disse a mim mesmo: *É a pior história que já li na minha vida*. Já era bem difícil absorver a informação sobre o bebê, mas quando chegava ao incidente das punhaladas no quarto parágrafo, entendi que estava lendo uma história sobre o fim da humanidade, que aquele quarto no Bronx era o ponto exato da terra onde a vida humana havia perdido seu sentido. Fiquei longos momentos parado, tentando recuperar o fôlego, tentando parar de tremer, e então li o artigo de novo. Dessa vez, meus olhos se encheram de lágrimas. Lágrimas tão súbitas, tão inesperadas, que imediatamente cobri o rosto com as mãos para ter certeza de que ninguém ia ver. Se a cafeteria não estivesse cheia de clientes, eu provavelmente teria caído em um ataque de genuínos soluços. Não cheguei a esse ponto, mas precisei de toda a minha força para me controlar.

Fui para casa andando na chuva. Assim que tirei a roupa molhada e vesti alguma coisa seca, entrei no meu estúdio, sentei à mesa e abri o caderno azul. Não na história que estava escrevendo antes, mas na última página, ao lado da face interna da contracapa. O artigo tinha me mordido tão fundo, que eu sentia que tinha de escrever alguma resposta a ele, para atacar de frente a aflição que havia provocado. Fiquei nisso cerca de uma hora, escrevendo de trás para a frente do caderno, começando na página noventa e

SPIS ABONENTÓW WARSZAWSKIEJ SIECI

TELEFONÓW

POLSKIEJ AKCYJNEJ SPÓŁKI TELEFONICZNEJ

ROK 1937/38

```
07 Biuro Zleceń 07
05 Zegar        05
```

Numery oznaczone gwiazdką * należy brać ze Spisu Abon. 1936/37 r. do czasu ogłoszenia w gazetach o uruchomieniu centrali w Mokotowie.

11 40 44	Orlean Ch., Karmelicka 29
12 20 51	Orlean Josef, m., Muranowska 36
12 08 51	Orlean Josek, m., Św. Jerska 9
2 37 68	Orlean Mieczysław, m., Chłodna 22
12 07 94	Orlean Ruta, m., Gęsia 29
6 18 99	Orleańska Paulina, Złota 8
2 06 98	Orleański D., m., Moniuszki 8
8 83 21	Orleńska O., artystka teatr. miejsk., m., Marszałkowska 1
12 61 33	Orlewicz Stanisław, dr., płk., Pogonowskiego 42
12 69 99	Orlewicz Stefan, m., Pogonowskiego 40
11 91 94	„Orlę", Zjedn. Polsk. Młodzieży Prac., okr. Stoł., Leszno 24
2 14 24	Orlicki Stanisław, adwokat, Orla 6
11 77 10	Orlik Józefa, m., Babice, parc. 165
10 06 84	Orlikowscy B-cia, handel win, wódek i tow kolonj., Ząbkowska 22
6 24 38	Orlikowska Janina, m., Alberta 2
9 28 26	Orlikowski Antoni, lek. dent., pl. 3-ch Krzyży 8
10 12 19	Orlikowski Jan, skł. towarów kolonjalnych, Targowa 54
10 26 02	Orlikowski Jan, m., Targowa 19
12 73 03	Orlikowski Stanisław, m., Zajączka 24
4 22 70★	Orliński Bolesław, m., Racławicka 94
5 85 97	Orliński Maks, dr. med., chor. nerw., Wielka 14
8 11 10	Orliński Tadeusz, dziennik., Jerozolimska 31
9 96 24	Orlot Leroch Rudolf, mjr., Koszykowa 79a
	„Orlorog", daw. Orłowski L., Rogowicz J. i S-ka, Sp. z o. o., fabr. izol. kork.. bud. wodochr., bituminy, asfaltów
9 81 23	— wydz. techn., pl. 3-ch Krzyży 13
—,, —	— (dod.) gab. inż. J. Rogowicza
—,, —	— (dod.) biuro i buchalterja
5 05 59	— fabryka, Bema 53
8 07 66	Orłow Grzegorz, m., Mokotowska 7
7 01 69	Orłów Ludwik, przeds. rob. budowl., Buska 9
11 52 63	Orłow P. A., sprzed. lamp i przyb. gazowych, Zamenhofa 26
4 19 01★	Orłowscy Janina i Stefan, m., Wejnerta 19
8 80 57	Orłowska Halina, m., Polna 72
3 16 29	Orłowska Lilla, Kopernika 12
4 28 36★	Orłowska Marja, kawiarnia, Rakowiecka 9
12 52 54	Orłowska Marja, m., Cegłowska 14
9 27 63	Orłowska-Czerwińska Sława, artystka Opery, Wspólna 37
3 19 47	Orłowska Stefanja, mag. kapeluszy damsk., Chmielna 4
9 40 41	Orłowska-Świostek Zofja, lek. dent., Wspólna 63
8 61 75	Orłowska Zofja, m., Al. 3 Maja 5
6 88 98	Orłowski Adam, inspektor skarb., Chłodna 52
8 16 66	Orłowski Edward, dr. med., Hoża 15
2 47 59	Orłowski Feliks, szofer, Elektryczna 1
11 06 01	Orłowski Izrael, m., Gęsia 20
8 53 04	Orłowski Jan, m., 6-go Sierpnia 18
5 98 63	Orłowski Juljan, Sienna 24
2 57 24	Orłowski M., handel win i tow. kolonj., Marjensztat 7
5 24 65	Orłowski Maksymiljan, dr. med., rentgenolog, Graniczna 6

11 69 91	,,
12 61 62	Orth Anna,
	Orthwein, Karasi
5 01 58	— dyrektor,
—,, —	— (dod.) m
2 63 45	Ortman Stefa
2 10 21	„Ortopedja",
11 56 93	„Ortozan",
8 75 14	Ortwein Edw
2 22 30	„Orwil", Sp.
5 86 86	,,
9 39 69	„Oryginalna
9 55 89	Orynowski W
8 14 23	Orynżyna Ja
7 10 92	Orzażewski I
10 17 29	Orzażewski I
8 16 19	Orzażewski I
11 69 79	Orzech J. B.
9 98 19	Orzech L., d
2 16 01	Orzech M.,
5 33 43	Orzech Maur
12 13 01	Orzech Moric
5 38 00	Orzech Pawe
11 84 29	Orzech Pinku
6 59 39	Orzech Szym
2 16 01	Orzechowa N
6 44 22	,,
9 42 28	Orzechowska
2 63 15	Orzechowska
9 71 24	Orzechowska
8 32 16	Orzechowska
10 17 31	Orzechowska
8 93 81	Orzechowska
4 08 59★	Orzechowska
8 84 02	Orzechowski
6 50 92	Orzechowski
5 36 59	Orzechowski
12 74 22	Orzechowski
6 35 30	Orzechowski
5 83 80	Orzechowski
5 04 72	Orzechowski
5 30 09	Orzechowski
9 66 51	Orzechowski
4 35 24★	Orzechowski
12 52 55	Orzechowski
4 32 85★	Orzechowski
5 83 22	Orzechowski
12 58 23	Orzechowski
2 76 02	Orzechowski
2 04 23	Orzechowski
11 41 31	Orzelski Ma
6 77 66	„Orzeł", zot

seis, virando para a noventa e cinco e assim por diante. Quando terminei minha pequena arenga, fechei o caderno, fiquei parado diante da mesa, e segui pelo corredor até a cozinha. Enchi para mim um copo de suco de laranja e, ao colocar a embalagem de volta na geladeira, olhei por acaso o telefone, que ficava em cima de uma mesinha no canto da sala. Para minha surpresa a luz estava piscando na secretária eletrônica. Não havia mensagens quando voltei do almoço na Rita's, e agora havia duas. Estranho. Insignificante, talvez, mas estranho. Pois o fato é que eu não tinha ouvido o telefone tocar. Será que me envolvi a tal ponto no que estava fazendo que nem notei o ruído? Podia ser. Mas se assim fosse, seria a primeira vez que me acontecia. Nosso telefone tinha uma campainha particularmente alta, e o ruído sempre atravessava o corredor até meu estúdio — mesmo com a porta fechada.

A primeira mensagem era de Grace. Estava correndo para cumprir um prazo e não conseguiria sair do escritório até as sete e meia, oito horas. Se eu ficasse com fome, disse, devia começar a jantar sozinho, e ela esquentaria os restos quando chegasse em casa.

A segunda mensagem era de minha agente, Mary Sklarr. Parece que alguém tinha acabado de ligar de Los Angeles, perguntando se eu estaria interessado em escrever outro roteiro, e ela queria que eu telefonasse de volta, para poder me dar os detalhes.[9] Liguei,

---

9. Quatro anos antes, eu havia adaptado um dos contos do meu primeiro livro, *Tabula Rasa*, para um jovem diretor chamado Vincent Frank. Era um filme pequeno, de orçamento baixo, sobre um músico que se recupera de uma longa doença e lentamente reorganiza sua vida (uma história profética, por sinal), e ao ser lançado em junho de 1980 o filme foi bastante bem. *Tabula Rasa* passou só em umas poucas salas de arte no país, mas foi considerado um sucesso de crítica e — conforme Mary gostava de me relembrar — ajudou a projetar o meu nome para o chamado público mais amplo. As vendas dos livros começaram a melhorar um pouco, é verdade, e quando entreguei meu romance seguinte, nove meses depois, *Pequeno dicionário de emoções humanas*, ela negociou um contrato com a Holst & McDermott pelo dobro do valor que eu havia recebido por meu livro anterior.

mas levou um bom tempo para ela abordar o assunto. Como todo mundo que me era próximo, Mary começou a conversa perguntando de minha saúde. Todos achavam que tinham me perdido e, embora eu tivesse saído do hospital e já estivesse em casa havia quatro meses, ainda não podiam acreditar que eu estava vivo, que não tinham me enterrado em algum cemitério lá no começo do ano.

"Ótimo", respondi. "Uns altos e baixos de vez em quando, mas basicamente bem. Melhor a cada semana que passa."

"Corre o boato de que você começou a escrever uma coisa. Verdade ou mentira?"

"Quem disse isso?"

"John Trause. Ele me ligou hoje de manhã e seu nome veio à tona."

"É verdade, estou escrevendo. Mas ainda não sei para onde estou indo. Pode ser que não dê em nada."

Esse adiantamento, junto com a soma modesta que ganhei com o roteiro, me permitiram largar o emprego de professor de escola secundária, que tinha sido meu ganha-pão durante os últimos sete anos. Até então, eu era um daqueles escritores motivados e obscuros que escrevem entre cinco e sete da manhã, que escrevem de noite e nos fins de semana, que nunca vão a lugar nenhum nas férias de verão para ficar em casa num sufocante apartamento do Brooklyn, recuperando o tempo perdido. Agora, um ano e meio depois de meu casamento com Grace, eu me via na luxuosa posição de ser um escritor independente, autônomo. Dificilmente poderíamos dizer que estávamos bem, mas se eu continuasse a produzir obras em ritmo constante, nossos ganhos conjuntos nos manteriam com a cabeça fora da água. Depois do lançamento de *Tabula Rasa*, apareceram outras ofertas para escrever mais filmes, mas os projetos não me interessaram, e desisti deles para continuar com meu romance. Quando a Holst & McDermott lançou o livro em fevereiro de 1982, porém, eu não fazia ideia de que havia sido publicado. Já estava no hospital fazia cinco semanas na época e não fazia ideia de nada — nem de que os médicos pensaram que eu ia morrer dentro de alguns dias.

Tabula Rasa foi uma produção sindicalizada, e para receber os créditos de meu roteiro fui obrigado a me filiar ao Sindicato dos Escritores. A filiação implicava pagar a eles uma taxa quadrienal e uma pequena percentagem dos ganhos,

"Esperemos que dê. Falei ao pessoal do cinema que você tinha começado um romance novo e provavelmente não estaria interessado."

"Mas estou interessado. Muito interessado. Principalmente se houver dinheiro de verdade em questão."

"Cinquenta mil dólares."

"Meu Deus. Com cinquenta mil dólares Grace e eu saímos do brejo."

"É um projeto idiota, Sid. Não tem nada a ver com você. Ficção científica."

"Ah. Entendo o que quer dizer. Não é bem a minha linha de trabalho, não é? Mas estamos falando de ciência fictícia ou de ficção científica?"

"Tem diferença?"

"Não sei."

---

mas entre as coisas que davam em troca estava um plano de saúde bem decente. Se não fosse esse seguro, minha doença teria me jogado na prisão dos devedores. A maior parte dos custos foi coberta, mas assim como acontece com todos os planos médicos, havia incontáveis outras coisas a computar: deduções, custos extras por tratamentos experimentais, enigmáticas porcentagens e cálculos progressivos de vários medicamentos e implementos descartáveis, uma inacreditável série de contas que me colocaram num buraco da ordem de trinta e seis mil dólares. Era esse o encargo a que Grace e eu estávamos atrelados e, quanto mais me voltavam as forças, mais eu me preocupava em saber como sair dessa dívida. O pai de Grace ofereceu ajuda, mas o juiz não era rico e, com as duas irmãs mais novas de Grace ainda na faculdade, não podíamos nos permitir aceitar. Em vez disso, economizávamos uma pequena quantia todo mês, tentando encher o papo da galinha grão a grão, mas no ritmo em que estávamos indo ainda estaríamos pagando quando fôssemos cidadãos de idade. Grace trabalhava em editoração, o que queria dizer que, na melhor das hipóteses, seu salário era baixo, e eu não ganhava nada fazia quase um ano. Royalties microscópicos e adiantamentos do estrangeiro, mas parava por aí. Isso explica por que respondi o telefonema de Mary imediatamente depois de ouvir a mensagem. Não tinha mais pensado em escrever roteiros, mas se o preço fosse satisfatório para esse, não tinha intenção de recusar o trabalho.

"Estão planejando refilmar A *máquina do tempo*."

"De H. G. Wells?"

"Exatamente. Para ser dirigido por Bobby Hunter."

"O cara que faz aqueles filmes de ação de orçamento enorme? O que ele sabe de mim?"

"É seu fã. Parece que leu todos os seus livros e adorou o filme de *Tabula Rasa*."

"Acho que eu devia ficar lisonjeado. Mas ainda não entendo. Por que eu? Quer dizer, por que eu para isso?"

"Não se preocupe, Sid. Ligo para eles e digo não."

"Me dê uns dois dias para pensar primeiro. Vou ler o livro e ver o que acontece. Nunca se sabe. Quem sabe acabo tendo uma ideia interessante."

"O.k., você é que manda. Vou dizer para eles que você está pensando. Não é uma promessa, mas que você quer deixar amadurecer a ideia antes de resolver."

"Tenho quase certeza de que tenho o livro aqui no apartamento. Um velho exemplar em brochura que comprei no primeiro ano do ginasial. Vou começar a ler agora e ligo para você dentro de um ou dois dias."

A edição de bolso custou trinta e cinco centavos em 1961, e continha dois romances iniciais de Wells, A *máquina do tempo* e *Guerra dos mundos*. A *máquina do tempo* tinha menos de cem páginas e não me levou muito mais de uma hora para terminar. Achei profundamente decepcionante — uma obra ruim, escrita com inabilidade, crítica social disfarçada de trama de aventuras e pesadona em ambos os sentidos. Não parecia possível que alguém pudesse querer fazer uma adaptação a sério do livro. Essa versão já havia sido feita e se esse Bobby Hunter conhecia meu trabalho como dizia conhecer, então isso devia significar que queria que eu levasse a história para algum outro lado, dando um salto para fora do livro para encontrar um jeito de fazer alguma coisa nova com o material. Se não, por que pedir a mim? Havia centenas de roteiristas profissionais com mais experiência do que eu. Qualquer um deles poderia transformar o romance de Wells em um roteiro aceitável — coisa que, imaginei, ia acabar parecendo bastante com o filme com Rod Taylor e Yvette Mimieux a que assisti em menino, só com efeitos especiais mais deslumbrantes.

Se havia algo que me pegava no livro, era a presunção subjacente, a ideia de viagem no tempo em si. Mas eu sentia que Wells havia de alguma forma conseguido errar nisso também. Ele manda o herói para o futuro e, quanto mais eu pensava, mais certo ficava de que a maioria de nós preferiria visitar o passado. A história de Trause sobre seu cunhado e o visor de 3-D era um bom exemplo de como é poderosa a influência que os mortos mantêm sobre nós. Se tivesse a escolha de ir para a frente ou para trás, eu nem hesitaria. Preferia me ver entre os que não estão mais vivos a me ver entre os ainda não nascidos. Com tantos enigmas históricos para resolver, como não sentir curiosidade sobre a vida, digamos, na Atenas de Sócrates, ou na Virginia de Thomas Jefferson? Ou, como o cunhado de Trause, como resistir ao desejo de reencontrar pessoas que a gente perdeu? Ver seu pai e sua mãe no dia em que se conheceram, por exemplo, ou conversar com seus avós quando eram crianças pequenas. Alguém recusaria essa oportunidade em troca de um olhar em um futuro desconhecido e incompreensível? Lemuel Flagg via o futuro em *Noite do oráculo* e isso o destruía. Não queremos saber quando vamos morrer ou quando as pessoas que amamos vão nos trair. Mas somos ávidos para conhecer os mortos antes de estarem mortos, de nos relacionarmos com os mortos quando vivos.

Entendo que Wells tinha de mandar seu homem adiante no tempo para expor suas ideias sobre o sistema de classes inglês, que podia ser exagerado em níveis de cataclismo se colocado no futuro, mas mesmo admitindo seu direito de fazer isso, havia um outro problema, mais sério, com o livro. Se um homem que mora em Londres no final do século XIX podia inventar uma máquina do tempo, então seria razoável pensar que outras pessoas no futuro seriam capazes da mesma coisa. Se não sozinhas, com a ajuda do viajante do tempo. E se as pessoas das futuras gerações podiam viajar para a frente e para trás nos anos e séculos, então tanto o passado quanto o futuro estariam cheios de gente que não pertenciam ao tempo que estavam visitando. Por fim, todos os tempos estariam corrompidos, invadidos por intrusos e turistas de todas as eras e, assim que as pessoas do futuro começassem a interferir nos acontecimentos do passado, a natureza do tempo mudaria. Em vez de ser uma progressão contínua de momentos distintos avançando em uma única direção, o tempo despencaria em um vasto borrão sincrônico. Em poucas palavras, assim que uma pessoa começasse a viajar no tempo, o tempo como conhecemos estaria destruído.

Mesmo assim, cinquenta mil dólares era muito dinheiro, e eu não ia deixar algumas deficiências lógicas se colocarem no meu caminho. Fechei o livro e comecei a andar pelo apartamento, entrando e saindo dos quartos, examinando os títulos dos livros nas estantes, abrindo a cortina e olhando pela janela a rua molhada lá embaixo, sem fazer nada durante várias horas. Às sete horas, entrei na cozinha para preparar alguma coisa para comer que estivesse pronta quando Grace chegasse de Manhattan. Omelete de cogumelos, salada verde, batatas cozidas e brócolis. Minhas habilidades culinárias eram limitadas, mas uma vez trabalhei como cozinheiro de pratos feitos e tinha certo talento para improvisar jantares frugais e simples. A primeira coisa era descascar as batatas e, quando comecei a remover as cascas em cima de um saco de papel pardo, a trama da história finalmente me veio. Era só um começo, com muitas arestas e uma montanha de detalhes a serem acrescentados depois, mas fiquei contente com aquilo. Não porque sentisse que era bom, mas porque achei que podia funcionar para Bobby Hunter — cuja opinião era a única que importava.

Haveria dois viajantes do tempo, resolvi, um homem do passado e uma mulher do futuro. A ação iria em cortes para a frente e para trás até eles embarcarem em suas jornadas, e aí, um terço depois de começado o filme, os dois se encontravam no presente. Não sabia como chamar os dois ainda, mas por enquanto me referi a eles como Jack e Jill.

Jack era parecido com o herói do livro de Wells — mas americano, não britânico. Estamos em 1895, e ele mora em um rancho no Texas, filho de vinte e oito anos de um barão do gado, já falecido. Rico por sua própria conta, sem nenhum interesse em cuidar dos negócios do pai, ele deixa a administração do rancho com a mãe e a irmã mais velha e se dedica à pesquisa científica e à experimentação. Depois de dois anos de trabalho e fracassos incessantes, consegue construir uma máquina do tempo. Parte em sua primeira viagem. Não milhares de anos no futuro como o personagem de Wells, mas apenas sessenta e oito anos adiante, saindo de seu cintilante aparelho em um dia fresco e ensolarado de fim de novembro de 1963.

Jill pertence ao mundo de meados do século XXII. A viagem no tempo já está dominada então, mas é praticada apenas raramente e foram colocadas severas restrições ao seu uso. Entendendo seu potencial de ruptura e desastre, o governo permite a cada pessoa apenas uma viagem em sua vida. Não pelo prazer de visitar outros momentos da história, mas como um rito de iniciação à idade adulta. A viagem acontece quando se chega à idade de vinte anos. Realiza-se uma comemoração em homenagem à pessoa e nessa mesma noite ela é mandada ao passado para viajar pelo mundo durante um ano e observar seus ancestrais. O sujeito começa duzentos anos antes da data de seu nascimento, cerca de sete gerações para trás, e aos poucos vai trilhando o caminho de volta ao presente. O propósito da viagem é ensinar humildade e compaixão, tolerância com o próximo. Das centenas de ancestrais que se encontram na viagem, toda a gama de possibilidades humanas se desdobra diante do sujeito, cada número da loteria genética aparece. O viajante entenderá que vem de um imenso caldeirão de contradições e que entre seus antecedentes existem mendigos e tolos, santos e heróis, aleijados e beldades, almas doces e violentos criminosos, altruístas e ladrões. Ser exposto a tantas vidas em um tempo tão curto faz adquirir uma nova compreensão de si mesmo e de seu lugar no mundo. O sujeito passa a se ver como parte de algo maior do que ele próprio, e a se ver como um indivíduo distinto, um ser sem precedente com seu próprio futuro insubstituível. Assim se entende, por fim, que só o próprio sujeito é responsável por tornar-se o que é.

Certas regras têm de ser obedecidas ao longo da jornada. Não se pode revelar a verdadeira identidade; não se pode interferir nos atos de ninguém; não se pode permitir que ninguém entre em sua máquina. Quebrar qualquer dessas regras implica ser banido de seu próprio tempo e viver em exílio pelo resto de seus dias.

A história de Jill começa na manhã de seu vigésimo aniversário. Terminada a festa, ela se despede dos pais e amigos e aperta o cinto da máquina do tempo fornecida pelo governo. Leva consigo uma longa lista de nomes, um dossiê dos ancestrais que vai encontrar em sua viagem. O mostrador do painel está ajustado para 20 de novembro de 1963, exatamente duzentos anos antes de seu nascimento. Ela estuda os papéis uma última vez, enfia-os no bolso e liga o motor da máquina. Dez segundos depois, com os amigos e a família acenando chorosas despedidas, a máquina desaparece no ar e Jill está a caminho.

A máquina de Jack para em uma campina nos arredores de Dallas. É 27 de novembro, cinco dias depois do assassinato de Kennedy, e Oswald já está morto, atingido por Jack Ruby num corredor do porão da Prefeitura. Seis horas depois de sua chegada, Jack já leu jornais suficientes e ouviu rádio e televisão suficientes para entender que chegou no meio de uma tragédia nacional. Ele próprio viveu a ocorrência de um assassinato presidencial (Garfield, em 1881) e tem lembranças dolorosas do trauma e do caos que o fato produziu. Pondera sobre o dilema durante dois dias, imaginando se tem o direito moral de alterar os fatos da história, e por fim conclui que tem, sim. Vai agir pelo bem do país; fará tudo o que estiver em seu poder para salvar a vida de Kennedy. Volta para a sua máquina do tempo na campina, ajusta o mostrador do cronômetro para 20 de novembro e viaja nove dias de volta ao passado. Quando sai da cabina do veículo, se vê parado a menos de dez passos de outra máquina do tempo — uma versão lustrosa de sua própria máquina, vinda do século XXII. Jill desceu dela, um pouco tonta e descabelada. Quando vê Jack parado ali, olhando para ela em total estupefação, enfia a mão no bolso e tira a sua lista de nomes. Desculpe, meu senhor, mas imagino se sabe onde posso encontrar um homem chamado Lee Harvey Oswald.

Eu não havia trabalhado muitos detalhes depois disso. Sabia que Jack e Jill se apaixonariam (isso é Hollywood, afinal) e sabia que Jack acabaria por convencê-la a ajudá-lo a impedir que Oswald matasse Kennedy — mesmo correndo o risco de transformá-la em uma criminosa, de impossibilitar a volta dela ao próprio tempo. Os dois fariam uma emboscada a Oswald na manhã do dia vinte e dois, quando ele estivesse entrando no Depósito de Livros da Texas School com seu rifle, o amarrariam e manteriam sequestrado durante várias horas. E mesmo assim, apesar de seus esforços, nada mudaria. Kennedy continuaria sendo atingido e morto, e a história americana não seria alterada nem em uma vírgula. Oswald, bode expiatório autoproclamado, estaria dizendo a verdade. Quer tivesse ou não atirado no presidente, não seria o único atirador envolvido na conspiração.

Como Jill agora não pode voltar para casa, e como Jack a ama e não suporta a ideia de deixá-la para trás, escolhe ficar com ela em 1963. Na cena final do filme, eles destroem as máquinas do tempo e as enterram na campina. Depois, com o sol nascendo acima deles, saem andando pela manhã de 23 de novembro, dois jovens que renunciaram aos seus passados, se preparando para enfrentar juntos o futuro.

Era bobagem pura, claro, lixo fantasioso da mais baixa categoria, mas parecia um possível filme, e era só isso que eu esperava conseguir: produzir alguma coisa que pudesse se encaixar na fórmula que eles queriam. Não era tanto prostituição, mas um arranjo financeiro, e eu não tinha o menor escrúpulo de trabalhar por aluguel a fim de encontrar um caldeirão de mui necessário dinheiro. Foi um dia duro para mim, a começar por não ter conseguido prosseguir a história em que estava trabalhando, depois o tranco de descobrir que a loja de Chang havia fechado as portas, e depois o horrendo artigo de jornal que li durante o almoço. Senão por outra coisa, pensar no *Máquina do tempo* serviu como distração indolor e, quando Grace entrou pela porta às oito e meia, eu estava relativamente bem-humorado. A mesa estava posta, uma garrafa de vinho gelando na geladeira, e a omelete pronta para ser colocada na frigideira. Ela ficou um pouco surpresa de eu ter esperado por ela, acho, mas não fez nenhum comentário a respeito. Parecia cansada, com olheiras escuras e um certo peso nos movimentos. Ajudei-a a tirar a capa e imediatamente a levei para a cozinha e a coloquei sentada à mesa. "Coma", disse, "deve estar morta de fome." Coloquei um pouco de pão e um prato de salada na frente dela e fui para o fogão, começar a omelete.

Ela me cumprimentou pela comida, mas não falou muito mais durante a refeição. Fiquei contente de ver que seu apetite tinha voltado, mas ao mesmo tempo ela parecia estar em algum outro lugar, menos presente que o normal. Quando lhe contei da minha saída em busca da fita adesiva e do misterioso fechamento da loja de Chang, ela mal pareceu ouvir. Fiquei tentado a lhe contar sobre a proposta do roteiro, mas achei que não era o momento adequado. Talvez depois do jantar, pensei, e depois, assim que me levantei e estava para começar a tirar a mesa, ela olhou para mim e disse: "Acho que estou grávida, Sid".

Soltou a notícia tão inesperadamente que eu não consegui fazer nada além de me sentar de volta na cadeira.

"Faz quase seis semanas que tive a última menstruação. Sabe como eu sou regular. E aquele vômito todo ontem. O que mais pode ser?"

"Você não parece muito contente com isso", falei, afinal.

"Não sei o que estou sentindo. Sempre falei de ter filhos, mas este parece ser o pior momento possível."

"Não necessariamente. Se o teste der positivo, nós damos um jeito. É o que todo mundo faz. Nós não somos burros, Grace. A gente descobre um jeito."

"O apartamento é muito pequeno, não temos nenhum dinheiro, e eu teria de parar de trabalhar durante uns três ou quatro meses. Se você estivesse completamente curado, nada disso importava. Mas você ainda não está bom."

"Engravidei você, não engravidei? Quem disse que não estou bom? Não tem nada errado com o meu encanamento aqui."

Grace sorriu. "Então, seu voto é sim."

"Claro que é sim."

"Então é um sim e um não. E agora?"

"Você não pode estar falando sério."

"Como assim?"

"Um aborto. Não está pensando em se livrar dele, está?"

"Não sei. É uma ideia horrível, mas pode ser melhor deixar para ter filhos um pouquinho mais tarde."

"Gente casada não mata os filhos. Não quando se amam."

"Que coisa horrível dizer isso, Sidney. Não gostei."

"Ontem à noite, você disse: 'Só continue me amando e tudo se arranja por si só'. É isso que estou tentando fazer. Amar você e tomar conta de você."

"Isto aqui não tem nada a ver com amor. Tem a ver com entender o que é melhor para nós dois."

"Você já sabe, não sabe?"

"O quê?"

"Que está grávida. Você não acha que pode estar grávida. Você já descobriu que está. Quando fez o teste?"

Pela primeira vez desde que a conhecia, Grace virou o rosto para mim ao falar — incapaz de olhar para mim, dirigindo suas palavras à parede. Eu a tinha pegado numa mentira, e a humilhação era quase demais para ela aguentar. "Sábado de manhã", disse. A voz quase inaudível, pouco mais alta que um sussurro.

"Por que não me contou?"

"Não podia."

"Não podia?"

"Fiquei muito abalada. Não queria aceitar e precisava de tempo para digerir a notícia. Desculpe, Sid. Desculpe, de verdade."

Continuamos conversando mais umas duas horas e por fim venci sua resistência, martelando até ela ceder e prometer que ia ter a criança. Foi, provavelmente, a pior briga que já tivemos. Do ponto de vista prático, ela estava certa em hesitar em relação à gravidez, mas a própria racionalidade de suas dúvidas parecia tocar em algum medo mórbido e irracional em mim, e continuei a atacá-la com argumentos loucamente emocionais que faziam pouco sentido. Quando chegou à parte do dinheiro, mencionei tanto a história do roteiro como do conto que estava esboçando no caderno azul, deixando de acrescentar que o primeiro projeto não era mais que um ponto de interrogação, a mais tênue promessa de um futuro trabalho, e que o segundo projeto já estava atolado. Se nenhum dos dois decolasse, eu procuraria um cargo de professor em todos os departamentos de criação literária da América e, se nada aparecesse aí, voltaria a dar aula de história no ensino médio, sabendo muito bem que ainda não tinha resistência para aguentar um emprego regular. Em outras palavras, menti para ela. Meu único objetivo era convencê-la a não abortar a criança e estava disposto a lançar mão de qualquer tipo de desonestidade para defender o meu caso. A questão era por quê. Mesmo bombardeando Grace com minhas infindáveis justificativas e retórica brutalmente eficiente, demolindo cada uma das suas afirmações calmas e perfeitamente razoáveis, pensei por que estava lutando com tanta força. No fundo, não estava nada seguro de que estivesse pronto para ser pai, e sabia que Grace estava certa em discutir que o momento não era apropriado, que não devíamos começar a pensar em filhos até eu estar plenamente recuperado. Passaram-se meses antes de eu entender o que fiz de fato aquela noite. A questão não era ter um bebê — a questão era eu. Desde que conheci Grace, vivi em um medo mortal de perdê-la. Já a tinha perdido uma vez antes do nosso casamento, e depois, adoecendo e virando um semi-inválido, havia sucumbido gradualmente a uma espécie de desesperança terminal, uma convicção secreta de que ela ficaria muito melhor sem mim. Termos um filho eliminaria a ansiedade e impediria que ela quisesse me abandonar. Por outro lado, o fato de ela ser contra o bebê era um sinal de que queria sair, de que já estava se afastando de mim. Isso explica por que fiquei tão acalorado aquela noite, acho, e me defendi mais impiedosamente do que um rábula, jogando pesado a ponto de pegar aquele horrível recorte de jornal da carteira e insistir que ela lesse. NASCIDO NUMA PRIVADA, BEBÊ REJEITADO. Quando chegou ao fim do artigo, Grace olhou para mim com lágrimas nos olhos e disse: "Não está certo, Sidney. O que esse... esse pesadelo tem a ver conosco? Você me fala de bebês mortos em Dachau, de casais que não podem ter filhos, e agora me mostra isso. Qual é o seu problema? Só estou tentando defender nossa vida da melhor maneira possível. Você entende isso?".

Na manhã seguinte, acordei cedo e fiz café para nós dois, levei uma bandeja para o quarto às sete horas, um minuto antes de o despertador tocar. Coloquei a bandeja em cima da cômoda, desliguei o despertador e me sentei na cama ao lado de Grace. Assim que ela abriu os olhos, coloquei os braços em torno dela e comecei a beijar seu rosto, seu pescoço, seu ombro, apertando a cabeça contra ela e me desculpando pelas coisas idiotas que havia dito na noite anterior. Disse que era livre para fazer o que quisesse, que estava a seu lado e concordaria com qualquer decisão que tomasse. A linda Grace, que nunca acordava inchada ou pálida de manhã, que sempre saía do sono com a vivacidade de um soldado em campo de treinamento, ou de uma criança pequena, emergindo do mais profundo apagamento ao pleno alerta em questão de segundos, enrolou os braços em torno de mim, retribuiu meu abraço, sem dizer uma palavra, mas emitindo uma série de pequenos ronrons no fundo da garganta que me diziam que eu estava perdoado, que o desentendimento já tinha ficado para trás.

Ela ficou na cama e servi-lhe o café. Primeiro suco de laranja, depois uma xícara de café com um pouco de leite, seguida de dois ovos de dois minutos e meio e uma fatia de torrada. Ela estava com bom apetite, sem nenhum sinal de náusea ou de enjoo matinal e, quando bebi meu café e comi a minha torrada, achei que ela nunca pareceu tão esplêndida como naquele momento. Minha mulher é um ser luminoso, disse para mim mesmo, e quero que um raio caia na minha cabeça e me mate se eu um dia esquecer a minha sorte de estar sentado aqui ao lado dela agora.

"Eu estava sonhando uma coisa muito esquisita", disse Grace. "Uma daquelas maratonas malucas, misturadas, em que uma coisa vai se transformando em outra. Mas muito claro — mais real que a realidade, entende?"

"Você lembra?"

"A maior parte, acho, mas já está começando a sumir. Não sei mais o começo, mas em algum momento, você e eu estávamos com os meus pais. Procurando um outro lugar para morar."

"Um apartamento maior, quem sabe."

"Não, não um apartamento. Uma casa. A gente estava andando de carro por uma cidade. Não Nova York, nem Charlottesville, algum outro lugar, que eu nunca vi antes. E meu pai disse que devíamos ir ver um endereço na avenida Bluebird. De onde acha que tirei isso? Avenida Bluebird."

"Não sei. Mas é um nome bonito."

"Foi isso mesmo que você disse no sonho. Disse que era um nome bonito."

"Tem certeza de que seu sonho acabou? Vai ver que ainda está dormindo, e estamos sonhando o mesmo sonho juntos."

"Não seja bobo. Estávamos no carro dos meus pais. Você comigo no banco de trás e você disse para minha mãe: 'É um nome bonito'."

"E aí?"

"Paramos na frente de uma casa velha. Era um lugar enorme — uma mansão mesmo — e nós quatro entramos e começamos a olhar. Estava tudo vazio, como as galerias de um museu ou uma quadra de basquete, e dava para ouvir nossos passos ecoando pelas paredes. Aí, meus pais resolveram subir para dar uma olhada no segundo andar, mas eu queria descer para o porão. Primeiro, você não quis ir, mas peguei sua mão e meio que arrastei você comigo. Era parecido com o térreo — uma sala vazia depois da outra — mas bem no meio da última sala tinha uma porta de alçapão. Eu abri e vi que havia uma escada descendo para um nível inferior. Comecei a descer, e dessa vez você veio bem atrás de mim. Estava tão curioso quanto eu, e era como se a gente estivesse vivendo uma aventura. Sabe como é, dois meninos explorando uma casa estranha, os dois com um pouco de medo, mas gostando ao mesmo tempo."

"E a escada era comprida?"

"Não sei. Uns três, quatro metros. Uma coisa assim."

"Três, quatro metros... E aí?"

"Nos vimos numa sala. Menor que as de cima, com o teto muito mais baixo. O lugar inteiro cheio de estantes. Metálicas, pintadas de cinza, como aquelas que usam nas bibliotecas. Começamos a ver os títulos dos livros, e eram todos escritos por você, Sid. Centenas e centenas de livros, e todas as lombadas tinham o seu nome: Sidney Orr."

"Assustador."

"Não, nem um pouco. Fiquei muito orgulhosa de você. Depois que olhamos os livros um pouco, começamos a andar de novo e eu acabei encontrando uma porta. Abri e lá dentro havia um quartinho perfeito. Muito chique, com tapetes persas macios e poltronas confortáveis, pinturas nas paredes, incenso queimando em uma mesa, uma cama com almofadas de seda e um acolchoado de cetim vermelho. Chamei você e, assim que você entrou, abracei você e comecei a beijar sua boca. Estava completamente excitada. Toda fogosa e louca para começar."

"E eu?"

"Você estava com a maior ereção da sua vida."

"Continue, Grace, e eu te dou uma maior ainda agora mesmo."

"Tiramos a roupa e começamos a rolar na cama, suados e um com fome do outro. Era uma delícia. Nós dois gozamos uma vez, e aí, sem parar para respirar, começamos de novo, os dois em cima um do outro como dois animais."

"Parece um filme pornô."

"Era uma loucura. Não sei quanto tempo ficamos nisso, mas em algum momento ouvimos meus pais indo embora com o carro. Não ligamos. Encontramos com eles depois, dissemos, e começamos a trepar de novo. Quando terminamos, despencamos os dois. Eu cochilei um pouquinho e, quando levantei, você estava parado na porta, nu, puxando a maçaneta, parecendo um pouco desesperado. 'O que foi?', perguntei, e você disse: 'Parece que estamos trancados aqui dentro'."

"É a coisa mais estranha que eu já ouvi na minha vida."

"É só um sonho, Sid. Todo sonho é estranho."

"Eu não tenho falado no sono, tenho?"

"O que quer dizer?"

"Eu sei que você nunca entra na minha sala. Mas se entrasse, e se por acaso abrisse o caderno azul que comprei no sábado, ia ver que o conto que estou escrevendo é muito parecido com seu sonho. A escada que desce para uma sala subterrânea, as estantes de livros, o quartinho nos fundos. Meu herói está trancado dentro desse quarto agora, e não sei como tirar o homem de lá."

"Que estranho."

"É mais que estranho. É de arrepiar."

"O engraçado é que o sonho acabou aí. Você com aquele ar apavorado na cara e, antes que eu pudesse fazer alguma coisa para ajudar, acordei. E aí estava você na cama me abraçando do mesmo jeito que no sonho. Foi uma coisa maravilhosa. Senti que o sonho ainda estava continuando, mesmo depois de acordar."

"Então você não sabe o que acontece conosco depois que ficamos trancados no quarto."

"Não fui tão longe. Mas nós encontraríamos um jeito de sair. As pessoas não morrem nos sonhos, sabe? Mesmo que a porta estivesse trancada, alguma coisa ia acontecer para nos tirar de lá. É assim que funciona. Enquanto você está sonhando, sempre tem uma saída."

Quando Grace saiu para Manhattan, sentei à máquina de escrever e trabalhei no argumento do filme de Bobby Hunter. Tentei resumir a sinopse em quatro páginas, mas acabei escrevendo seis. Entendi que certas questões precisavam de mais esclarecimentos, e não queria que houvesse muitos buracos na história. Para começar, se a viagem de iniciação fosse tão cheia de perigos e houvesse a possibilidade de uma punição tão pesada, por que alguém haveria de querer arriscar uma viagem ao passado? Resolvi tornar a viagem opcional, algo que se faz por escolha, não por obrigação. Em segundo lugar, como as pessoas do século XXII sabem que o viajante violou as regras? Inventei um ramo especial da polícia nacional para cuidar disso. Agentes de viagem no tempo ficam em bibliotecas, debruçados sobre livros, revistas e jornais e, quando um jovem viajante interfere na atitude de alguém no passado, as palavras nos livros mudam. O nome de Lee Harvey Oswald, por exemplo, desapareceria de repente de todos os trabalhos sobre o assassinato de Kennedy. Imaginando essa cena, entendi que essas alterações podiam se transformar em impressionantes efeitos visuais: centenas de palavras se misturando e se rearranjando nas páginas impressas, indo para a frente e para trás como minúsculos insetos enlouquecidos.

Quando terminei de bater à máquina, li o argumento uma vez, corrigi os erros de datilografia, segui pelo corredor até a cozinha e liguei para a Agência Sklarr. Mary estava ocupada em outra ligação, mas disse para a assistente dela que ia aparecer no escritório dentro de uma ou duas horas para levar o manuscrito. "Tão depressa", disse ela.

"É, acho que sim", respondi, "mas você sabe como é, Angela. Quando se viaja no tempo, não há um segundo a perder."

Angela riu da minha frase boba. "Tudo bem", disse, "vou dizer para Mary que você está a caminho. Mas não tem muita pressa, sabe. Podia mandar pelo correio e economizar a viagem."

"Não confio no correio, dona", disse, descambando para o meu tom anasalado de caubói do Oklahoma. "Nunca confiei, nem vou confiar."

Quando desligamos, tirei do gancho o receptor outra vez e disquei o número de Trause. O escritório de Mary ficava na Quinta Avenida, entre as ruas Doze e Treze, não longe de onde John morava, e me ocorreu que ele podia estar interessado em almoçarmos juntos. Queria também saber como ia sua perna. Não falávamos desde sábado à noite, e era hora de saber dele e me informar das últimas.

"Nada novo", disse ele. "Não está pior do que estava, mas nada melhor. O médico receitou uma droga anti-inflamatória e, quando tomei o primeiro comprimido ontem, tive uma reação forte. Vômito, cabeça rodando, serviço completo. Estou me sentindo um pouco esgotado com isso tudo."

"Estou saindo para Manhattan daqui a pouco para ver Mary Sklarr e pensei passar aí para ver você depois. Quem sabe almoçar ou alguma coisa, mas parece que não é um bom momento."

"Por que não vem amanhã? Eu já devo estar bom amanhã. Pelo menos, é melhor que esteja, porra."

Saí do apartamento às onze e meia e fui andando até a rua Bergen, onde peguei o trem F para Manhattan. Houve várias falhas misteriosas pelo caminho — uma pausa demorada em um túnel, um blecaute no vagão que durou quatro estações, uma travessia excepcionalmente lenta da estação da rua York até o outro lado do rio — e, quando cheguei ao escritório de Mary, ela já havia saído para almoçar. Deixei o argumento com Angela, a gordinha fumante compulsiva que atendia telefones e mandava pacotes, que me surpreendeu levantando da mesa e me dando um beijo de despedida — um toque duplo italiano, uma bicada em cada face. "Pena que é casado", sussurrou. "Nós dois juntos podíamos dar muito boa música, Sid."

Angela estava sempre falando essas bobagens e, depois de três anos de prática diligente, havíamos desenvolvido uma rotina bem azeitada. Tentando manter a minha parte do jogo, dei-lhe a resposta que ela esperava. "Nada dura para sempre", eu disse. "É só esperar, criatura angélica, que mais cedo ou mais tarde é capaz de eu ficar livre."

Não havia por que voltar ao Brooklyn imediatamente, então resolvi dar a minha caminhada da tarde pelo Village, depois fechar a excursão com um lanche em algum lugar antes de pegar o metrô para casa. Fui para oeste na Quinta Avenida, passeando ao longo da rua Doze com seus bonitos prédios de tijolos marrons e árvores pequenas, bem cuidadas e, quando passei pela New School, quase chegando à Sexta Avenida, já estava perdido em pensamentos. Bowen ainda estava preso no quarto e, com o inquietante conteúdo do sonho de Grace ainda ressoando na cabeça, várias ideias tinham me ocorrido para o conto. Depois disso, perdi o rumo de onde estava, e durante os trinta ou quarenta minutos seguintes vaguei pelas ruas como um cego, mais dentro daquele quarto subterrâneo em Kansas City do que em Manhattan, observando só de passagem as coisas à minha volta. Só quando me vi na rua Hudson, deslizando pela vitrina da White Horse Tavern, foi que meus pés finalmente pararam de se mover. Tinha ficado com apetite, descobri, e no momento em que tomei consciência desse fato, o foco de minha atenção mudou da cabeça para o estômago. Estava pronto para sentar e almoçar.[10]

10. Não tinha feito nenhum progresso significativo, mas entendi que podia melhorar um pouco as condições de Bowen sem ter de alterar o ímpeto central da narrativa. A luz do teto havia queimado, mas parecia não ser mais necessário manter Nick em total escuridão. Podia haver outras fontes de iluminação no bem equipado abrigo atômico de Ed. Fósforos e velas, por exemplo, uma lanterna, um lampião de mesa — algo que impeça Nick de sentir que está enterrado vivo. Isso levaria qualquer homem além dos limites da sanidade e a última coisa que eu queria era transformar a difícil situação de Bowen em um estudo de terror e loucura. Tinha deixado Hammett para trás, mas isso não queria dizer que pretendesse substituir a história de Flitcraft com uma nova versão de "O sepultamento prematuro". Dar luz para Nick, portanto, e permitir-lhe um fiapo de esperança. E mesmo depois que os fósforos e as velas tivessem sido usados, mesmo depois que as pilhas da lanterna perdessem a força, ele podia abrir a porta da geladeira e lançar alguma luz no quarto com a pequena lâmpada que arde dentro da caixa branca esmaltada.

Mais importante era a questão do sonho de Grace. Ouvindo-a falar essa manhã, fiquei tão abalado com as semelhanças com o conto que eu estava escrevendo a ponto de não perceber quantas diferenças havia também. O quarto dela era um santuário usado por duas pessoas, um pequeno paraíso erótico. Meu quarto era uma cela desolada, habitada por um único homem, cuja única ambição era escapar. Mas, e se eu conseguisse colocar Rosa Leightman lá dentro com ele? Nick já havia se apaixonado e, se ficassem trancados juntos no quarto pelo tempo que fosse, talvez ela começasse a retribuir seus sentimentos. Rosa era o duplo físico e espiritual de Grace, e portanto teria os mesmos apetites sexuais de Grace — a mesma inquietação, a mesma falta de inibição. Nick e Rosa podiam passar o tempo juntos lendo em voz alta passagens de *Noite do oráculo*, desnudando suas almas um para o outro, fazendo amor. Contanto que houvesse comida suficiente para sustentá-los, por que haveriam de querer sair?

Essa era a pequena fantasia que eu levava comigo pelas ruas do Village. Mas mesmo enquanto a desenrolava na cabeça, sabia que era profundamente furada.

Eu já tinha estado no White Horse muitas vezes antes, mas fazia vários anos e, no instante em que abri a porta, fiquei contente de ver que nada havia mudado. Era a mesma taverna de madeira, cheia de fumaça, que sempre foi, com as mesmas mesas escalavradas e cadeiras instáveis, a mesma serragem no chão, o mesmo relógio grande na parede norte. Todas as mesas estavam ocupadas, mas havia alguns espaços abertos no balcão. Subi num dos banquinhos e pedi um hambúrguer e um copo de cerveja. Raramente bebia durante o dia, mas estar no White Horse me deixou num estado de espírito nostálgico (lembrando todas as horas que passei ali no final da adolescência, começo da juventude), e resolvi tomar uma em honra dos velhos tempos. Só depois de acertar essa questão com o barman olhei para o homem sentado à minha direita. Eu o tinha visto de costas ao entrar na taverna, um sujeito magro de suéter marrom, curvado sobre um drinque, e alguma coisa em sua postura havia acendido um sinal na minha cabeça. Referente a quê eu não sabia. Ao reconhecimento, talvez. Ou talvez a algo mais obscuro: uma lembrança de outro homem de suéter marrom sentado na mesma posição anos antes, um fragmento liliputiano do passado remoto. Esse homem estava de cabeça baixa, olhando dentro do copo, que estava cheio até a metade de scotch ou bourbon. Só podia ver seu perfil, parcialmente encoberto por seu pulso e mão esquerdos, mas não havia dúvidas de que o rosto pertencia a uma pessoa que pensei que não ia ver nunca mais. M. R. Chang.

"Mister Chang", eu disse. "Como vai?"

Grace havia me despertado com seu sonho erótico, mas apesar das tentações que o sonho parecia oferecer, era apenas mais um beco sem saída. Se Rosa pode entrar no quarto, então Nick pode sair e, uma vez que essa oportunidade se apresentasse a ele, não hesitaria em sair. O problema é que ele não tem como sair. Dei-lhe um pouco de luz, mas ainda está trancado dentro daquela soturna câmara e, sem as ferramentas adequadas para cavar o caminho de saída, vai acabar morrendo ali dentro.

Chang virou-se à menção de seu nome, com ar abatido e talvez um pouco bêbado. De início, pareceu não se lembrar de quem era eu, mas aos poucos seu rosto foi se iluminando. "Ah", disse. "Mister. Sidney. Mister Sidney O. Boa gente."

"Voltei à sua loja ontem", eu disse, "mas não tinha mais nada lá. O que aconteceu?"

"Grande problema", Chang respondeu, sacudindo a cabeça e tomando um gole do drinque, aparentemente próximo às lágrimas. "Proprietário subiu aluguel para mim. Eu digo para ele que tem contrato, mas ele ri e diz que apreende artigos com delegado se dinheiro não está na mão dele segunda de manhã. Então eu empacoto meu estoque no sábado de noite e vou embora. Tudo mafioso naquele bairro. Eles dão tiro em você se você não faz jogo deles."

"Devia contratar um advogado e levar esse homem ao tribunal."

"Advogado não. Muito caro demais. Procuro outro lugar amanhã. Quem sabe Queens, ou Manhattan. Brooklyn não mais. Paper Palace fracasso. Grande sonho americano fracasso."

Eu não devia ter me permitido sucumbir à piedade, mas quando Chang se ofereceu para me pagar uma bebida, não tive coragem de recusar. Ingerir um uísque à uma e meia da tarde não estava na lista de terapêuticas recomendadas por meu médico. Pior ainda, agora que Chang e eu havíamos ficado amigos e estávamos mergulhados na conversa, senti-me obrigado a retribuir o favor e pedi uma segunda rodada. Isso totalizava um copo de cerveja e dois uísques duplos em cerca de uma hora. Não o bastante para chegar à bebedeira total, mas eu já estava flutuando gostoso então e, com a minha discrição habitual enfraquecendo com o passar do tempo, fiz a Chang uma série de perguntas pessoais sobre a sua vida na China e por que tinha vindo para a América — algo que nunca teria feito se não estivesse bebendo. Muito do que ele me disse me confundiu. Sua capacidade de expressar-se em inglês ia deteriorando aos poucos, à medida que aumentava seu consumo de álcool, mas do fluxo de histórias que ouvi sobre sua infância em Beijing, a Revolução Cultural e sua perigosa escapada do país, via Hong Kong, uma se destacou particularmente, sem dúvida porque ele a contou no começo da conversa.

"Meu pai era professor de matemática", disse, "empregado na Escola Média Número Onze de Beijing. Quando vem a Revolução Cultural, eles dizem que meu pai é membro da Gangue Negra, pessoa burguesa reacionária. Um dia, os estudantes da Guarda Vermelha manda a Gangue Negra tirar da biblioteca todos livros que não foi escrito por Camarada Mao. Batem neles com cintos para forçar eles a fazer isso. Tudo livros ruim, dizem. Espalha ideias capitalista e revisionista, e tem de ser queimados. Meu pai e outros professores da Gangue Negra levam livros para quadra esportiva. Os Guardas Vermelhos gritam com eles e batem neles para obrigar a fazer isso. Eles leva carga e mais carga e então faz montanha grande de livro. Os Guardas Vermelhos põem fogo neles, e meu pai começa a chorar. Batem com cinto por causa disso. Aí o fogo fica grande e quente, e os Guardas Vermelhos empurram Gangue Negra bem perto do fogo. Fazem eles abaixar cabeça e curvar para frente. Dizem que estão sendo julgados pelas chamas da Grande Revolução Cultural. É um dia quente de agosto, sol terrível. Meu pai com bolhas no rosto e nos braços, cortes e feridas nas costas. Em casa, minha mãe chora quando vê ele. Meu pai chora. Todo mundo chora, Mister Sidney. Na semana seguinte, meu pai é preso, e é todo mundo mandado para o campo trabalhar de camponês. É quando eu aprendo a odiar meu país, minha China. Desse dia em diante, começo a sonhar com América. Invento meu grande sonho americano na China, mas na América não tem sonho. Este país é ruim também. Todo lugar igual. Todo mundo ruim, podre. Todos países ruim, podre."[11]

---

11. Quando Chang me contou sua história, vinte anos atrás, eu tinha certeza de que estava falando a verdade. Havia em sua voz convicção demais para eu duvi-

Quando terminei meu segundo Cutty Sark, apertei a mão de Chang e disse que estava na hora de ir embora. Eram duas e meia, disse, e tinha de voltar a Cobble Hill para fazer umas compras antes do jantar. Chang pareceu decepcionado. Não sabia o que ele esperava de mim, mas talvez pensasse que eu estava pronto para acompanhá-lo numa bebedeira de dia inteiro.

"Sem problema", disse ele, afinal. "Eu levo você de carro."

"Você tem carro?"

"Claro. Todo mundo tem carro. Você não?"

"Não. Não preciso de carro em Nova York."

"Vamos lá, Mister Sid. Você me anima e me deixa alegre de novo. Agora eu leva você de carro para casa."

---

dar de sua sinceridade. Meses atrás, porém, enquanto preparava outro projeto, li uma porção de trabalhos sobre a China durante o período da Revolução Cultural. Em um deles, cruzei com um relato do mesmo incidente escrito por Liu Yan, que era estudante na Escola Média Número Onze de Beijing na época da queima dos livros e testemunhou o evento. Nenhum professor chamado Chang é mencionado. Uma professora de línguas é citada, Yu Changjiang, que caiu em prantos ao ver os livros queimando. "Suas lágrimas incitaram os Guardas Vermelhos a lhe darem mais algumas chicotadas, e os cintos deixaram feias marcas em sua pele" (*China's Cultural Revolution, 1966-1969*, organizado por Michael Schoenhals; M. E. Sharpe, Armonk, Nova York, 1996).

Não estou dizendo que isso prova que Chang mentiu para mim, mas lança alguma suspeita sobre sua história. É possível que dois professores tenham chorado e que Liu Yan não tenha notado o outro. Mas deve-se notar que a queima dos livros foi intensamente divulgada mesmo em Beijing na época e, nas palavras de Liu Yan, "provocou grande agitação por toda a cidade". Chang saberia do caso, mesmo que seu pai não tivesse estado lá. Talvez tenha contado essa história abjeta para me impressionar. Não sei dizer. Por outro lado, sua versão era extremamente vívida — mais vívida do que a maior parte das narrativas de segunda mão —, o que me leva a imaginar se o próprio Chang não estava presente à queima. E, se estava, isso deve significar que era membro da Guarda Vermelha. Se não, teria me contado que era estudante na escola — coisa que não fez. É possível até (isto é pura especulação) que fosse ele mesmo a pessoa que chicoteou o professor que chorou.

"Não, obrigado. Um homem no seu estado não deve dirigir. Está muito tocado."

"Tocado?"

"Bebeu demais."

"Bobagem. M. R. Chang mais sóbrio que um juiz."

Sorri quando ouvi essa velha expressão americana e, vendo que eu me divertia, Chang de repente caiu na gargalhada. Era a mesma erupção em staccato que tinha ouvido em sua loja no sábado. *Ha-ha-ha. Ha-ha-ha. Ha-ha-ha.* Um tipo de alegria desconcertante, eu achei, seca e sem alma de alguma forma, sem o traço vibrante, trepidante que geralmente se ouve quando alguém ri. Para provar o que estava dizendo, Chang saltou do banquinho e começou a andar para a frente e para trás na sala, demonstrando sua capacidade de manter o equilíbrio e andar em linha reta. Com toda justiça devo admitir que passou no teste. Seus movimentos eram firmes e nada forçados, e ele parecia estar completamente controlado. Entendendo que não havia como deter aquele homem, que sua determinação de me levar de carro para casa tinha se transformado em uma causa apaixonada e obsessiva, relutantemente cedi e aceitei sua oferta.

O carro estava estacionado na esquina da rua Perry, um Pontiac vermelho novinho em folha com pneus faixa branca e teto solar conversível. Disse a Chang que parecia um tomate de Jersey fresquinho, mas não perguntei como um autoproclamado fracasso americano havia conseguido comprar uma máquina cara daquelas. Com evidente orgulho, ele destrancou primeiro a minha porta e me fez entrar no banco de passageiros. Depois, dando uma palmadinha no capô ao passar pela frente do carro, parou na sarjeta e destrancou a outra porta. Assim que se acomodou atrás da direção, virou-se para mim e sorriu. "Mercadoria sólida", disse.

"É", respondi. "Muito impressionante."

"Fique à vontade, Mister Sid. Encosto reclinável. Vá para trás." Inclinou-se sobre mim e mostrou onde apertar o botão, e é claro que o banco começou a se inclinar sozinho para trás, vindo a parar em um ângulo de quarenta e cinco graus. "Bom assim", disse Chang. "Melhor andar com conforto."

Não podia discordar dele, e em meu estado ligeiramente alterado achei agradável estar em outra posição que não a vertical. Chang ligou o motor do carro, e fechei os olhos momentaneamente, tentando imaginar o que Grace ia querer para o jantar daquela noite e que comida devia comprar quando voltasse para o Brooklyn. Isso acabou se mostrando um erro. Em vez de abrir os olhos de novo para ver aonde Chang estava indo, prontamente adormeci — como qualquer bêbado numa bebedeira de meio-dia.

Só acordei quando o carro parou e Chang desligou o motor. Achando que estava de volta a Cobble Hill, estava a ponto de agradecer a carona e abrir a porta quando me dei conta de que estava em outro lugar: uma movimentada rua comercial num bairro desconhecido, sem dúvida longe de onde eu morava. Quando me levantei no banco para olhar melhor, vi que quase todas as placas estavam em chinês.

"Onde estamos?", perguntei.

"Em Flushing", disse Chang. "Chinatown Número Dois."

"Por que me trouxe aqui?"

"Dirigindo carro, teve ideia melhor. Clube bonitinho no outro quarteirão, lugar bom para relaxar. Você parece cansado, Mister Sid. Eu levo você lá, você fica melhor."

"O que está dizendo? São três e quinze, tenho de voltar para casa."

"Só meia hora. Vai fazer muito bem, prometo. Depois leva você de carro, oquei?"

"Prefiro não. Só me mostre onde fica o metrô mais próximo, eu vou sozinho para casa."

"Por favor. Isto muito importante para mim. Talvez oportunidade de negócio, e precisa de conselho de homem esperto. Você muito esperto, Mister Sid. Posso confiar em você."

"Não faço ideia do que está falando. Primeiro quer que eu relaxe. Depois quer que eu dê conselho. Qual das duas coisas?"

"As duas coisas. Todas coisas juntas. Você vê lugar, você relaxa, e depois me diz o que acha. Muito simples."

"Meia hora?"

"Não se preocupa com nada. Tudo por minha conta, grátis. Depois eu levo você para Cobble Hill, Brooklyn. Combinado?"

A tarde estava ficando a cada minuto mais estranha, mas deixei-me convencer a ir com ele. Não consigo explicar por quê. Curiosidade, talvez, mas pode também ter sido o contrário — uma sensação de total indiferença. Chang tinha começado a me irritar, e eu não aguentava mais sua insistência incessante, principalmente engaiolado ali naquele ridículo carro dele. Se mais meia hora ia satisfazê-lo, achei que valia a pena aceitar o jogo. Então desci do Pontiac e fui atrás dele pela avenida lotada, aspirando os vapores penetrantes e os cheiros acres das peixarias e barracas de legumes que ocupavam a calçada do quarteirão. Na primeira esquina, viramos à esquerda, andamos mais uns trezentos metros e viramos à esquerda de novo, entrando em uma viela estreita com um prédio de blocos de concreto no fim, uma casinha de um andar, sem janelas, de teto chato. Era o cenário clássico para um assalto, mas não me senti nem um pouco ameaçado. Chang estava bem-humorado demais e, com sua costumeira intensidade de propósitos, parecia decidido a nos levar ao nosso destino.

Quando chegamos à casinha amarela de blocos de concreto, Chang apertou a campainha com o dedo. Segundos depois, a porta abriu só uma fresta e um homem chinês, de seus sessenta anos, enfiou a cabeça para fora. Sacudiu a cabeça quando reconheceu Chang, trocaram algumas frases em mandarim, e nos deixou entrar. O prometido clube de relaxamento revelou-se uma oficina de trabalho quase forçado. Vinte mulheres chinesas sentadas diante de máquinas de costura, costurando vestidos de cores brilhantes feitos de tecido barato, sintético. Nenhuma delas levantou os olhos quando entramos, e Chang passou por elas o mais depressa que pôde, agindo como se não estivessem ali. Continuamos andando, passando entre as mesas, até chegarmos a uma porta nos fundos da sala. O velho abriu para nós, e Chang e eu entramos para um espaço tão escuro, tão escuro em comparação com a oficina iluminada a luz fluorescente atrás de nós, que de início não consegui enxergar nada.

Quando meus olhos se acomodaram um pouco, notei algumas lâmpadas de baixa intensidade brilhando em diversos pontos da sala. Cada uma era de cor diferente — vermelho, amarelo, roxo, azul — e durante um momento pensei nos cadernos portugueses da loja falida de Chang. Imaginei se os que eu tinha visto no sábado ainda estariam disponíveis e, se estivessem, se ele estaria disposto a vendê-los para mim. Fiz uma anotação mental para perguntar isso quando saíssemos.

Ele acabou me levando a uma cadeira alta ou banco, algo feito de couro ou imitação de couro que girava na base e dava uma sensação de acolchoado gostosa. Sentei, e ele sentou-se ao meu lado. Vi que estávamos em algum tipo de bar — um balcão laqueado, oval, que ocupava o centro da sala. As coisas começaram a ficar mais claras para mim agora. Conseguia enxergar várias outras pessoas sentadas à nossa frente, dois homens de terno e gravata, um homem asiático vestindo o que parecia uma camisa havaiana e duas ou três mulheres, nenhuma delas parecendo usar roupa alguma. Ah, disse a mim mesmo, então é isso que é este lugar. Um clube de sexo. Estranhamente, só então notei a música que tocava ao fundo —

alguma coisa suave e ronronante que saía de um sistema de som invisível. Tentei captar a melodia, mas não consegui identificar. Alguma versão musak de algum velho número de rock and roll — talvez os Beatles, pensei, mas talvez não.

"Bom, Mister Sid", disse Chang. "O que acha?"

Antes que eu pudesse responder, apareceu na nossa frente um barman e perguntou o que queríamos. Podia ser o velho que abriu a porta para nós antes, mas eu não tinha certeza. Podia ser um irmão dele, ou talvez algum outro parente com interesses na empresa. Chang inclinou-se para a frente e cochichou no meu ouvido. "Nada de álcool", disse. "Cerveja de mentira, 7-Up, coca--cola. Perigoso demais vender bebida em lugar como este. Não tem licença." Agora que estava informado das possibilidades, escolhi a coca-cola. Chang fez o mesmo.

"Lugar novinho", continuou o ex-dono de papelaria. "Abriu no sábado. Ainda estão amaciando o motor, mas vejo grande potencial aqui. Convidaram para eu investir como sócio mino-ritário."

"É um bordel", eu disse. "Tem certeza de que quer se envol-ver com uma atividade ilegal?"

"Não bordel. Clube de relaxamento com mulher nua. Ajuda trabalhador se sentir melhor."

"Não vou discutir com você. Se quer tanto, vá em frente. Mas achei que tinha perdido tudo."

"Dinheiro nunca problema. Eu empresto. Se lucro do inves-timento maior que juros do empréstimo, tudo bem."

"Se."

"Muito pouco se. Eles encontram moças lindas para traba-lhar aqui. Miss Universo, Marilyn Monroe, Coelhinha do Mês. Só mulher mais quente, mais sexy. Nenhum homem resiste. Olhe, eu mostro para você."

"Não, obrigado. Sou um homem casado. Tenho tudo de que preciso em casa."

"Todo homem diz isso. Mas cabeça de baixo sempre ganha de cabeça de cima. Eu provo isso para você agora."

Antes que pudesse detê-lo, Chang girou na cadeira e fez um gesto de chamada com a mão. Olhei na direção para a qual ele gesticulou e vi cinco ou seis cabinas na parede, uma coisa que consegui não perceber ao entrar na sala. Havia mulheres nuas em três delas, aparentemente esperando clientes, mas as outras estavam fechadas por cortinas, provavelmente porque as mulheres que ocupavam esses lugares estavam trabalhando. Uma das mulheres levantou-se de seu lugar e veio andando em nossa direção. "Esta é a melhor", disse Chang, "a mais bonita de todas. Chamam de Princesa Africana."

Uma negra alta emergiu das sombras. Estava usando uma gargantilha de pérolas e diamantes falsos, botas brancas até os joelhos e um tapa-sexo branco. O cabelo penteado em complicadas tranças, enfeitadas com contas nas pontas que tilintavam como sinos de vento quando ela se mexia. Seu andar era gracioso, lânguido, ereto — uma postura altiva que sem dúvida explicava por que era chamada de Princesa. Quando estava a dois metros do balcão, entendi que Chang não havia exagerado. Era uma mulher estonteantemente bonita — talvez a mulher mais bonita que eu já vi. E tinha vinte, talvez vinte e dois anos de idade. Sua pele parecia macia e convidativa, e achei quase impossível resistir a tocá-la.

"Diga alô para meu amigo", instruiu Chang. "Acerto com você depois."

Ela virou para mim e sorriu, exibindo um incrível conjunto de dentes brancos. "Bonjour, chéri", disse. "Tu parles français?"

"Não, desculpe. Só falo inglês."

"Meu nome é Martine", disse ela, com forte sotaque crioulo.

"Eu sou Sidney", respondi, e então, tentando entabular conversa, perguntei de que país da África ela era.

Ela riu. "Pas d'Afrique! Haiti!" Pronunciou a última palavra com três sílabas, *Ha-i-ti*. "Lugar ruim", disse. "Duvalier muito méchant. Melhor aqui."

Concordei com a cabeça sem ter a menor ideia do que dizer em seguida. Queria levantar e sair antes de me envolver com um problema, mas não conseguia me mexer. A garota era demais, e não conseguia parar de olhar para ela.

"Tu veux danser avec moi?", disse. "Dança comigo?"

"Não sei. Talvez. Não danço muito bem."

"Alguma outra coisa?"

"Não sei. Bom, talvez uma coisa... se não for pedir muito."

"Uma coisa?"

"Estava pensando... Você se importa se eu tocar você?"

"Me tocar? Claro. Isso é fácil. Toque onde quiser."

Estendi a mão e deslizei por seu braço nu. "Você é muito timide", disse ela. "Não vê meus seios? Mes seins sont très jolis, n'est-ce pas?"

Eu estava sóbrio o suficiente para saber que estava indo pela estrada da perdição, mas não deixei que isso me detivesse. Colhi seus dois seios pequenos nas minhas mãos em concha e fiquei segurando algum tempo — tempo bastante para sentir os mamilos ficarem duros.

"Ah, isso é melhor", disse ela. "Agora deixe eu tocar você, oquei?"

Eu não disse sim, mas também não disse não. Achei que tinha em mente alguma coisa inocente — um tapinha no rosto, um dedo passado sobre meus lábios, um aperto de mão brincalhão. Nada comparado ao que ela realmente fez, em todo caso, que foi apertar o próprio corpo contra mim, deslizar sua mão elegante para dentro da minha calça e colher a ereção que vinha crescendo ali durante os últimos dois minutos. Quando ela sentiu o quanto eu estava duro, sorriu. "Acho que estamos prontos para dançar", disse. "Você vem comigo, oquei?"

A favor de Chang, devo dizer que ele não riu diante desse triste espetáculo de fraqueza masculina. Ele provou que estava certo e, em vez de se regozijar com o triunfo, apenas piscou para mim quando fui com Martine para a cabina.

A transação toda pareceu não durar mais do que o tempo que se leva para encher uma banheira. Ela fechou a cortina da cabina e imediatamente desabotoou minha calça. Depois se pôs de joelhos, colocou a mão direita em torno de meu pênis e, depois de alguns movimentos suaves, seguidos de algumas lambidas muito adequadas, colocou-o na boca. Começou a mexer a cabeça e, enquanto eu ouvia o tilintar de suas tranças, olhei suas excepcionais costas nuas, e senti uma onda de calor me subindo pelas pernas, até as virilhas. Queria prolongar a experiência e saborear um pouquinho, mas não consegui. A boca de Martine era um instrumento mortal e, como qualquer adolescente excitado, gozei quase imediatamente.

O arrependimento instalou-se em questão de segundos. Quando levantei a calça e apertei o cinto, o arrependimento já havia se transformado em vergonha e remorso. A única coisa que eu queria era sair dali o mais depressa possível. Perguntei a Martine quanto lhe devia, mas ela abanou a mão para mim, disse que meu amigo já havia cuidado disso. Beijou-me quando eu me despedi, uma bicadinha amigável na face, e então abri a cortina e voltei ao bar para procurar Chang. Ele não estava lá. Talvez tivesse encontrado uma mulher para ele e estivesse com ela em outra cabina, testando as qualificações profissionais de suas futuras empregadas. Não me dei ao trabalho de ficar para descobrir. Dei uma volta ao balcão, só para ter certeza de não tê-lo notado, então encontrei a porta que levava para a oficina de costura, e parti para casa.

Na manhã seguinte, quarta-feira, servi o café da manhã para Grace na cama de novo. Dessa vez, não houve nenhuma conversa sobre sonhos, e nenhum de nós dois mencionou a gravidez ou o que ela estava planejando fazer a respeito. A questão ainda estava no ar mas, depois de meu horrendo comportamento no Queens no dia anterior, senti muita vergonha de puxar o assunto. Ao longo de trinta e seis breves horas, eu passara de orgulhoso defensor de certezas morais a um abjeto marido culpado.

Mesmo assim, tentei manter um bom clima e até pensei que ela estava mais quieta que o normal essa manhã. Acho que Grace não desconfiou de nada errado. Insisti em ir com ela até o metrô, segurando sua mão ao longo dos quatro quarteirões até a estação da rua Bergen, e durante quase todo o caminho conversamos sobre questões comuns: a capa que ela estava imaginando para um livro sobre a fotografia francesa do século XIX, o argumento cinematográfico que eu havia entregado no dia anterior e o dinheiro que esperava ganhar com aquilo, o que íamos comer no jantar essa noite. No último quarteirão, porém, Grace mudou de repente o tom da conversa. Agarrou com força a minha mão e disse: "Nós confiamos um no outro, não é, Sid?".

"Claro que sim. Não conseguiríamos viver juntos se não confiássemos. A própria ideia do casamento é baseada em confiança."

"As pessoas podem passar uns maus momentos, não podem? Mas isso não quer dizer que não consigam resolver as coisas no final."

"Não estamos num mau momento, Grace. Já passamos por isso e estamos começando a nos recuperar."

"Fico contente de você dizer isso."

"Fico contente que fique contente. Mas por quê?"

"Porque é o que eu acho também. Não importa o que aconteça com o bebê, vai ficar tudo bem entre nós. Vamos conseguir."

"Já conseguimos. Estamos saindo do atoleiro, garota, e é fora dele que vamos ficar."

Grace parou de andar, pôs a mão em minha nuca e puxou meu rosto para me beijar. "Você é o máximo, Sidney", disse, e me beijou mais uma vez para dar sorte. "Não importa o que aconteça, não se esqueça disso."

Não entendi do que ela estava falando, mas, antes que pudesse perguntar, soltou-se dos meus braços e começou a correr para o metrô. Fiquei parado onde estava na calçada, olhando enquanto ela atravessava os últimos dez metros. Grace então chegou ao alto da escada, segurou no corrimão e desapareceu escada abaixo.

De volta ao apartamento, me ocupei durante a hora seguinte, matando o tempo até a Agência Sklarr abrir às nove e meia. Lavei a louça do café da manhã, fiz a cama, dei uma arrumada na sala de estar, depois entrei de volta na cozinha e liguei para Mary. A razão aparente era me certificar de que Angela havia entregado a ela as minhas páginas, mas, sabendo que teria entregado, sim, estava ligando de verdade para saber o que Mary havia achado. "Bom trabalho", disse, parecendo nem muito animada, nem terrivelmente decepcionada. O fato de eu ter escrito o esboço tão depressa, porém, permitiu que ela operasse um milagre de comunicações de alta velocidade, e isso a deixou efusivamente excitada. Naquela época, antes das máquinas de fax, e-mails e cartas expressas, ela havia mandado o argumento para a Califórnia por meio de um courier, o que queria dizer que meu trabalho já havia atravessado o país no voo noturno da noite passada. "Tinha de mandar um contrato para outro cliente em LA", disse Mary, "então contratei o serviço de courier para estar aqui às três da tarde. Li seu argumento logo depois do almoço, e meia hora depois o sujeito apareceu para pegar o contrato. 'Isto também vai para LA', eu disse, 'então pode levar junto.' Entreguei o manuscrito para ele e lá se foi, assim. Deve estar em cima da mesa de Hunter daqui a três horas."

"Ótimo", eu disse. "Mas o que achou da ideia? Acha que tem chance?"

"Só li uma vez. Não tive tempo de estudar, mas me pareceu boa, Sid. Muito interessante, bem desenvolvida. Mas com essa gente de Hollywood nunca se sabe. Meu palpite é que é complicado demais para eles."

"Então não devo ter muita esperança."

"Eu não diria isso. Só não conte com a coisa, só isso."

"Não vou contar. Mas esse dinheiro seria bom, não seria?"

"Bom, eu tenho de fato boas notícias para você nessa área. Ia telefonar, mas você passou na minha frente. Um editor português fez uma oferta para seus dois últimos romances."

"Portugal?"

"*Autorretrato* foi publicado na Espanha enquanto você estava no hospital. Você sabe disso, eu contei. As críticas foram muito boas. Agora, os portugueses estão interessados."

"Isso é ótimo. Acredito que vão oferecer algo como trezentos dólares."

"Quatrocentos dólares para cada livro. Mas é fácil conseguir subir para quinhentos."

"Vá em frente, Mary. Depois que você descontar a porcentagem de agente e os impostos internacionais, vou acabar recebendo quarenta centavos."

"É verdade. Mas pelo menos vai estar publicado em Portugal. O que há de errado nisso?"

"Nada. Pessoa é um dos meus escritores prediletos. Eles deram um chute em Salazar e agora têm um governo decente. O terremoto de Lisboa inspirou Voltaire a escrever *Candide*. E Portugal ajudou a tirar milhares de judeus da Europa durante a guerra. É um país incrível. Nunca estive lá, claro, mas é onde estou vivendo agora, goste ou não. Portugal é perfeito. Do jeito que as coisas têm acontecido estes últimos dias, só podia dar em Portugal."

"Do que você está falando?"

"É uma longa história. Te conto outro dia."

Cheguei ao apartamento de Trause pontualmente à uma da tarde. Quando toquei a campainha, me ocorreu que devia ter parado em algum lugar ali por perto para comprar almoço para viagem para nós dois, mas me esqueci de madame Dumas, a mulher da Martinica que cuidava da casa. A refeição já estava preparada e foi servida no covil de John do andar de cima, a mesma sala onde tínhamos jantado no sábado à noite. Devo observar que madame Dumas não estava trabalhando aquele dia. Foi a filha dela, Régine, que abriu a porta e me levou escada acima até *Monsieur John*. Me lembrava de Trause dizer que ela era "bonita de se olhar" e agora que a via pessoalmente fui forçado a admitir que também achava a moça incrivelmente bonita — alta, bem-proporcionada, com pele lustrosa de ébano e olhos alertas e penetrantes. Sem tapa--sexo, claro, nem seios nus ou botas de couro branco, mas era a segunda negra de vinte anos falante de francês que eu conhecia em dois dias e achei aquela repetição irritante, quase intolerável. Por que Régine Dumas não podia ser uma moça baixa, caseira, de pele feia e corcunda nas costas? Não tinha a beleza estonteante de Martine do Haiti, talvez, mas era uma criatura cativante também e, quando abriu a porta e sorriu para mim com sua maneira amigável, segura, senti aquilo como uma censura, uma caçoada com a minha consciência perturbada. Estava fazendo todo o possível para não pensar no que havia acontecido no dia anterior, para esquecer meu triste pecadilho e deixá-lo para trás, mas não havia como escapar do que havia feito. Martine tinha voltado à vida na forma de Régine Dumas. Ela estava em toda parte agora, até no apartamento de meu amigo na rua Barrow, distante meio mundo daquele esquálido prédio de blocos de concreto no Queens.

Ao contrário da aparência desmazelada do sábado à noite, John dessa vez estava apresentável. Cabelo penteado, barba feita, usando uma camisa recém-passada e meias limpas. Mas ainda estava imobilizado no sofá, a perna esquerda acomodada em cima de uma montanha de almofadas e cobertores, e parecia estar sofrendo uma dor considerável — tão ruim quanto a outra noite, se não pior. Seu aspecto bem barbeado me confundiu. Quando Régine trouxe o almoço para cima em uma bandeja (sanduíches de peru, salada, água com gás), fiz todo o possível para não olhar para ela. Isso queria dizer focalizar a atenção em John e, quando estudei suas feições mais atentamente, vi que estava exausto, com um ar vazio e esgotado nos olhos, e uma perturbadora palidez na pele. Saiu do sofá duas vezes enquanto estive lá, e ambas as vezes pegou a muleta antes de conseguir se colocar em posição vertical. Pela expressão de seu rosto quando o pé esquerdo tocava o chão, a menor pressão na veia devia ser insuportável.

Perguntei quando ia melhorar, mas John não queria falar disso. Mas fiquei atrás dele e acabou admitindo que não tinha nos contado tudo no sábado à noite. Não quis alarmar Grace, disse, mas a verdade é que havia dois coágulos em sua perna, não um. O primeiro era em uma veia superficial. Estava já quase dissolvido e não representava nenhuma ameaça, mesmo sendo o maior causador do que John chamava de "desconforto". O segundo estava alojado em uma veia mais interna, e era o que preocupava os médicos. Haviam receitado doses maciças de afinador do sangue, e John tinha uma tomografia marcada para sexta-feira no Saint Vincent. Se os resultados fossem insatisfatórios, o médico planejava interná-lo no hospital e mantê-lo lá até o coágulo desaparecer. Trombose em veia profunda pode ser fatal, disse John. Se o coágulo se romper, pode se deslocar pela corrente sanguínea e aparecer num pulmão, provocando embolia pulmonar e morte quase certa. "É como andar com uma bomba na perna", disse ele. "Se sacudir demais, pode me explodir." E acrescentou: "Não diga uma palavra para Gracie. Fica rigorosamente entre nós dois. Entendeu? Nem uma palavra".

Pouco depois disso, começamos a falar de seu filho. Não me lembro o que nos lançou naquele poço de desespero e autorrecriminação, mas a angústia de Trause era palpável, e todas as preocupações que podia ter com a perna não eram nada comparadas com o desespero que sentia por Jacob. "Perdi meu filho", disse. "Depois do que ele aprontou, nunca mais vou acreditar em uma palavra do que disser."

Até a última crise, Jacob era estudante na SUNY Buffalo. John conhecia diversos membros do departamento de inglês da faculdade (um deles, Charles Rothstein, havia publicado um longo estudo sobre seus romances) e com a desastrosa, quase reprovada ficha escolar de Jacob na escola secundária, tinha dado um jeitinho de o rapaz ser aceito. O primeiro semestre foi razoavelmente bom, mas no fim do segundo semestre suas notas caíram tanto que ficou em dependência. Precisava manter média B para evitar a suspensão, mas no semestre do outono de seu segundo ano faltou a mais aulas do que compareceu, fez poucos ou nenhum trabalho, e foi sumariamente chutado fora do semestre seguinte. Voltou para a casa da mãe em East Hampton, onde ela estava morando com o terceiro marido (na mesma casa em que Jacob cresceu com seu desprezadíssimo padrasto, um comerciante de arte chamado Ralph Singleton), e arrumou um emprego de meio período numa padaria local. Formou também uma banda de rock com três amigos do secundário, mas houve tantas tensões e brigas entre eles que o grupo se dissolveu depois de seis meses. Disse ao pai que não precisava de faculdade e não queria voltar, mas John conseguiu convencê-lo oferecendo certos incentivos financeiros: uma mesada generosa, uma guitarra nova se tivesse boas notas no primeiro semestre, um micro-ônibus Volkswagen se terminasse o primeiro ano com média B. O rapaz concordou e no final de agosto voltou a Buffalo para brincar de ser estudante outra vez — com o cabelo verde, uma fileira de alfinetes de segurança balançando na orelha esquerda e sobretudo preto comprido. A era punk estava em pleno florescimento então, e Jacob havia se juntado ao crescente clube de rosnantes renegados de classe média. Ele era um *hip*, vivia nos extremos e não engolia merda nenhuma de ninguém.

Jacob se matriculou para o semestre, disse John, mas uma semana depois, sem ter frequentado uma única aula, voltou para o balcão da secretaria e desistiu da escola. O pagamento pelo semestre foi devolvido a ele, mas, em vez de mandar o cheque para seu pai (que havia lhe dado o dinheiro, para começo de conversa), descontou no primeiro banco, meteu três mil dólares no bolso e tomou o rumo de Nova York. A última notícia era de que estava vivendo em algum lugar no East Village. Se os boatos que circulavam sobre ele fossem verdadeiros, estava afundado em heroína — e isso durante os últimos quatro meses.

"Quem contou isso?", perguntei. "Como sabe que é verdade?"

"Eleanor me ligou ontem de manhã. Está tentando entrar em contato com Jacob para alguma coisa, e o colega de quarto dele atendeu o telefone. Ex-colega, eu devia dizer. Contou para ela que Jacob largou a escola faz duas semanas."

"E a heroína?"

"Ele que contou também. Não há razão para ele mentir numa coisa dessas. Segundo Eleanor, o rapaz parecia muito preocupado. Não que eu esteja surpreso, Sid. Sempre desconfiei que ele estava tomando drogas. Só não sabia que estava tão mal."

"O que você vai fazer a respeito?"

"Não sei. Você é que costumava trabalhar com jovens. O que você faria?"

"Está perguntando para a pessoa errada. Todos os meus alunos eram pobres. Adolescentes negros de bairros pobres e famílias destruídas. Muitos tomavam drogas, mas os problemas deles não tinham nada a ver com os de Jacob."

"Eleanor acha que nós devemos procurar por ele. Mas eu não posso me mexer. Estou preso aqui neste sofá com a minha perna."

"Posso fazer isso, se quiser. Não estou tão ocupado esses dias."

"Não, não, você não vai se envolver. Não é problema seu. Eleanor e o marido dela fazem isso. Pelo menos, foi o que disse. Com ela nunca se sabe se está falando sério ou não."

"Como é o marido dela?"

"Não sei. Nunca conheci. O engraçado é que não consigo lembrar nem o nome dele. Deitado aqui fiquei tentando pensar nisso, mas só abro espaços em branco. Don alguma coisa, acho, mas não tenho certeza."

"E qual é o plano quando encontrarem Jacob?"

"Colocar num programa de reabilitação de drogados."

"Essas coisas não são baratas. Quem vai pagar?"

"Eu, claro. Eleanor está nadando em dinheiro agora, mas é mão-fechada a tal ponto, porra, que não vou me dar ao trabalho de pedir para ela. O menino arranca três mil dólares de mim, e ainda tenho de cuspir mais um pacote para livrar a cara dele. Se quer saber a verdade, minha vontade é torcer o pescoço dele. Sorte sua não ter filhos, Sid. São ótimos quando pequenos, mas depois disso partem seu coração e arrasam com você. Um metro e meio, é a altura máxima. Não deviam crescer mais do que isso."

Depois do último comentário de John, não podia deixar de contar para ele a minha novidade. "Posso não continuar muito tempo mais sem filhos", eu disse. "Ainda não está muito claro o que nós vamos fazer a respeito, mas no momento Grace está grávida. Fez o teste no sábado."

Não sei o que estava esperando que John fosse dizer, mas mesmo depois de sua amarga declaração sobre as agonias da paternidade, calculei que ia conseguir se sair com uns negligentes parabéns. Ou pelo menos me desejar sorte e me alertar para trabalhar melhor do que ele. Alguma coisa, em todo caso, alguma palavrinha como sinal de ter ouvido. Mas John não fez nem um som. Por um momento, pareceu assombrado, como se tivesse acabado de saber da morte de alguém que amava, depois virou o rosto para longe de mim, girando abruptamente a cabeça nas almofadas, olhando diretamente para as costas do sofá.

"Pobre Grace", resmungou.

"Por que diz isso?"

John virou-se lentamente para mim, mas parou no meio do caminho, a cabeça alinhada com o sofá, e ao falar manteve os olhos fixos no teto. "Está passando por tanta coisa", disse. "Não é tão forte quanto você pensa. Precisa de um descanso."

"Ela vai fazer exatamente o que quiser. A decisão está nas mãos dela."

"Conheço Grace há muito mais tempo do que você. Um bebê é a última coisa de que ela precisa agora."

"Se ela resolver continuar com isso, estava pensando em convidar você para padrinho. Mas acho que não vai se interessar. Não pelo que está dizendo agora."

"Só não perca Grace, Sidney. É só isso que eu peço. Se as coisas não derem certo, seria uma catástrofe para ela."

"Não vai acontecer nada. E não vou perder Grace. Mas mesmo que perdesse, o que você tem a ver com isso?"

"Tenho tudo a ver com Grace. Sempre tive."

"Não é pai dela. Pode pensar que é, às vezes, mas não é. Grace sabe se virar. Se ela decidir ter o bebê, não vou impedir. A verdade é que vou ficar contente. Ter um filho com ela seria a melhor coisa que já me aconteceu na vida."

Isso foi o mais perto que John e eu jamais chegamos de ter uma discussão para valer. Era um momento perturbador para mim e, com minhas últimas palavras ainda pairando no ar, desafiadoras, pensei se a conversa não estava para tomar um rumo ainda mais desagradável. Felizmente, nós dois recuamos antes de a explosão aumentar ainda mais, percebendo que estávamos a ponto de nos cutucar dizendo coisas de que nos arrependeríamos depois — e que jamais seriam extirpadas da memória, por mais que nos desculpássemos depois de acalmados os ânimos.

Muito sabiamente, John escolheu aquele momento para ir ao banheiro. Enquanto ele enfrentava as árduas manobras de se alçar do sofá e ir mancando pela sala, toda hostilidade desapareceu de dentro de mim. A perna dele estava de matar, ele estava tocado pelas horríveis notícias do filho, como eu podia não perdoá-lo por dizer umas palavras mais duras? No contexto da traição e possível dependência de drogas de Jacob, Grace era a filha boa adorada, a única que nunca o decepcionou, e talvez por isso John insistisse tanto em defendê-la, tocando numa questão que afinal não lhe dizia respeito. Estava zangado com o filho, sim, mas essa raiva tinha também uma boa dose de culpa. John sabia que havia mais ou menos abdicado as responsabilidades de pai. Divorciado de Eleanor quando Jacob tinha um ano e meio, permitiu que ela levasse a criança embora de Nova York quando se instalou em East Hampton com o segundo marido, em 1966. Depois disso, John pouco viu o menino: um fim de semana ocasional passado com ele na cidade, umas poucas viagens à Nova Inglaterra e ao sudoeste durante as férias de verão. Dificilmente o que se poderia chamar de um pai ativamente envolvido, e depois, com a morte de Tina, desapareceu da vida de Jacob durante quatro anos, vendo-o só uma ou duas vezes entre as idades de doze e dezesseis anos. Agora, aos vinte, o filho havia se transformado em uma confusão total e, fosse ou não culpa sua, John se culpava pelo desastre.

Ficou fora da sala dez ou quinze minutos. Quando voltou, ajudei-o a se acomodar de novo no sofá, e a primeira coisa que disse não tinha nada a ver com o que estávamos conversando antes. O conflito parecia encerrado — varrido durante sua viagem pelo corredor e aparentemente esquecido.

"Como vai Flitcraft?", perguntou. "Fazendo algum progresso?"

"Sim e não", respondi. "Entrei num turbilhão de escrita durante uns dias, mas depois atolei."

"E agora está pensando melhor sobre o caderno azul."

"Talvez. Não tenho mais certeza do que penso."

"Você estava tão acelerado aquela noite, parecia um alquimista maluco. O primeiro homem a transformar chumbo em ouro."

"Bom, foi uma experiência e tanto. A primeira vez que usei o caderno, Grace me disse que eu não estava mais presente."

"O que quer dizer?"

"Que eu desapareci. Sei que soa ridículo, mas ela bateu na minha porta enquanto eu estava escrevendo e, como eu não respondi, deu uma olhada dentro da sala. Ela jura que não me viu."

"Você devia estar em algum outro ponto do apartamento. No banheiro, talvez."

"Eu sei. É o que Grace diz também. Mas não me lembro de ter ido ao banheiro. Não me lembro de nada, a não ser sentar na frente da minha mesa e escrever."

"Você pode não lembrar, mas isso não quer dizer que não aconteceu. A gente tende a ficar um pouco desligado quando as palavras estão jorrando. Não é verdade?"

"Verdade. Claro que é verdade. Mas aconteceu uma coisa parecida na segunda-feira. Eu estava na minha sala escrevendo e não ouvi o telefone tocar. Quando levantei da mesa e fui à cozinha, havia duas mensagens na secretária eletrônica."

"E aí?"

"Não ouvi tocar. Eu sempre ouço quando o telefone toca."

"Estava distraído, perdido no que estava fazendo."

"Talvez. Mas não acho, não. Aconteceu alguma coisa estranha e eu não entendo."

"Telefone para o seu médico, Sid, marque uma consulta e vá examinar essa cabeça."

"Eu sei. Está tudo na cabeça. Não digo que não, mas desde que comprei esse caderno, ficou tudo fora dos eixos. Não sei dizer se sou eu que estou usando o caderno ou se é o caderno que está me usando. Faz algum sentido?"

"Um pouco. Mas não muito."

"Tudo bem, deixe eu dizer de outro jeito. Já ouviu falar de uma escritora chamada Sylvia Maxwell? Uma romancista americana dos anos vinte?"

"Li alguns livros de Sylvia Monroe. Ela publicou uma porção de romances nos anos vinte e trinta. Mas não Maxwell."

"Escreveu algum livro chamado *Noite do oráculo*?"

"Não, não que eu saiba. Mas acho que escreveu alguma coisa com a palavra *noite* no título. *Noite de Havana*, talvez. Ou *Noite de Londres*, não me lembro. Não deve ser difícil de descobrir. É só ir à biblioteca e procurar no nome dela."

Pouco a pouco, nos afastamos do caderno azul e começamos a discutir coisas mais práticas. Dinheiro, por exemplo, e como eu estava esperando resolver meus problemas financeiros escrevendo um roteiro de filme para Bobby Hunter. Contei a John sobre o argumento, fazendo um rápido resumo da trama que tinha inventado para a minha versão de A *máquina do tempo*, mas ele não demonstrou grandes reações. *Inteligente*, acho que disse, ou algum cumprimento igualmente morno, e de repente me senti burro, envergonhado, como se Trause me visse como algum picareta espalhafatoso tentando vender seu peixe pela melhor oferta. Mas eu estava errado de interpretar sua reação contida como censura. Ele entendeu a situação delicada em que estávamos, e o que estava fazendo era pensar, tentando elaborar um plano para me ajudar.

"Sei que é idiota", eu disse, "mas, se eles comprarem a ideia, vamos poder pagar nossas contas de novo. Se não, continuamos no vermelho. Detesto ter de contar com projetos assim ralos, mas esse é o único truque que tenho na manga."

"Talvez não", disse John. "Se essa coisa da *Máquina do tempo* não funcionar, talvez possa escrever outro roteiro. Você é bom nisso. Se Mary fizer uma forcinha, tenho certeza que você vai encontrar alguém disposto a dar um bom dinheiro."

"Não é assim que funciona. Eles procuram a gente; você não vai até eles. A menos que tenha uma ideia original, claro. Mas eu não tenho."

"É disso que estou falando. Talvez eu tenha uma ideia para você."

"Uma ideia para filme? Achei que você era contra escrever para o cinema."

"Faz umas duas semanas, encontrei uma caixa com coisas velhas minhas. Contos do começo, um romance semiterminado, duas ou três peças de teatro. Material antigo, escrito quando eu era adolescente, quando tinha meus vinte anos. Nada jamais foi publicado. Graças a Deus, devo acrescentar, mas, lendo os contos, encontrei um que não era tão terrível. Continuo não querendo publicar esse conto, mas, se der para você, talvez possa transformar em um filme. Talvez meu nome ajude. Se disser a um produtor

156

de cinema que está adaptando um conto inédito de John Trause, pode ter algum atrativo. Não sei. Mas mesmo que não liguem porra nenhuma para mim, o conto tem um forte componente visual. Acho que as imagens se prestariam a um filme de forma bem natural."

"Claro que seu nome ajuda. Faria uma enorme diferença."

"Bom, leia o conto e me diga o que acha. É só uma primeira redação — muito rústica —, portanto não julgue o texto com muito rigor. E, lembre-se, eu era pouco mais que um menino quando escrevi isso. Muito mais jovem do que você agora."

"Sobre o que é?"

"É um conto esquisito, não tem nada a ver com o resto do meu trabalho, de forma que você talvez fique um pouco surpreso no começo. Acho que poderia dizer que é uma parábola política. Passa-se num país imaginário na década de mil oitocentos e trinta, mas na verdade é sobre o começo dos anos cinquenta. McCarthy, Comitê de Atividades Antiamericanas, o Terror Comunista — todas as coisas sinistras que aconteciam naquela época. A ideia é que os governos sempre precisam de inimigos, mesmo quando não estão em guerra. Se você não tem um inimigo real, inventa um e espalha a notícia. Isso apavora a população, e quando as pessoas estão apavoradas tendem a não sair da linha."

"E o país? É um substituto da América ou alguma outra coisa?"

"É parte a América do Norte, parte a América do Sul, mas com uma história completamente diferente das duas. Lá para trás, todos os poderes europeus haviam estabelecido colônias no Novo Mundo. As colônias se desenvolveram e viraram Estados independentes. Então, pouco a pouco, depois de centenas de anos de guerras e escaramuças, elas aos poucos se juntaram numa enorme confederação. A questão é a seguinte: o que acontece depois que o império se estabelece? Que inimigo você inventa para deixar as pessoas apavoradas a ponto de manter a confederação unida?"

"E qual é a resposta?"

"Você finge que está para ser invadido por bárbaros. A confederação já expulsou essa gente de suas terras, mas você agora espalha o boato de que um exército de soldados anticonfederados atravessou para os territórios primitivos e está semeando uma rebelião entre o povo de lá. Não é verdade. Os soldados estão trabalhando para o governo. Fazem parte da conspiração."

"Quem conta a história?"

"Um homem enviado para investigar os boatos. Ele trabalha para um ramo do governo que não faz parte da trama, e acaba sendo preso e julgado por traição. Para complicar mais as coisas, o oficial encarregado do exército falso foge com a esposa do narrador."

"Mentira e corrupção para todo lado."

"Exatamente. Um homem arruinado por sua própria inocência."

"Tem título?"

"'O império dos ossos.' Não é muito comprido. Quarenta e cinco, cinquenta páginas — mas o bastante para espremer um filme daquilo tudo, acho. Você decide. Se quiser usar, tem a minha bênção. Se não gostar, então jogue na garagem e esqueça."

Saí do apartamento de Trause me sentindo arrebatado, sem fala de tanta gratidão, e nem o pequeno tormento de ter de dizer adeus a Régine no andar térreo podia diminuir minha felicidade. O manuscrito estava num bolso do meu paletó esporte, dentro de um envelope de papel pardo, e fiquei com a mão em cima dele enquanto ia para o metrô, louco para abrir e começar a ler. John sempre apoiou muito a mim e ao meu trabalho, mas eu sabia que esse presente tinha tanto a ver com Grace quanto comigo. Eu era o incapaz meio destruído responsável por tomar conta dela e, se havia algo que ele pudesse fazer para nos ajudar a retomar pé, estava disposto a fazer — a ponto de doar um manuscrito inédito para a causa. Havia uma chance muito remota de sua ideia resultar em alguma coisa, mas se eu ia conseguir ou não transformar seu conto em um filme não importava, o importante era a sua prontidão em ir além dos limites normais da amizade e se envolver com nossos problemas. Abnegadamente, sem pensar nunca em lucrar com o que havia feito.

Já passava das cinco da tarde quando cheguei à estação da rua Quatro oeste. A hora do rush estava a todo vapor e, ao descer os dois lances de escada para a plataforma F, agarrando o corrimão com toda força para não cair, perdi a esperança de arranjar um lugar para sentar no trem. Haveria uma multidão de passageiros indo de volta para o Brooklyn. Isso queria dizer que eu ia ter de ler o conto de John de pé e, como seria imensamente difícil, me preparei para lutar por um pouquinho mais de espaço se precisasse. Quando as portas do trem se abriram, ignorei a etiqueta do metrô e passei aos empurrões pelos passageiros que desembarcavam, entrando no vagão antes de qualquer um da plataforma, mas isso não adiantou nada. Um batalhão entrou atrás de mim. Fui empurrado para o centro do carro e, no momento em que as portas se fecharam e o trem saiu da estação, estava esmagado no meio de tanta gente que meus braços ficaram presos ao longo do corpo, sem nenhum espaço para pegar o envelope no bolso. Eu pouco podia fazer para não cair em cima dos meus companheiros de viagem enquanto sacudíamos e balançávamos rodando pelo túnel. Em algum momento, consegui levantar a mão o suficiente para enganchar os dedos em uma das barras do alto, mas era essa a extensão do movimento possível para mim naquelas circunstâncias. Poucos passageiros desceram nas paradas seguintes e, para cada um que descia, dois outros se acotovelavam para tomar o lugar. Centenas ficavam parados nas plataformas para esperar o próximo trem e, do começo ao fim da viagem, não tive uma única chance de olhar o conto. Quando chegamos à estação da rua Bergen, tentei colocar a mão de volta sobre o envelope, mas levei um empurrão por trás, me apertaram à direita e à esquerda e, enquanto girava em torno do mastro central a fim de me preparar para descer do vagão, o trem de repente parou, as portas se abriram e fui empurrado para a plataforma antes que pudesse verificar se o envelope ainda estava comigo. Não estava. A onda de multidão saindo havia me carregado junto por uns dois metros, dois metros e meio e, quando girei para abrir a cotoveladas o caminho para dentro do vagão, as portas já estavam fechadas e o trem se movimentando de novo. Esmurrei uma janela que passava, mas o condutor não prestou nenhuma atenção em mim. O F deslizou para fora da estação, e segundos depois tinha sumido.

Eu era culpado de lapsos de concentração similares desde que saí do hospital, mas nenhum pior ou mais torturante do que esse. Em vez de ficar com o envelope na mão, havia bobamente enfiado a coisa em um bolso pequeno demais para contê-lo, e agora o manuscrito de John estava no chão de um trem de metrô indo na direção de Coney Island, sem dúvida pisado e sujo por metade dos sapatos e tênis do condado do Brooklyn. Era um erro imperdoável. John havia me confiado o único exemplar de um conto inédito e, dado o interesse acadêmico em sua obra, só o manuscrito devia provavelmente valer algumas centenas de dólares, talvez milhares. O que ia dizer para ele quando me perguntasse o que eu tinha achado? Ele dissera que eu devia jogar no lixo se não gostasse do escrito, mas era apenas uma forma exagerada de difamar o próprio trabalho, uma piada. Claro que ia querer o manuscrito de volta — quer eu tivesse gostado ou não. Não fazia ideia de como resolver a situação. Se alguém fizesse comigo o que eu tinha acabado de fazer com Trause, acho que eu ficaria tão bravo que iria querer estrangular a pessoa.

Por mais desmoralizante que fosse essa perda, era apenas o começo do que acabou se revelando uma noite longa e difícil. Quando voltei para casa e subi os três lances de escada até o apartamento, encontrei a porta aberta — não apenas entreaberta, mas completamente girada nas dobradiças, encostada na parede. Minha primeira ideia foi que Grace devia ter chegado cedo em casa, talvez carregada de pacotes e sacos do mercado, e esquecera de fechar a porta ao passar. Uma olhada na sala, porém, e entendi que Grace não tinha nada a ver com aquilo. Alguém havia entrado no apartamento, provavelmente escalando a saída de incêndio e arrombando a janela da cozinha. Havia livros espalhados pelo chão, nossa pequena televisão em preto e branco havia desaparecido, e uma foto de Grace, que sempre ficou em cima da estante da lareira, havia sido rasgada em pedacinhos e espalhada em cima do sofá. Era um gesto incrivelmente perverso, senti, quase um ataque pessoal. Quando fui à estante para inspecionar o prejuízo, vi que a maior parte dos livros valiosos tinha sumido: exemplares autografados dos romances de Trause e de alguns outros amigos escritores, junto com meia dúzia de primeiras edições que ganhei de presente ao longo dos anos. Hawthorne, Dickens, Henry James, Fitzgerald, Wallace, Stevens, Emerson. Fosse quem fosse, quem nos roubou não era um ladrão comum. Sabia alguma coisa de literatura, e tinha zerado os poucos tesouros que possuíamos.

Meu estúdio parecia intocado, mas o quarto havia sido sistemática e completamente saqueado. Tiraram todas as gavetas da cômoda, o colchão estava virado e a litografia de Bram van Velde que Grace comprara na Galerie Maeght, em Paris, no começo dos anos 70, havia desaparecido de seu lugar acima de nossa cama. Quando fui investigar o conteúdo das gavetas da cômoda, descobri que a caixa de joias de Grace também tinha sumido. Ela não possuía muita coisa, mas havia naquela caixa um par de brincos de pedra da lua que herdara da avó, ao lado de uma pulseira talismã de sua infância e um colar de prata que lhe dei no último aniversário. Agora, algum estranho havia levado embora essas coisas, e eu achava aquilo tão sem sentido e cruel quanto um estupro, uma pilhagem selvagem de nosso pequeno mundo.

Não tínhamos seguro doméstico, nem contra roubo, e não senti vontade de chamar a polícia para denunciar o arrombamento. Ladrões nunca são apanhados e não via por que dar continuidade ao que me parecia um caso perdido, mas, antes de tomar essa decisão, tinha de descobrir se mais alguém no prédio havia sido roubado. Eram mais três apartamentos no prédio de tijolos marrons — um acima de nós e dois abaixo — e comecei a descer ao térreo para falar com Mrs. Caramello, que repartia as tarefas de zeladora com o marido, um barbeiro aposentado que passava a maior parte do tempo assistindo a televisão e apostando nos jogos de futebol. A casa deles não tinha sido tocada, mas Mrs. Caramello ficou tão perturbada com a notícia a ponto de chamar Mr. Caramello, que veio arrastando os chinelos até a porta e apenas suspirou quando contei o que acontecera. "É provável que seja um desses viciados", disse. "Tem de botar grade na janela, Sid. Não tem outro jeito de impedir essa gente de entrar."

Os dois outros moradores também haviam sido poupados. Parece que todo mundo tinha grade nas janelas dos fundos, menos nós, e portanto tínhamos sido o alvo natural — patetas confiantes que não se deram ao trabalho de tomar as devidas precauções. Todos ficaram com pena de nós, mas a mensagem subjacente é que merecíamos aquilo.

Voltei ao apartamento, ainda mais horrorizado agora que pude avaliar a bagunça com a cabeça mais tranquila. Um a um, detalhes que antes havia deixado escapar de repente me saltaram aos olhos, piorando ainda mais o efeito da intrusão. Um abajur de coluna que ficava à esquerda do sofá tinha sido derrubado e quebrado, um vaso de flores jazia despedaçado no tapete e até mesmo nossa patética torradeira de dezenove dólares havia desaparecido do seu lugar no balcão da cozinha. Liguei para Grace no escritório, querendo prepará-la para o choque, mas ninguém atendeu, o que parecia sugerir que já tinha saído e estava a caminho de casa. Sem saber o que mais fazer comigo mesmo, comecei a arrumar o apartamento. Deviam ser seis e meia nessa hora, mas, mesmo esperando que Grace entrasse pela porta a qualquer momento, trabalhei empenhadamente durante uma hora, varrendo detritos, recolocando os livros na estante, endireitando o colchão e colocando de volta na cama, devolvendo as gavetas para a cômoda. De início, fiquei contente de ter feito tanto progresso enquanto Grace ainda não estava. Quanto mais eficiente eu fosse em deixar o lugar em ordem, menos chocante seria para ela quando entrasse no apartamento. Mas quando terminei o que tinha começado, ela ainda não havia chegado em casa. Eram quinze para as oito então, muito tempo a mais do que uma falha do metrô pudesse ser culpada por ela não conseguir chegar ao Brooklyn. Verdade que ela às vezes trabalhava até mais tarde, mas sempre me avisava quando ia sair do escritório, e não havia nenhum recado na secretária eletrônica. Liguei para seu número na Holst & McDermott de novo, só para ter certeza, mas de novo ninguém atendeu. Ela não estava no trabalho e não tinha voltado para casa e de repente o arrombamento pareceu não ter nenhuma importância, uma irritação menor, já no passado. Grace estava desaparecida e, quando deu oito horas, eu já havia chegado a um estado de pânico febril, total.

Fiz uma porção de telefonemas — para amigos, colegas de trabalho, até para sua prima Lily em Connecticut —, mas só a última pessoa com quem falei me deu informações. Greg Fitzgerald, chefe do departamento de arte da Holst & McDermott, e segundo ele Grace havia telefonado para o escritório pouco depois das nove aquela manhã, e dissera que não poderia trabalhar durante o dia. Que sentia muito, mas tinha aparecido uma coisa urgente que exigia sua atenção imediata. Não disse do que se tratava, mas quando Greg perguntou se estava bem, Grace pareceu hesitar antes de responder. "Acho que sim", disse, afinal, e Greg, que a conhecia havia anos e gostava muito dela (um homem gay meio apaixonado pela colega feminina mais bonita), achou a resposta estranha. "Não é o jeito dela", foram as palavras que disse, acho, mas, quando percebeu o alarme crescente que havia em minha voz, tentou me tranquilizar, dizendo que Grace tinha terminado a conversa dizendo que estaria de volta ao escritório amanhã de manhã. "Não se preocupe, Sidney", Greg continuou. "Quando Grace diz que vai fazer uma coisa, ela faz. Trabalho com ela há cinco anos, e nunca falhou comigo."

Fiquei acordado a noite inteira esperando por ela, meio fora de mim de receio e confusão. Antes de falar com Fitzgerald, eu tinha me convencido de que Grace havia sofrido algum tipo de violência — assaltada, molestada, atropelada por um caminhão ou ônibus em alta velocidade, vítima de alguma das incontáveis brutalidades que podem atingir uma mulher sozinha nas ruas de Nova York. Isso agora parecia improvável, mas se não estava morta, nem em perigo físico, o que teria acontecido e por que não me telefonava para dizer onde estava? Fiquei repassando a nossa conversa da manhã a caminho do metrô, tentando entender suas frases curiosamente emocionais sobre confiança, lembrei-me dos beijos que me deu e de como, sem aviso, livrou-se dos meus braços e saiu correndo pela calçada, sem se dar ao trabalho nem de virar e acenar para mim antes de desaparecer escada abaixo. Era a atitude de alguém que chegou a uma decisão abrupta e impulsiva, que havia tomado uma decisão acerca de alguma coisa mas que ainda estava cheia de dúvidas e incertezas, tão insegura de sua resolução que não ousava fazer uma pausa para um único olhar para trás, temendo que mais um olhar para mim pudesse destruir sua determinação de fazer o que quer que estivesse planejando. Senti que até aí eu entendia, mas não sabia mais nada além desse ponto. Grace havia se transformado em um mistério para mim, e cada pensamento que eu tinha sobre ela aquela noite depressa se transformava em uma história, um horrendo dramazinho que brincava com as minhas mais profundas ansiedades sobre o nosso futuro — que rapidamente parecia estar se transformando em futuro nenhum.

Ela voltou para casa poucos minutos antes das sete, umas duas horas depois de eu ter me resignado ao fato de nunca mais vê-la de novo. Estava usando uma roupa diferente da que usava na manhã anterior, e parecia bem disposta, linda, de batom verme-lho-vivo, olhos elegantemente maquiados e um toque de rouge nas faces. Eu estava sentado no sofá da sala e quando a vi entrar fiquei tão perplexo que não consegui falar, literalmente incapaz de fazer as palavras saírem da minha boca. Grace sorriu para mim — calma, esplendorosa, completamente segura de si —, veio até onde eu estava sentado e me beijou nos lábios.

"Sei que fiz você passar um inferno", disse, "mas tinha de ser assim. Nunca mais vai acontecer, Sidney. Prometo."

Sentou-se ao meu lado e me beijou de novo, mas não conse-gui colocar meus braços em torno dela. "Vai ter de me contar onde esteve", eu disse, assustado com a raiva e a amargura da minha voz. "Basta de silêncio, Grace. Você tem de falar."

"Não posso", disse ela.

"Pode, sim. Vai ter de poder."

"Ontem de manhã, você disse que confiava em mim. Conti-nue confiando, Sid. É só isso que eu peço."

"Quando as pessoas dizem isso, quer dizer que estão escon-dendo alguma coisa. Sempre. É como uma lei matemática, Grace. O que é? O que você está escondendo de mim?"

"Nada. Só precisava ficar sozinha ontem, só isso. Precisava de tempo para pensar."

"Ótimo. Vá em frente e pense. Mas não me torture deixando de telefonar para contar onde está."

"Eu queria ligar, mas não consegui. Não sei por quê. Foi como se eu tivesse de fingir que não conhecia mais você. Só por um tempinho. Foi uma coisa horrível, mas me ajudou, ajudou mesmo."

"Onde passou a noite?"

"Não foi nada disso, acredite. Eu estava sozinha. Me hospedei num quarto do Gramercy Park Hotel."

"Que andar? Qual era o número do apartamento?"

"Por favor, Sid, não faça isso. Não está certo."

"Posso telefonar e conferir, não posso?"

"Claro que pode. Mas isso ia mostrar que não acredita em mim. E aí nós íamos ter problemas. Mas não temos problemas. Essa é a questão. Nós somos bons, e o fato de eu estar aqui prova isso."

"Acho que você deve estar pensando no bebê..."

"Entre outras coisas, sim."

"Alguma ideia nova?"

"Ainda estou em cima do muro. Ainda não tenho certeza de que lado pular."

"Passei algumas horas com John ontem, e ele acha que você deve fazer um aborto. Foi muito insistente sobre isso."

Grace olhou para mim ao mesmo tempo surpresa e incomodada. "John? Mas ele não sabe que estou grávida."

"Eu contei."

"Ah, Sidney. Não devia ter feito isso."

"Por que não? Ele é nosso amigo, não é? Por que não pode saber?"

166

Ela hesitou muitos segundos antes de responder minha pergunta. "Porque é um segredo nosso", disse afinal, "e ainda não resolvemos o que vamos fazer. Não contei nem para meus pais. Se John falar com meu pai, as coisas vão ficar horrivelmente complicadas."

"Ele não vai falar. Ficou preocupado demais com você para fazer isso."

"Preocupado?"

"É, preocupado. Do mesmo jeito que eu estou preocupado. Você está muito diferente, Grace. Qualquer pessoa que te ame fica preocupada."

Ela estava ficando ligeiramente menos evasiva à medida que a conversa prosseguia, e eu pretendia continuar cutucando enquanto não contasse a história toda, até entender o que a havia levado àquela misteriosa fuga de vinte e quatro horas. Havia tanta coisa em jogo, eu pensava, que se ela não desanuviasse tudo e contasse a verdade, como poderia continuar confiando nela? Confiança era a única coisa que pedia de mim, e, no entanto, desde que caíra em prantos no táxi aquele sábado à noite, tinha ficado impossível não sentir que havia alguma coisa errada, que Grace estava lentamente desmanchando sob a pressão de algo que se recusava a repartir comigo. Durante um breve tempo, a causa disso parecia ser a gravidez, mas agora eu não tinha mais tanta certeza. Era alguma coisa mais, alguma coisa além do bebê, e antes que eu começasse a ter ideias sobre outros homens, casos clandestinos e sinistras traições, precisava que ela me contasse o que estava acontecendo. Infelizmente, a conversa foi subitamente interrompida nesse ponto, e não me vi mais em posição de continuar essa linha de pensamento. Aconteceu logo depois que contei a Grace o quanto estava preocupado com ela. Peguei sua mão e, quando a puxei para mim para beijar seu rosto, ela por fim notou que o abajur de coluna não estava em seu lugar, que o espaço à esquerda do sofá estava vazio. Tive de contar sobre o assalto, e num estalar de dedos todo o clima mudou e, em vez de falar com ela sobre uma coisa, não tinha escolha senão falar de outra.

De início, Grace pareceu receber a notícia com calma. Mostrei a ela o espaço na estante onde ficavam as primeiras edições, apontei a mesinha onde ficava a televisão portátil, depois a levei à cozinha e informei que teríamos de comprar uma torradeira nova. Grace abriu as gavetas do balcão (coisa que eu não havia feito) e descobriu que nosso melhor faqueiro de prata, presente dos pais dela em nosso primeiro aniversário de casamento, também havia desaparecido. Foi quando a raiva a dominou. Ela chutou a gaveta de baixo com o pé direito e começou a xingar. Grace raramente usava palavrões, mas durante um minuto ou dois aquela manhã ficou fora de si, e abandonou-se a uma invectiva que superava tudo o que eu havia escutado de sua boca antes. Quando entramos no quarto, a raiva se desmanchou em lágrimas. Seu lábio inferior começou a tremer quando contei da caixa de joias, mas quando viu que a litografia também tinha ido embora, sentou na cama e começou a chorar. Fiz o que pude para consolá-la, prometi procurar outro van Velde assim que possível, mas sabia que nada poderia jamais substituir aquela que comprara aos vinte anos de idade em sua primeira viagem a Paris: uma arrebatada configuração de azuis brilhantes e variados, pontuada por um vazio arredondado no centro e um traço quebrado em vermelho. Eu convivia com aquele quadro havia vários anos já, e nunca me cansava de olhar para ele. Era uma daquelas obras que continuam lhe transmitindo alguma coisa, que nunca se esgotam.[12]

12. Grace era estudante da Escola de Design de Rhode Island, e estava em um programa de terceiro ano no exterior, em Paris. Foi Trause quem escreveu para ela sobre van Velde, que ele havia encontrado uma ou duas vezes nos anos 50, e que era conhecido, disse ele, como o artista plástico favorito de Samuel Beckett. (Na carta, ele transcreveu o diálogo de Beckett com Georges Duthuit: *O que digo*

Levou quinze, vinte minutos para ela se recompor, e então foi ao banheiro para lavar o rímel borrado e recompor o rosto. Fiquei esperando no quarto, pensando que conseguiríamos continuar nossa conversa ali, mas quando voltou foi só para anunciar que estava ficando atrasada e tinha de correr para o trabalho. Tentei convencê-la a não ir, mas ela estava inabalável. Tinha prometido a Greg que estaria lá hoje de manhã, disse, e depois de ele ter sido tão bonzinho deixando que faltasse ontem, não podia abusar de sua amizade. Promessa é promessa, disse ela, ao que eu respondi que ainda tínhamos coisas a conversar. Talvez a gente tenha, ela respondeu, mas isso pode esperar até eu voltar do trabalho. Como para provar suas boas intenções, sentou-se na cama antes de sair, me abraçou e me apertou durante um tempo que pareceu longo. "Não se preocupe comigo", disse. "Estou bem agora. Ontem me fez muito bem."

Tomei meus comprimidos matinais, voltei ao quarto e dormi até o meio da tarde. Não tinha nenhum plano para o dia, e o único compromisso em minha agenda era passar o tempo o mais sossegado possível, até Grace voltar para casa. Ela tinha prometido continuar conversando comigo essa noite e, se promessa é dívida, eu

---

é que van Velde é... o primeiro a admitir que ser artista é fracassar, como ninguém mais ousa fracassar, o fracasso é o seu mundo.) As pinturas de van Velde eram raras e caras, mas sua obra gráfica dos anos 60 e começo dos 70 era bem mais acessível na época. Grace havia comprado a obra a prestação, com seu próprio dinheiro, economizando em comida e outras necessidades, a fim de se manter com o dinheiro que o pai mandava todo mês. A litografia era uma parte importante de sua juventude, um emblema de sua paixão sempre crescente pela arte, assim como signo de sua independência — uma ponte entre os últimos dias de meninice e os primeiros dias de adulta —, e significava mais para ela do que qualquer outro objeto que possuía.

pretendia cobrar isso dela e fazer tudo o que pudesse para arrancar dela a verdade. Não estava tremendamente otimista, mas tivesse ou não êxito, não chegaria a nenhum lugar a menos que começasse e fizesse um esforço.

O céu estava brilhante e claro aquela tarde, mas a temperatura tinha caído para menos de dez graus e, pela primeira vez desde o dia em questão, dava para sentir um toque de inverno no ar, um gosto prévio de coisas futuras. Mais uma vez, meu padrão normal de sono tinha se rompido, e eu estava em pior forma do que o normal — movimentos instáveis, respiração curta, oscilando precariamente a cada passo que dava. Era como se eu tivesse regredido a algum estágio anterior de minha recuperação e estivesse de volta ao período de cores girando, de percepções instáveis, fragmentadas. Sentia-me extremamente vulnerável, como se o próprio ar fosse uma ameaça, como se uma rajada inesperada de vento pudesse soprar através de mim e deixar meu corpo espalhado em pedaços pelo chão.

Comprei uma torradeira nova em uma loja de aparelhos elétricos da rua Court, e essa transação simples acabou com quase todas as minhas reservas físicas. Quando finalmente escolhi uma que podíamos pagar, tirei o dinheiro da carteira e dei para a mulher atrás do balcão, eu estava tremendo e me sentia próximo das lágrimas. Ela perguntou se havia algo errado, eu disse que não, mas minha resposta não deve ter sido convincente, porque a próxima coisa de que me lembro é ela me perguntando se não queria sentar e tomar um copo de água. Era uma mulher gorda, de sessenta e poucos anos, com um leve traço de bigode no lábio superior, e a loja em que reinava era um buraco na parede, escuro e poeirento, um negocinho familiar precário com quase metade das prateleiras vazias de artigos. Por mais generosa que fosse a oferta, eu não queria ficar ali nem mais um minuto. Agradeci e segui em frente, tropeçando até a saída e me encostando na porta para abri-la com o ombro. Fiquei parado na calçada alguns minutos depois disso, aspirando profundamente o ar gelado enquanto esperava o ataque passar. Em retrospecto, me dou conta de que devia parecer alguém a ponto de apagar.

Comprei uma fatia de pizza e uma coca grande no Vinny's, duas portas abaixo, e na hora em que me levantei e saí estava me sentindo um pouco melhor. Eram umas três e meia então, e Grace não estaria em casa até as seis, na melhor das hipóteses. Não tinha energia para me arrastar pelo bairro e comprar legumes, e sabia que não conseguiria preparar um jantar. Comer fora para nós era um luxo então, mas achei que podíamos pedir que entregassem comida do Siam Garden, um restaurante tailandês que tinha acabado de abrir na avenida Atlantic. Sabia que Grace iria entender. Apesar das dificuldades que podíamos estar enfrentando, ela se preocupava com minha saúde a ponto de não se pôr contra mim numa coisa dessas.

Assim que terminei o último bocado da minha pizza, resolvi andar até a sucursal da biblioteca pública na rua Clinton para ver se tinham algum livro da romancista que Trause havia mencionado um dia antes, Sylvia Monroe. Havia dois títulos constando do catálogo, *Noite em Madri* e *Cerimônia de outono*, mas fazia mais de dez anos que nenhum dos dois era solicitado. Folheei os dois, sentado em uma das longas mesas de madeira da sala de leitura, e logo descobri que Sylvia Monroe não tinha nada em comum com Sylvia Maxwell. Os livros de Monroe eram histórias de mistério convencionais, escritas no estilo de Agatha Christie, e, enquanto lia a prosa construída com engenhosidade e argúcia dos dois romances, fui ficando cada vez mais decepcionado, zangado comigo mesmo por pressupor que podia haver uma semelhança entre as duas Sylvia M. No mínimo, pensei que talvez tivesse lido um livro de Sylvia Monroe em menino e me esquecido dele, só para fisgar uma lembrança inconsciente dela na pessoa de Sylvia Maxwell, a pretensa autora do pretenso *Noite do oráculo*. Mas parecia que eu havia colhido Maxwell do nada e que *Noite do oráculo* era uma história original, sem nenhuma relação com algum romance que não ele mesmo. Eu devia, talvez, ficar aliviado, mas não fiquei.

Quando voltei para o apartamento às cinco e meia, havia uma mensagem de Grace na secretária eletrônica. Franca e serena, em uma série de frases simples e diretas, ela demolia a arquitetura de infelicidade que estava se construindo em torno de nós nos últimos dias. Estava ligando do escritório, disse, e tinha de falar baixo, "mas se está me ouvindo, Sid", começava, "tem quatro coisas que eu quero que saiba. Primeira, não parei de pensar em você desde que saí de casa hoje de manhã. Segunda, resolvi ter o bebê e nunca mais vamos usar a palavra *aborto*. Terceira, não precisa fazer o jantar. Vou sair do escritório às cinco em ponto e daqui vou até o Balducci para comprar alguma coisa pronta bem gostosa que podemos esquentar no forno. Se o metrô não quebrar, devo estar em casa às seis e vinte, seis e meia. Quarta, cuide para que Mister Johnson esteja pronto para entrar em ação. Vou atacar você no minuto em que entrar pela porta, meu amor, então esteja preparado. Miss Virginia está louca para ficar nua junto com seu homem".

Miss Virginia era um dos apelidos carinhosos que dei a ela, mas não o usava desde o primeiro ou segundo ano de nosso casamento, e com toda certeza não desde a minha volta do hospital. Grace estava sugerindo os bons tempos do começo com essa expressão, e me comoveu saber que ainda lembrava, uma vez que era geralmente reservada para momentos de relaxamento pós--coito: Grace levantando da cama quando terminávamos de fazer amor, atravessando o quarto a caminho do banheiro, impudica, lânguida, contente com a nudez de seu corpo e, às vezes (agora me voltava isso), eu a chamava brincando de *Miss Virginia Nua*, o que sempre a fazia rir, e depois, inevitavelmente, ela fazia uma pose cômica de revista de mulher pelada, o que, por sua vez, sempre arrancava uma risada de mim. Na verdade, *Miss Virginia* era uma abreviação para *Miss Virginia Nua* e, toda vez que eu a chamava de Miss Virginia em público, era sempre uma comunicação secreta sobre a nossa vida sexual, uma referência à pele nua debaixo da roupa, uma homenagem ao seu belo e muito adorado corpo. Agora, imediatamente depois de anunciar que não ia interromper a gravidez, ela fazia ressurgir a personagem mítica de Miss Virginia e, justapondo uma coisa e outra, estava me dizendo que era minha de novo, minha como antes e ainda minha de um outro jeito também, anunciando sutilmente (como só Grace sabia) que estava preparada para entrar na próxima fase do nosso casamento, que uma nova era da nossa vida conjunta estava para começar.

Desmarquei o show que estava planejando para aquela noite e não fiz nem uma única pergunta sobre sua ausência na quarta-feira à noite. Fizemos todas as coisas que ela havia anunciado na secretária eletrônica, rolando pelo chão no momento em que ela entrou no apartamento, depois arrastando nossos corpos semidespidos para o quarto, aonde não conseguimos chegar. Mais tarde, vestimos nossos roupões, esquentamos a comida no forno e sentamos para um jantar bem tarde da noite. Mostrei para ela a torradeira nova de abertura larga, compatível com um *bagel*, que eu havia comprado aquela tarde, e isso levou a uma triste conversa sobre o roubo, logo interrompida quando meu nariz começou de repente a sangrar, jorrando em cima da torta de damasco que Grace tinha acabado de colocar na minha frente para sobremesa. Ela ficou atrás de mim na pia enquanto eu mantinha a cabeça inclinada para trás e esperou o fluxo parar, com os braços à minha volta, beijando meu ombro e meu pescoço, sugerindo o tempo todo nomes engraçados para darmos ao bebê. Se fosse menina, resolvemos, ia se chamar Goldie Orr. Se fosse menino, íamos lhe dar o nome de um dos livros de Kierkegaard, Ira Orr.[13] Estávamos idiotamente felizes aquela noite, e não consigo me lembrar de nenhum momento em que Grace tenha sido tão eloquente ou efusiva em suas manifestações de afeto por mim. Quando o sangue finalmente parou de escorrer do meu nariz, ela me virou e lavou meu rosto com um pano molhado, olhando firme nos meus olhos enquanto esfregava minha boca e queixo até remover todos os traços do derrame. "Limpamos a cozinha amanhã", disse. Então, sem dizer mais nem uma palavra, me pegou pela mão e me levou para o quarto.

Dormi até tarde na manhã seguinte e, quando finalmente rolei para fora da cama às dez e meia, Grace tinha saído fazia tempo. Entrei na cozinha para tomar meus comprimidos e começar um bule de café, e aos poucos arrumei a bagunça que tínhamos evitado na noite anterior. Dez minutos depois de colocar o último prato dentro do armário, Mary Sklarr telefonou com más notícias. O pessoal de Bobby Hunter tinha lido o meu argumento e não se interessou.

"Sinto muito", disse Mary, "mas não vou fingir que estou chocada."

"Tudo bem", eu disse, me sentindo menos decepcionado do que pensei que fosse ficar. "A ideia era uma merda. Acho bom eles não quererem."

"Disseram que a trama era muito cerebral."

"Fico surpreso de saberem essa palavra."

"Que bom que não está chateado. Não valia a pena."

---

13. *Goldie Orr* é menção a *Gold Ore*, Minério de Ouro. A expressão *Ira Orr* falada com pronúncia norte-americana soa quase igual a *Either/Or*, parte do título em inglês da obra de Kierkegaard *Ou isto ou aquilo: Um fragmento de vida* (*Enten--Eller. Et Livs-Fragment* no original dinamarquês). (N. T.)

"Eu só queria o dinheiro. Era um caso de pura cobiça. Não fui nem profissional a respeito, não é? Ninguém deve escrever nada sem contrato. É a primeira regra do negócio."

"Bom, eles ficaram bem surpresos. Pela velocidade da coisa. Não estão acostumados a esse tipo de entusiasmo. Gostam de discutir muito tudo com advogados e agentes primeiro. Para ter a sensação de que estão fazendo alguma coisa importante."

"Ainda não entendo por que pensaram em mim."

"Alguém lá gosta do seu trabalho. Talvez Bobby Hunter, talvez o menino que trabalha na sala de correio. Quem sabe? De qualquer forma, vão mandar um cheque para você. Um gesto de boa vontade. Você escreveu aquelas páginas sem contrato, mas querem reembolsar o seu tempo."

"Um cheque?"

"Simbólico."

"Simbólico quanto?"

"Mil dólares."

"Bom, pelo menos é alguma coisa. É o primeiro dinheiro que eu ganho em muito tempo."

"Está esquecendo Portugal."

"Ah, Portugal. Como pude esquecer Portugal?"

"Alguma notícia do romance que você pode ou não estar escrevendo?"

"Pouca coisa. Pode ter uma parte que dá para salvar, mas não tenho certeza. Um romance dentro do romance. Não paro de pensar nisso, talvez seja um bom sinal."

"Me dê cinquenta páginas e consigo um contrato para você, Sid."

"Nunca recebi por um livro antes de terminar. E se eu não conseguir escrever a página cinquenta e um?"

"Estamos em uma época desesperada, meu amigo. Se você precisa de dinheiro, vou tentar arrumar dinheiro para você. É o meu trabalho."

"Me deixe pensar."

"Pense que eu espero. Quando estiver pronto, ligue, vou estar aqui."

Quando desligamos, fui até o quarto para pegar meu casaco no armário. Agora que a história do *Máquina do tempo* estava oficialmente morta, tinha de começar a pensar em um novo projeto, e achei que um passeio ao ar livre podia me fazer bem. Quando estava para sair do apartamento, porém, o telefone tocou de novo. Fiquei tentado a não atender, mas mudei de ideia e peguei o fone no quarto toque, esperando que fosse Grace. Era Trause, provavelmente a última pessoa na terra com quem eu queria falar naquela hora. Ainda não tinha contado a ele que havia perdido o conto e, enquanto me preparava para despejar a confissão que estava protelando havia dois dias, fiquei tão perdido em meus próprios pensamentos que tive dificuldade em acompanhar o que ele dizia. Eleanor e o marido tinham encontrado Jacob, disse. Já o tinham internado em uma clínica de drogados — um lugar chamado Smithers, no Upper East Side.

"Ouviu?", John perguntou. "Colocaram o menino em um programa de vinte e oito dias. Pode não ser o suficiente, mas pelo menos é um começo."

"Ah", eu disse, com voz fraca. "Quando ele foi encontrado?"

"Na quarta de noite, pouco depois que você saiu. Tiveram de usar uma porção de estratagemas para colocar ele lá. Felizmente, Don conhece alguém que conhece alguém e conseguiram reduzir a burocracia."

"Don?"

"O marido de Eleanor."

"Claro. O marido de Eleanor."

"Você está bem, Sid? Parece que está completamente fora do ar."

"Não, não, estou bem. Don. O marido novo de Eleanor."

"A razão do meu telefonema é pedir um favor. Espero que não se importe."

"Não me importo. Seja o que for. Peça que eu faço."

"Amanhã é sábado, e a clínica tem horário de visita do meio--dia às cinco. Estou pensando se você podia ir até lá, dar uma olhada nele. Não precisa ficar muito. Eleanor e Don não podem ir. Voltaram para Long Island e já fizeram o bastante. Só quero saber se ele está bem. Esse lugar não tranca as portas. É um programa voluntário, e quero ter certeza de que ele não mudou de ideia. Depois de tudo o que passamos, seria uma pena se ele resolvesse fugir."

"Não acha que devia ir você mesmo? Você é o pai, afinal. Eu mal conheço o rapaz."

"Ele não fala mais comigo. E, quando esquece que não fala mais comigo, não me diz mais que mentiras. Se eu achasse que ia adiantar alguma coisa, me arrastava até lá de muletas para falar com ele. Mas não vai adiantar nada."

"E por que você acha que comigo ele vai falar?"

"Ele gosta de você. Não me pergunte por quê, mas acha que você é legal. Estou citando as palavras dele. 'Sid é legal.' Talvez porque você pareça tão jovem. Não sei. Talvez porque você uma vez conversou com ele sobre uma banda de rock de que ele gosta."

"Os Bean Spasms, um grupo punk de Chicago. Uma noite, um amigo meu tocou umas músicas deles para mim. Nada muito bom. Acho que nem existem mais."

"Você pelo menos sabia quem eram."

"Foi a conversa mais longa que eu tive com Jacob. Deve ter durado uns quatro minutos."

"Bom, quatro minutos não está mal. Se conseguir arrancar quatro minutos dele amanhã, vai ser um progresso."

"Não acha que seria melhor eu levar Grace comigo? Ela conhece Jacob há mais tempo do que eu."

"Nem pensar."

"Por quê?"

"Jacob despreza Grace. Não consegue nem ficar na mesma sala que ela."

"Ninguém despreza Grace. Você deve estar fora dos eixos para dizer isso."

"Não de acordo com meu filho."

"Ela nunca me disse um palavra a respeito."

"Vem desde a primeira vez que eles se encontraram. Grace tinha treze anos e Jacob, três. Eleanor e eu tínhamos acabado de nos divorciar e Bill Tebbetts me convidou para a casa de campo deles na Virginia para passar umas semanas com a família. Era verão e levei Jacob comigo. Ele pareceu se dar bem com as outras crianças dos Tebbetts, mas, cada vez que Grace entrava na sala, dava socos, atirava coisas nela. Uma vez, pegou um caminhãozinho de brinquedo e arrebentou o joelho dela. A pobre da menina começou a sangrar. Levamos a um médico e precisou de dez pontos para fechar o corte."

"Conheço essa cicatriz. Grace me contou uma vez, mas não falou de Jacob. Disse que tinha sido um menino e só."

"Parece que ele odiou Grace desde o começo, desde a primeira vez que se viram."

"Ele deve ter sentido que você gostava demais dela, que era uma rival. Crianças de três anos são criaturas bem irracionais. Não sabem muitas palavras e quando ficam bravos o único jeito de falar é usando as mãos."

"Talvez. Mas ele continuou assim, mesmo depois de ficar mais velho. O pior foi em Portugal, uns dois anos depois da morte de Tina. Eu tinha comprado a minha casinha no litoral norte, e Eleanor mandou Jacob para lá, passar um mês comigo. Ele tinha catorze anos, e sabia tantas palavras quanto eu. Grace, por acaso, também estava lá quando ele apareceu. Estava de férias na faculdade e ia começar a trabalhar na Holst & McDermott em setembro. Em julho, foi à Europa para ver pintura — primeiro Amsterdam, depois Paris, depois Madri. E depois disso pegou o trem para Portugal. Fazia dois anos que não nos víamos e tínhamos muito o que conversar, mas quando Jacob chegou não queria ela lá. Ficava resmungando insultos baixinho, fingindo que não ouvia quando ela perguntava alguma coisa para ele, e uma ou duas vezes conseguiu derrubar comida em cima dela. Eu ficava falando para ele parar com aquilo. Mais uma bobagem dessas, falei, e mandava ele de volta para a mãe e o padrasto na América. Ele foi além do limite e eu coloquei meu filho no avião, mandei para casa."

"O que ele fez?"

"Cuspiu na cara dela."

"Meu Deus."

"Estávamos os três na cozinha, cortando legumes para o jantar. Grace fez um comentário qualquer sobre alguma coisa — nem me lembro o que era — e Jacob ficou ofendido. Foi na direção dela sacudindo uma faca na mão, disse que ela era uma puta idiota, e Grace por fim se zangou. Foi quando ele cuspiu nela. Lembrando disso agora, acho que foi sorte ele não ter pegado a faca e enfiado no peito dela."

"E é essa pessoa que você quer que eu vá ver amanhã? O que ele merece é um bom chute na bunda."

"Se eu for pessoalmente, acho que é isso que vai acontecer. Vai ser muito melhor para todos se você for no meu lugar."

"Aconteceu mais alguma coisa desde Portugal?"

"Eu mantive os dois distantes. Os dois não se cruzam há anos e, na minha opinião, o mundo fica mais seguro se nunca mais se encontrarem."[14]

---

14. Quando a conversa terminou, eu tinha concordado em visitar Jacob — sozinho. Queria prestar algum serviço a John, mas fiquei horrorizado com o que ele falou da animosidade do rapaz contra Grace. Mesmo que houvesse causa para inveja da parte dele (o filho deixado de lado em favor de uma "afilhada" querida), eu não tinha a menor afinidade com ele — só aversão e desdém. Eu iria à

***

Grace não tinha de trabalhar na manhã seguinte, e ainda estava dormindo quando saí do apartamento. Depois da conversa com Trause na sexta-feira, resolvi não contar para ela da promessa de ir até a Smithers essa tarde. Isso teria me obrigado a falar de Jacob e eu não queria correr o risco de despertar-lhe más lembran-

---

clínica em atenção a seu pai, mas não estava nem um pouco animado em passar um tempo em sua companhia.

Pelo que me lembrava, só havia estado com ele duas vezes antes. Não sabendo nada da história dele com Grace, nunca tinha me ocorrido perguntar por que ela não estava conosco nessas ocasiões. A primeira foi numa noite de sexta-feira, quando fomos ao Shea Stadium ver um jogo entre os Mets e os Cincinnati Reds. Trause tinha ganhado as entradas de alguém que possuía um camarote e, como sabia que eu era torcedor, me convidou a ir junto. Isso foi em maio de 1979, poucos meses depois de eu ter me apaixonado por Grace, e John e eu tínhamos nos conhecido fazia apenas algumas semanas. Jacob estava com quase dezessete anos então, e junto com um colega de escola tinha formado o quarteto. Desde o momento em que entramos no estádio, ficou claro que nenhum dos dois meninos tinha interesse em beisebol. Passaram os três primeiros turnos com cara de tédio e saco cheio, depois levantaram e saíram, aparentemente para comprar cachorro-quente e "dar uma volta", como disse Jacob. Só voltaram no fim do sétimo — rindo, com os olhos vidrados e muito mais bem-humorados do que antes. Não era difícil adivinhar o que tinham ido fazer, e eu já tinha visto muitos garotos de barato de maconha para reconhecer os sintomas. John estava tão envolvido com o jogo que pareceu não notar, e eu não me dei ao trabalho de dizer nada. Mal nos conhecíamos na época e achei que o que acontecia entre ele e o filho não era da minha conta. Além de dizer alô e boa-noite um para o outro, acho que Jacob e eu não trocamos mais que oito ou dez palavras a noite inteira.

A próxima vez que o vi foi uns seis meses depois. Estava no meio do último ano na escola e corria o risco de ser reprovado em todos os cursos. John tinha telefonado com um convite de última hora para passar uma noite jogando bilhar. Ele e Jacob mal se falavam então, e acho que queria alguém para servir de para-choque, uma terceira pessoa neutra para impedir que eclodisse uma guerra entre os dois num lugar público. Foi nessa noite que Jacob e eu falamos do Bean Spasms e conquistei a reputação de ser legal. Ele me pareceu um menino extremamente brilhante e hostil, decidido a foder com a própria vida de todas as formas possíveis.

ças. Tínhamos passado uns dias difíceis e eu relutava em dizer qualquer coisa que pudesse provocar a menor agitação — e talvez destruir o frágil equilíbrio que tínhamos conseguido encontrar de novo nas últimas quarenta e oito horas. Deixei um bilhete em cima da mesa da cozinha, dizendo que tinha ido a Manhattan visitar umas livrarias e que voltaria às seis da tarde, no máximo. Mais uma mentira, para somar a todas as outras pequenas mentiras que tínhamos trocado na última semana. Mas minha intenção não era enganá-la. Simplesmente queria protegê-la de maiores aborrecimentos, para manter o espaço que era nosso o mais reduzido e privado possível, sem ter de nos envolver em questões dolorosas do passado.

A clínica de reabilitação estava instalada em uma grande mansão que um dia pertencera a Billy Rose, o produtor da Broadway. Não sabia como, nem quando, o lugar havia se transformado na Smithers, mas era um sólido exemplo da velha arquitetura de Nova York, um palácio de calcário de uma época em que a riqueza se enfeitava de diamantes, cartolas e luvas brancas. Que estranho aquilo agora ser ocupado pelos renegados da sociedade, uma população sempre crescente de viciados em drogas, alcoólicos e ex-criminosos. Tinha se transformado em um ponto de

---

Se percebi uma sombra de esperança, foi em sua determinação de vencer o pai no bilhar. Eu era um péssimo jogador e logo ficava para trás em qualquer jogo, mas John sabia o que estava fazendo, e em algum momento deve ter ensinado o filho a jogar. O jogo estimulava a competitividade dos dois e o simples fato de Jacob estar concentrado em alguma coisa me parecia um sinal animador. Eu não sabia então que John tinha sido um perito jogador de bilhar a dinheiro no exército. Se quisesse, podia ter dominado a mesa e eliminado Jacob, mas não foi isso que fez. Fingiu se esforçar e no fim deixou o menino ganhar. Naquele momento, provavelmente era a coisa certa a fazer. Não que tenha feito bem a eles em longo prazo, mas pelo menos Jacob abriu um sorriso quando terminaram e foi até o pai apertar sua mão. Que eu saiba, pode ter sido a última vez que isso aconteceu.

parada para os perdidos e, quando a porta zumbiu, abriu e eu entrei, vi que uma certa miséria havia começado a se instalar. Os ossos da construção ainda estavam intactos (o grande hall de entrada com o piso de ladrilhos pretos e brancos, a escada em curva com o corrimão de mogno), mas a carne parecia triste e suja, dilapidada depois de anos de esforço e excesso de trabalho.

Perguntei por Jacob na recepção, dizendo ser amigo da família. A mulher encarregada me olhou desconfiada, e tive de esvaziar os bolsos para provar que não estava tentando levar drogas nem armas lá para dentro. Mesmo passando no teste, tinha certeza de que ela ia me dispensar, mas antes que pudesse começar a discutir, Jacob apareceu por acaso no hall da frente, a caminho do almoço na sala de jantar junto com três ou quatro outros internos. Parecia mais alto que da última vez que o vi, mas com a roupa preta, o cabelo verde e o corpo extremamente magro, havia algo grotesco, clownesco, em sua figura, como se fosse um fantasmagórico Polichinelo se preparando para dançar para o Duque da Morte. Chamei seu nome e, quando se virou e me viu, pareceu chocado — nem feliz, nem infeliz, simplesmente chocado. "Sid", sussurrou, "o que está fazendo aqui?" Afastou-se do grupo e veio até onde eu estava, o que levou a mulher da recepção a fazer uma pergunta supérflua: "Conhece esse homem?". "Conheço", disse Jacob. "Conheço, sim. É amigo do meu pai." A frase bastava para permitir minha entrada. A mulher empurrou uma pasta para mim e, assim que escrevi meu nome na folha de visitantes, acompanhei Jacob por um longo corredor até a sala de jantar.

"Ninguém me disse que você vinha aqui", falou. "Acho que foi o velho que mandou, não é?"

"Não exatamente. Estava passando e resolvi entrar, ver como você estava."

Jacob deu um grunhido, sem se dar nem ao trabalho de comentar o quanto desacreditava do que eu disse. Era uma desculpa esfarrapada, mas disse aquilo para manter John fora da conversa, achando que o contato com Jacob ia render mais se evitasse falar de sua família. Continuamos em silêncio alguns momentos e depois, inesperadamente, ele colocou a mão em meu ombro. "Soube que você ficou muito doente", disse.

"Fiquei. Mas parece que estou melhorando."

"Acharam que ia morrer, não foi?"

"Foi o que me disseram. Mas eu enganei todo mundo e saí de lá faz quatro meses."

"Quer dizer que é imortal, Sid. Não vai apagar até os cento e dez anos."

A sala de jantar era grande e ensolarada com portas corrediças de vidro que davam para um pequeno jardim, onde alguns internos e suas famílias estavam fumando e tomando café. A comida era servida como numa cafeteria e, depois que Jacob e eu equipamos nossas bandejas com bolo de carne, purê de batatas e salada, fomos procurar uma mesa vazia. Devia haver umas cinquenta ou sessenta pessoas na sala, e tivemos de circular uns minutos até encontrar uma. A demora pareceu irritá-lo, como se fosse uma ofensa pessoal. Quando finalmente nos sentamos, perguntei como iam as coisas, e ele disparou uma recitação de amargas queixas, sacudindo nervosamente a perna esquerda enquanto falava.

"Este lugar é uma merda", disse. "A gente aqui só faz reunião e fala de si mesmo. Quer dizer, um saco! Como se eu quisesse ouvir esses fodidos falando que a infância deles foi podre e que saíram do bom caminho e caíram nas garras de Satã."

"O que acontece quando é a sua vez? Você levanta e fala?"

"Tenho de falar. Se não disser nada, me apontam com o dedo e começam a me chamar de covarde. Então eu invento alguma coisa parecida com o que todo mundo diz e aí começo a chorar. Eles caem sempre. Eu sou bom ator, sabe? Digo que sou nojento e aí caio em prantos, não posso continuar, e todo mundo fica contente."

"Por que enganar? Vai estar perdendo seu tempo aqui dentro se fizer isso."

"Porque eu não sou viciado, por isso. Transei heroína um pouco, mas não é uma coisa importante para mim. Posso tomar ou largar."

"Era isso que o meu colega de quarto na faculdade dizia. Aí, uma noite morreu de overdose."

"É, bom, ele devia ser idiota. Eu sei o que estou fazendo e não vou morrer de overdose. Não estou ligado na droga. Minha mãe acha que eu estou, mas ela não entende porra nenhuma."

"Então por que concordou em vir para cá?"

"Porque ela disse que não me dava mais nada se eu não viesse. Já sujei com seu amigo, o todo-poderoso Sir John, não quero que Lady Eleanor tenha nenhuma ideia idiota de parar de me dar minha mesada."

"Você podia arrumar um emprego."

"É, podia, mas não quero. Eu sei o que eu quero, e preciso de um tempinho mais para planejar tudo."

"Então vai ficar aqui só esperando os vinte e oito dias acabarem."

"Não seria tão mau se eles não ocupassem a gente o tempo inteiro. Quando não é uma maldita de uma reunião, fazem a gente estudar uns livros horríveis. Nunca li tanta besteira na minha vida."

"Que livros?"

"O manual dos AA, o programa de doze passos, essas merdas."

"Pode ser uma merda, mas já ajudou uma porção de gente."

"É coisa para cretino, Sid. Essa merda toda de confiar num poder superior. Parece religião para bebezinho. Entregue-se ao poder superior e será salvo. Tem de ser imbecil para engolir isso aí. Não tem poder superior nenhum. Dê uma olhada no mundo e me diga onde ele está. Não estou vendo nada. Só tem você e eu e todo mundo. Um bando de fodidos fazendo o que pode para continuar vivo."

Fazia poucos minutos que estávamos juntos e eu já estava me sentindo esgotado, exaurido pela conversa cínica e vazia do rapaz. Queria sair dali o mais depressa possível, mas por uma questão formal resolvi esperar até o fim da refeição. O filho pálido e emaciado de Trause parecia ter pouco apetite para a *cuisine* da Smithers. Enrolou um pouco o purê de batatas, provou um bocado do bolo de carne e pousou o garfo. Um minuto depois, levantou da cadeira e me perguntou se eu queria sobremesa. Sacudi a cabeça e ele foi para a fila das bandejas de novo. Quando voltou, trazia duas tigelas de pudim de chocolate, que colocou diante de si e comeu um depois do outro, demonstrando interesse consideravelmente maior pelos doces do que pelo prato principal. Sem drogas, o açúcar era o único substituto disponível, e ele devorou os pudins com o gosto de uma criança pequena, raspando cada bocado das duas tigelas. Em algum momento entre a primeira e a segunda, um homem parou ao lado da mesa para cumprimentá-lo. Parecia ter seus trinta e poucos anos, o rosto áspero com a pele esburacada e o cabelo preso para trás num pequeno rabo de cavalo. Jacob apresentou-o como Freddy e, com todo ardor e empenho de um verdadeiro veterano da reabilitação, o homem mais velho me estendeu a mão e disse que era um prazer conhecer um amigo de Jacob.

"Sid é um romancista famoso", Jacob anunciou, sem nenhuma razão. "Publicou uns cinquenta livros."

"Não ligue para ele", eu disse a Freddy. "Está sempre exagerando."

"É, eu sei", Freddy respondeu. "Esse aqui é dos bravos. Tem de ficar de olho nele. Não é, cara?"

Jacob ficou olhando a mesa, Freddy afagou-lhe a cabeça e foi embora. Quando mergulhou na segunda tigela de pudim de chocolate, me informou que Freddy era líder do seu grupo e que não era um cara tão mau, afinal de contas.

"Ele roubava coisas", disse. "Sabe, ladrão de lojas profissional. Mas era esperto, nunca pegaram o cara. Em vez de entrar nas lojas com sobretudo grande, como quase todo mundo faz, ele se vestia de padre. Ninguém desconfiava de nada. Padre Freddy, o homem de Deus. Mas uma vez se meteu numa confusão. Estava em algum lugar no meio da cidade, pronto para entrar e roubar uma drugstore, e de repente aconteceu um acidente de trânsito grave. O cara que estava atravessando a rua foi atropelado por um carro. Alguém arrastou o sujeito para a calçada, bem onde o Freddy estava parado. Tinha sangue para todo lado, o cara inconsciente, e parecia que ia morrer. Juntou uma multidão em volta e de repente uma mulher viu o Freddy vestido de padre e pediu para ele fazer as últimas orações. Padre Freddy está fodido. Não sabe uma palavra das orações, mas se fugir, vão descobrir que está disfarçado e vai preso por fingir que é padre. Então ele abaixa em cima do cara, junta as mãos para parecer que está rezando, e resmunga qualquer merda solene que ouviu num filme uma vez. Aí levanta, faz o sinal da cruz e se manda. Engraçado, não é?"

"Parece que essas reuniões são bem educativas."

"Isso não é nada. Quer dizer, Freddy era um *junkie* tentando sustentar o vício. Uma porrada de gente por aqui fez coisa muito louca. Está vendo aquele negro sentado na mesa do canto, aquele grandão de moletom azul? Jerome. Passou doze anos em Attica, por assassinato. E aquela menina loira na mesa ao lado, junto com a mãe? Sally. Foi criada na avenida Park e é de uma das famílias mais ricas de Nova York. Ontem, ela contou que aprontava na Décima Avenida perto do túnel Lincoln, trepando com os caras no carro a vinte dólares por cabeça. E aquele hispânico do outro lado da sala, aquele de camisa amarela? Alfonso. Foi para a cadeia porque estuprou a filha de dez anos. Estou te dizendo, Sid, comparado com a maioria desses caras, eu sou só um garoto bonzinho de classe média."

Os pudins aparentemente o energizaram um pouco e, quando levamos nossas bandejas sujas para a cozinha, ele tinha certa animação no passo, diferente do sonâmbulo arrastado que eu tinha visto no hall central antes do almoço. No total, acho que fiquei com ele uns trinta, trinta e cinco minutos — o suficiente para sentir que tinha me desobrigado de meu dever com John. Quando estávamos saindo da sala de jantar, Jacob me perguntou se eu gostaria de subir, ver o seu quarto. Haveria uma grande reunião de grupo à uma e meia, disse, e parentes e convidados podiam comparecer. Eu seria bem-vindo se quisesse ficar, e até lá podíamos ficar em seu quarto no quarto andar. Era um pouco patética a maneira como se pendurava em mim, como parecia relutante em me deixar ir embora. Mal nos conhecíamos, porém ele devia estar tão sozinho naquele lugar, a ponto de me considerar um amigo, mesmo sabendo que tinha vindo como agente secreto a pedido de seu pai. Tentei sentir alguma piedade dele, mas não conseguia. Era a pessoa que tinha cuspido na cara de minha mulher e, mesmo havendo esse incidente ocorrido seis anos antes, não conseguia perdoá-lo por isso. Olhei o relógio e disse que tinha de encontrar com uma pessoa na Segunda Avenida dentro de dez minutos. Vi um lampejo de decepção em seus olhos e depois, quase imediatamente, seu rosto endureceu em uma máscara de indiferença. "Não faz mal, cara", disse. "Se tem de ir, pode ir."

"Vou tentar voltar a semana que vem", disse, sabendo muito bem que não viria.

"Como quiser, Sid. Você é que sabe."

Deu-me uns tapinhas condescendentes no ombro e, antes que pudesse apertar sua mão para me despedir, virou nos calcanhares e foi em direção à escada. Fiquei no hall alguns momentos, esperando para ver se ele olhava por cima do ombro para acenar um adeus, mas ele não virou a cabeça. Continuou subindo a escada e, quando virou na curva e desapareceu, fui até a mulher na recepção e assinei o livro de saída.

Passava um pouco de uma hora. Eu raramente ia ao Upper East Side e, como o tempo havia melhorado na última hora, esquentando rapidamente a ponto de meu paletó agora parecer um estorvo, transformei minha caminhada diária em uma desculpa para rondar o bairro. Ia ser difícil contar para John como a visita havia sido deprimente para mim e, em vez de telefonar imediatamente para ele, resolvi protelar até voltar ao Brooklyn. Não podia ligar do apartamento (pelo menos não se Grace estivesse em casa), mas no canto dos fundos do Landolfi's havia uma velha cabine telefônica completa com porta dobrável e achei que teria privacidade suficiente para ligar dali.

Vinte minutos depois de sair da Smithers, estava na avenida Lexington na altura das ruas Noventa, andando junto com uma pequena multidão de pedestres e pensando em ir para casa. Alguém me deu um encontrão e quando me virei para ver quem era, aconteceu uma coisa incrível, algo tão fora do âmbito das probabilidades que de início tomei por uma alucinação. Do outro lado da avenida, num ângulo perfeito de noventa graus a partir de onde eu estava, vi uma lojinha com uma placa acima da porta que dizia PAPER PALACE. Será que Chang havia conseguido reabrir seu negócio comercial? Parecia incrível, mas dada a velocidade com que esse homem conduzia seus negócios — fechando sua loja uma noite, correndo pela cidade em seu carro vermelho, investindo em empresas dúbias, emprestando dinheiro, gastando dinheiro — , por que eu haveria de duvidar? Chang parecia viver em um borrão de velocidade acelerada, como se os relógios do mundo andassem mais devagar para ele do que para os outros. Um minuto devia lhe parecer uma hora e, com tanto tempo extra a seu dispor, por que não poderia ter se mudado para a avenida Lexington nos dias que se passaram desde que eu o vi?

Por outro lado, podia ser também uma coincidência. Dificilmente Paper Palace poderia ser considerado um nome original para uma papelaria, e era fácil haver mais de uma delas pela cidade. Atravessei a rua para descobrir, mais e mais certo de que essa versão Manhattan pertencia a alguma outra pessoa que não Chang. O arranjo da vitrina era diferente daquele que havia me chamado a atenção no Brooklyn no sábado anterior. Não havia torres de papel a sugerir o horizonte de Nova York, mas a troca era ainda mais imaginativa que a anterior, achei, ainda mais inteligente. Havia uma minúscula estatueta de um homem do tamanho de uma boneca sentado a uma mesinha com uma miniatura de máquina de escrever em cima dela. Estava com as mãos nas teclas, uma folha de papel colocada no cilindro e, apertando o rosto no vidro e olhando muito bem, dava para ler as palavras datilografadas nas páginas: *Era o melhor dos tempos, era o pior dos tempos, era uma idade de sabedoria, era uma idade de tolice, era uma época de crença, era uma época de incredulidade, era a estação da Luz, era a estação das Trevas, era a primavera da esperança, era o inverno do desespero, tínhamos tudo à nossa frente, não tínhamos nada à nossa frente...*

Abri a porta e entrei, e ao passar pelo batente ouvi o mesmo tilintar que tinha ouvido na Paper Palace no dia 18. A loja do Brooklyn era pequena, mas esta era ainda menor, com o volume da mercadoria empilhado em estantes de madeira que iam até o teto. De início, não vi ninguém, mas das proximidades do balcão da frente vinha um murmúrio suave e sem melodia, como se alguém estivesse abaixado atrás dele — amarrando os sapatos, talvez, ou pegando um lápis ou caneta que caiu. Limpei a garganta, e dois segundos depois Chang levantou-se do chão e pousou as mãos no balcão, como quem está se equilibrando. Estava usando o suéter marrom dessa vez, com o cabelo despenteado. Parecia mais magro do que antes, com vincos profundos nos cantos da boca e olhos ligeiramente injetados.

"Parabéns", eu disse. "A Paper Palace está de pé outra vez."

Chang olhou para mim sem expressão, não conseguindo ou não querendo me reconhecer. "Desculpe", disse. "Acho que não conheço o senhor."

"Claro que conhece. Sidney Orr. Passamos uma tarde inteira juntos outro dia."

"Sidney Orr não é amigo meu. Achei que era bom sujeito, mas não mais."

"Do que está falando?"

"O senhor me decepcionou, Mister Sid. Colocou em situação muito embaraçosa. Não quero mais conhecer o senhor. Amizade acabou."

"Não estou entendendo. O que foi que eu fiz?"

"Me deixou nos fundos da fábrica de roupa. Não disse nem até logo. Que amigo é esse?"

"Procurei você por toda parte. Dei a volta no balcão e como não encontrei você lá achei que estava dentro de uma das cabinas e não queria ser incomodado. Então fui embora. Estava ficando tarde e eu tinha de voltar para casa."

"Voltar para sua querida esposa. Logo depois de levar boquete de Princesa Africana. Engraçado isso, não, Mister Sid? Se Martine entra aqui, você faz de novo. Bem aqui no chão da minha loja. Trepa com ela feito cachorro e adora cada minuto."

"Eu estava bêbado. Ela era muito bonita e perdi o controle. Mas isso não quer dizer que eu faria de novo."

"Você não bêbado. Você hipócrita com tesão, como todo egoísta."

"Você disse que ninguém conseguia resistir àquela mulher e tinha razão. Devia ficar orgulhoso, Chang. Você olhou dentro de mim e descobriu a minha fraqueza."

"Porque sabia que pensava coisa ruim de mim, por isso. Entendo o que está na sua cabeça."

"Ahn? E o que eu estava pensando aquele dia?"

"Você pensou que Chang queria entrar em negócio baixo. Explorador de puta sujo sem coração. Homem que sonha só com dinheiro."

"Não é verdade."

"É, sim, Mister Sid, é verdade. Muito verdade. Agora nós paramos de conversar. Você faz grande machucado na minha alma e agora nós paramos. Pode olhar se quiser. Como cliente, bem-vindo na minha Paper Palace, mas amigo não mais. Amizade morta. Amizade morta e enterrada. Tudo acabado."

Acho que ninguém nunca tinha me ofendido tão completamente como Chang essa tarde. Causei-lhe uma grande tristeza, ferindo involuntariamente sua dignidade e senso de honra pessoal, e, enquanto me açoitava com aquelas frases duras e comedidas, era como se eu sentisse que merecia ser arrastado e esquartejado por meus crimes. O que tornava o ataque ainda mais incômodo era que a maior parte das acusações estava correta. Eu o tinha deixado na fábrica de roupas sem me despedir. Tinha me permitido cair nos braços da Princesa Africana e tinha questionado sua integridade moral por querer investir naquele clube. Pouco podia dizer em minha defesa. Qualquer negativa teria sido inútil e, mesmo que minhas transgressões fossem relativamente pequenas, ainda assim me sentia tão culpado por minha sessão com Martine atrás da cortina que não queria mais falar do assunto. Devia ter me despedido de Chang e saído da loja imediatamente, mas não fiz isso. Os cadernos portugueses já haviam se transformado em uma fixação muito poderosa, e não podia ir embora sem primeiro conferir se havia alguns no estoque. Entendia como era pouco inteligente ficar em um lugar onde não era querido, mas não consegui evitar. Simplesmente tinha de descobrir.

Restava um, entre os cadernos alemães e canadenses expostos em uma prateleira de baixo nos fundos da loja. Era vermelho, sem dúvida o mesmo vermelho que estava exposto no Brooklyn no sábado anterior, e o preço era o mesmo de antes, cinco dólares redondos. Quando levei o caderno para o balcão e entreguei para Chang, me desculpei por qualquer sofrimento e embaraço que pudesse ter lhe causado. Disse que ainda podia contar comigo como amigo e que continuaria a comprar dele os meus suprimentos de papelaria, mesmo que isso significasse sair do meu caminho. Apesar de toda a contrição que tentei exprimir, Chang apenas sacudiu a cabeça e tocou o caderno com a palma da mão direita. "Desculpe", disse. "Este não está à venda."

"Como assim? Isto aqui é uma loja. Tudo aqui dentro está à venda." Tirei uma nota de dez dólares da carteira e coloquei aberta em cima do balcão. "Aqui está meu dinheiro", disse. "A etiqueta diz cinco dólares. Agora, por favor, me dê o troco e o caderno."

"Impossível. Este vermelho, último caderno português da loja. Reservado para outro cliente."

"Se está guardando para alguém, devia colocar atrás do balcão, onde ninguém vê. Se está na prateleira, quer dizer que qualquer um pode comprar."

"O senhor não, Mister Sid."

"Quanto o outro cliente ia pagar por ele?"

"Cinco dólares, como está na etiqueta."

"Bom, eu dou dez dólares por ele e estamos conversados. Que tal?"

"Não dez dólares. Dez mil dólares."

"*Dez mil dólares?* Está maluco?"

"Este caderno não para você, Sidney Orr. O senhor compra outro caderno, todo mundo contente. Certo?"

"Olhe", eu disse, finalmente perdendo a paciência. "Esse caderno custa cinco dólares, e estou disposto a dar dez. Mas é só isso que vou pagar."

"O senhor dá cinco mil agora e cinco mil na segunda-feira. Isso é trato. Senão, por favor, compre outro caderno."

Tínhamos entrado no domínio da loucura total. As exigências de Chang, absurdas, ofensivas, acabaram por me tirar do sério e, em vez de continuar discutindo com ele, arranquei o caderno de baixo da sua mão e fui para a porta. "Agora chega", disse. "Pegue os dez dólares e vá se foder. Eu estou indo embora."

Não tinha dado nem dois passos quando Chang pulou de trás do balcão para me deter e impedir minha saída. Tentei passar por ele, usando o ombro para empurrá-lo, mas Chang aguentou firme e um momento depois estava com as mãos no caderno, para tirar das minhas. Eu puxei de volta e apertei contra o peito, fazendo força para segurá-lo, mas o dono da Paper Palace era uma maquininha feroz de nervos, tendões e músculos duros, e arrancou a coisa da minha mão em menos de dez segundos. Sabia que nunca mais conseguiria tirar dele, mas estava tão irritado, tão louco de frustração, que agarrei o braço dele com a mão esquerda e dei um soco com a direita. Era a primeira vez que eu esmurrava alguém desde a escola primária, e errei. Em troca, Chang deu um golpe de caratê no meu ombro esquerdo. Aquilo me atingiu como uma facada e a dor foi tão intensa que parecia que meu braço ia cair no chão. Ajoelhei e, antes que pudesse me levantar de novo,

Chang começou a me chutar as costas. Gritei para ele parar, mas continuou mandando a ponta do sapato nas minhas costelas e na coluna — um golpe brutal e seco depois do outro enquanto eu rolava para a saída, tentando desesperadamente sair dali. Quando meu corpo foi jogado contra a placa de metal da parte de baixo da porta, Chang girou a maçaneta, a tranca fez um clique ao se abrir e caí para fora, na calçada.

"Fora daqui!", ele gritou. "Da próxima vez que voltar, eu mato você! Está ouvindo, Sidney Orr? Corto fora seu coração e dou para porco comer!"

Nunca falei para Grace nada sobre Chang, ou sobre o espancamento, nem nada do que aconteceu no Upper East Side aquela tarde. Todos os músculos do meu corpo estavam doendo, mas apesar da força do pé vingador de Chang, saí da surra apenas com ligeiras escoriações na parte baixa das costas. O paletó e o suéter que estava usando devem ter me protegido e, quando penso como cheguei perto de tirar o paletó enquanto passeava pelo bairro, sinto que foi sorte estar com ele vestido ao entrar na Paper Palace — embora sorte seja uma palavra estranha para usar nesse contexto. Em noites quentes, Grace e eu dormíamos nus, mas agora que o tempo estava ficando frio de novo, ela havia começado a ir para a cama com seu pijama de seda branco, e não achava ruim de eu me enfiar embaixo das cobertas com uma camiseta. Mesmo quando fizemos amor (no domingo de noite), estava tão escuro no quarto que ela não notou os vergões.

Liguei para Trause do Landolfi's quando saí para comprar o *Times* no domingo de manhã. Contei tudo o que me lembrava da visita a Jacob, inclusive o fato de que os alfinetes de segurança tinham desaparecido da orelha de seu filho (sem dúvida como medida de precaução), e resumi todas as opiniões que expressou desde o momento em que cheguei até o momento em que o vi desaparecer na curva da escada. John queria saber se ele ia ficar lá o mês inteiro ou se ia pular fora antes de o tempo acabar, e respondi que não sabia. Ele tinha feito uma observação assustadora dizendo que tinha planos, eu disse, o que sugeria que havia coisas em sua vida que ninguém em sua família sabia, segredos que não estava disposto a revelar. John achava que devia ser alguma coisa referente ao tráfico de drogas. Perguntei por que pensava isso, mas além de uma rápida menção ao dinheiro da faculdade roubado, ele não quis falar nada. A conversa chegou a um ponto morto então e, no breve silêncio que se seguiu, por fim juntei coragem para contar minha desventura no metrô no começo da semana e como havia perdido "O império dos ossos". Não podia ter escolhido momento pior para puxar o assunto, e de início ele não entendeu do que eu estava falando. Recontei a história toda de novo. Quando ele se deu conta de que seu manuscrito tinha provavelmente viajado até Coney Island, deu risada. "Não se torture por isso", disse. "Ainda tenho mais umas duas cópias feitas com papel-carbono. Não existia xerox naquele tempo, e todo mundo sempre datilografava pelo menos duas cópias de tudo. Vou botar uma delas num envelope e mandar madame Dumas colocar no correio para você esta semana."

Na manhã seguinte, segunda-feira, voltei ao caderno azul pela primeira vez. Das noventa e seis páginas, quarenta já estavam preenchidas, mas havia folhas em branco mais que suficientes para aguentar ainda algumas horas de trabalho. Comecei em uma página nova lá do meio, deixando o fiasco de Flitcraft para trás definitivamente. Bowen ficaria preso no quarto para sempre, e resolvi que havia chegado o momento de abandonar meus esforços para resgatá-lo. Se tivesse aprendido alguma coisa no meu feroz encontro com Chang no sábado, era que o caderno para mim constituía um lugar de perigo, e tudo o que tentasse escrever nele terminaria em fracasso. Todas as histórias parariam no meio; todos os projetos me levariam só até um determinado ponto, e então levantaria a cabeça e concluiria que estava perdido. Mesmo assim, estava tão furioso com Chang que não queria lhe dar a satisfação de ter a última palavra. Sabia que ia ter de dizer adeus ao caderno português, mas a menos que fizesse isso em meus termos, ele continuaria a me assombrar como uma derrota moral. Se não por outra coisa, porque sentia que precisava provar a mim mesmo que não era um covarde.

Fui entrando devagar, cautelosamente, levado mais por uma sensação de desafio do que por qualquer necessidade compulsiva de escrever. Não demorou muito, porém, me vi pensando em Grace e, com o caderno ainda aberto na mesa, fui até a sala para desenterrar um dos álbuns de fotos que guardávamos na gaveta de baixo da cômoda de carvalho que servia para tudo. Felizmente tinha ficado intocado pelo ladrão no assalto de quarta-feira. Era um álbum especial, que nos foi dado de presente de casamento pela irmã mais nova de Grace, Flo, e continha mais de cem fotos, uma história visual dos primeiros vinte e sete anos da vida de Grace — Grace antes de eu a conhecer. Não olhava esse álbum desde que voltei do hospital e, ao virar suas páginas em meu estúdio essa manhã, relembrei mais uma vez a história que Trause me contou de seu cunhado com o visor de 3-D, e experimentei um tipo semelhante de atração à medida que as fotos me puxavam para o passado.

Lá estava Grace bebê recém-nascido deitada em seu berço. Lá estava ela aos dois anos, deitada nua em um campo de grama alta, os braços levantados para o céu, rindo. Lá estava ela aos quatro, aos seis, aos nove anos — sentada à mesa desenhando uma casa, sorrindo para a lente da câmera de um fotógrafo de escola com diversos dentes faltando, trotando na paisagem da Virginia pregada na sela de uma égua castanha. Grace aos doze anos de rabo de cavalo, desajeitada, com um ar engraçado, incômoda no próprio corpo, e depois Grace aos quinze anos, repentinamente bonita, definida, uma precoce encarnação da mulher que ia acabar se tornando. Havia fotos de grupos também: retratos de família dos Tebbetts, Grace com vários amigos não identificados do colégio e da faculdade, Grace sentada no colo de Trause aos quatro anos de idade com os pais um de cada lado. Trause curvado para a frente dando-lhe um beijo no rosto em seu aniversário de dez ou onze anos, Grace e Greg Fitzgerald fazendo caretas numa comemoração de Natal da Holst & McDermott.

Grace num vestido de baile de formatura aos dezessete anos. Grace quando estudante de faculdade aos vinte e um anos em Paris, de cabelo comprido e malha de gola rulê, sentada em um café de calçada, fumando um cigarro. Grace com Trause em Portugal aos vinte e quatro anos, o cabelo cortado curto, parecendo sua imagem adulta, transpirando uma sublime segurança, não mais insegura quanto a si própria. Grace em seu elemento.

Devo ter ficado olhando as fotos mais de uma hora antes de pegar a caneta e começar a escrever. O torvelinho dos dias anteriores havia acontecido por uma razão e, sem nenhum fato para dar suporte a uma interpretação ou outra, eu não tinha nada para me guiar além de meus próprios instintos e suspeitas. Tinha de haver uma história por trás das perturbadoras mudanças de humor de Grace, suas lágrimas e frases enigmáticas, seu desaparecimento na noite de quarta-feira, sua batalha para tomar uma decisão quanto ao bebê e, quando me sentei para escrever aquela história, tudo começava e terminava em Trause. Eu podia estar errado, claro, mas agora que a crise parecia ter passado, me sentia forte o bastante para considerar as possibilidades mais sombrias, mais inquietantes. Imagine isso, disse para mim mesmo. Imagine isso, depois veja no que vai dar.

Dois anos depois da morte de Tina, a Grace já crescida, irresistivelmente atraente, vai visitar Trause em Portugal. Ele tem cinquenta anos, cinquenta anos ainda vigorosos e juvenis, e já há muitos anos demonstrou ativo interesse em seu desenvolvimento — mandando-lhe livros para ler, recomendando pinturas para ela estudar, até ajudando a adquirir uma litografia que viria a ser seu bem mais precioso. Ela provavelmente tinha uma paixão secreta por ele desde a meninice, e Trause, que a conhece a vida inteira, sempre gostou profundamente dela. É um homem solitário agora, ainda lutando para encontrar seu equilíbrio depois da morte da esposa, e ela é uma jovem cativante no auge de sua graça, sempre tão cálida e amorosa, sempre tão disponível. Quem pode censurá-lo por ter se apaixonado por ela? No meu entender, qualquer homem em seu juízo perfeito se apaixonaria por ela.

Os dois têm um caso. Quando o filho de Trause, de catorze anos, se junta a eles na casa, fica revoltado com suas manifestações amorosas. Jamais gostou de Grace e, agora que ela usurpou sua posição e lhe roubou o pai, ele se põe a sabotar a felicidade dos dois. Passam um momento infernal. Por fim, Jacob se torna tão desagradável que é expulso da casa e mandado de volta para a mãe.

Trause ama Grace, mas Grace é vinte e seis anos mais nova que ele, filha de seu melhor amigo, e lenta mas definitivamente a culpa vence o desejo. Ele está indo para a cama com uma menina para quem costumava cantar canções de ninar quando pequena. Se fosse qualquer outra mulher de vinte e quatro anos, não haveria problema. Mas como pode chegar para o amigo mais antigo e contar que ama sua filha? Bill Tebbetts o chamaria de pervertido e o chutaria para fora da casa. Ia provocar um escândalo e, se Trause fincasse o pé e resolvesse casar com ela de qualquer jeito, Grace é que ia sofrer. Sua família se voltaria contra ela e ele nunca mais poderia se perdoar por isso. Ele diz para ela que tem de ficar com alguém de sua idade. Se ficar com ele, diz, fará dela uma viúva antes dos cinquenta anos.

O romance termina e Grace volta a Nova York arrasada, descrente, de coração partido. Passa-se um ano e meio, e aí Trause volta a Nova York também. Muda-se para o apartamento da rua Barrow e o romance recomeça, mas por mais que a ame, permanecem as velhas dúvidas e conflitos de Trause. Ele mantém o caso em segredo (para impedir que a notícia chegue ao pai dela) e Grace topa o jogo, despreocupada com a questão do casamento agora que tem o seu homem de volta. Quando colegas homens da Holst & McDermott a convidam para sair, ela lhes diz não. Sua vida privada é um mistério e a calada Grace nunca conta nada a ninguém.

De início, tudo vai bem, mas depois de dois ou três meses começa a surgir um padrão, e Grace entende que está presa em uma máquina. Trause a quer e não a quer. Ele sabe que devia desistir dela, mas não pode desistir dela. Ele desaparece e reaparece, retira-se e volta e, cada vez que telefona, ela vai correndo para os seus braços. Ele a ama por um dia, uma semana, um mês, e aí suas dúvidas voltam e ele se retira de novo. A máquina liga e desliga, liga e desliga... e Grace não tem como nem chegar perto da chave de controle. Não pode fazer nada para mudar o padrão.

Nove meses depois do começo dessa loucura, eu entro em cena, me apaixono por Grace e, apesar da ligação com Trause, ela não é inteiramente indiferente a mim. Persigo-a impiedosamente, sabendo que existe outra pessoa, sabendo que existe um rival sem nome competindo por seu afeto, mas mesmo depois que me apresenta a Trause (John Trause, escritor famoso e velho amigo da família), nunca me ocorre que ele é o outro homem de sua vida. Durante muitos meses, ela fica indo e voltando entre nós dois, não consegue se decidir. Quando Trause afrouxa, eu estou com Grace; quando Trause a quer de volta, ela não pode me ver. Eu sofro muito com essas decepções, esperando sempre que as coisas saiam bem para o meu lado, mas ela então rompe comigo, e fico achando que a perdi para sempre. Ela talvez lamente a decisão no momento em que entrar de volta na máquina, ou talvez Trause a ame tanto que comece a recusá-la, sabendo que eu represento um futuro mais promissor para ela do que a vida secreta, de beco sem saída, que Grace tem com ele. É possível até que ele fale com ela para se casar comigo. Isso explicaria sua súbita, inexplicável mudança. Ela não só me quer de volta, mas no mesmo fôlego declara que quer ser minha esposa e que, quanto mais depressa nos casarmos, melhor.

Vivemos uma idade de ouro durante dois anos. Estou casado com a mulher que amo, e Trause fica meu amigo. Ele respeita meu trabalho como escritor, tem prazer na minha companhia e, quando nós três estamos juntos, não detecto nenhum sinal de seu antigo envolvimento com Grace. Ele se transformou em uma figura protetora, quase paternal e, na mesma medida em que vê Grace como uma filha imaginária, vê a mim como um filho imaginário. Afinal, ele é em parte responsável por nosso casamento, e não fará nada que possa colocá-lo em risco.

Então, vem a catástrofe. Em 12 de janeiro de 1982, eu desmaio na estação de metrô da rua Catorze e rolo um lance de escada abaixo. Quebro dois ossos. Há ruptura de órgãos internos. Dois ferimentos na cabeça e danos neurológicos. Sou levado para o Hospital Saint Vincent e mantido lá durante quatro meses. Ao longo das primeiras semanas, os médicos são pessimistas. Uma manhã, o dr. Justin Berg puxa Grace de lado e lhe diz que perderam as esperanças. Duvidam que eu viva mais do que alguns dias, e que ela deve se preparar para o pior. Se estivesse em seu lugar, diz ele, começaria a pensar na possibilidade de doação de órgãos, em casa funerária e cemitério. Grace fica horrorizada com a crueza e frieza de suas maneiras, mas o veredicto parece final, e ela não tem escolha senão resignar-se com a perspectiva de minha morte iminente. Sai tropeçando do hospital, dilacerada pelas palavras do médico, e vai direto para a rua Barrow, que fica a poucos quarteirões. A quem mais pode recorrer nesse momento senão a Trause? John tem uma garrafa de scotch no apartamento, e ela começa a beber no momento em que se senta. Bebe demais e dentro de meia hora está chorando descontroladamente. Trause vai consolá-la, coloca os braços em torno de seu corpo, acariciando sua cabeça e, antes que se dê conta do que está fazendo, a boca de Grace está colada à dele. Os dois não se tocam há mais de dois anos, e o beijo traz tudo de volta para eles. Seus corpos lembram o passado e, no momento em que revivem o que eram juntos, não conseguem se conter. O passado domina o presente, e por enquanto o futuro não existe mais. Grace se abandona, e Trause não tem força para deixar de ir com ela.

Ela me ama. Não há dúvida de que me ama, mas eu estou morto agora, e Grace está caindo aos pedaços, meio fora de si de tristeza, e precisa de Trause para se segurar. Impossível culpá-la, impossível culpar qualquer um dos dois, mas enquanto continuo definhando no Saint Vincent durante as semanas seguintes, não morto ainda, mas ainda não vivo de verdade, Grace continua a visitar o apartamento de Trause, e pouco a pouco volta a se apaixonar por ele. Ela agora ama dois homens e, mesmo depois de eu desafiar os peritos médicos e começar minha miraculosa recuperação, ela continua amando os dois. Quando deixo o hospital em maio, tenho só uma vaga noção de quem sou. Não percebo as coisas, cambaleio em um meio-transe e, devido a um quinto comprimido que faz parte do meu regime diário durante os três primeiros meses, não estou em condições de cumprir meus deveres matrimoniais. Grace é boa comigo. Um modelo de gentileza e paciência, cálida e afetuosa, animadora, mas não posso retribuir nada. Ela continua o caso com Trause, odiando a si mesma por mentir para mim, odiando a si mesma por levar uma vida dupla e, quanto mais avança a minha recuperação, pior se torna o sofrimento dela. No começo de agosto, acontecem duas coisas que impedem que nosso casamento desmorone. Elas ocorrem em rápida sucessão, mas os dois eventos não estão relacionados um com o outro. Grace encontra forças para romper com John e eu paro de tomar o quinto comprimido. Minhas entranhas voltam à vida e, pela primeira vez desde que saí do hospital, Grace não está mais dormindo em duas camas. O céu desanuviou e, como não sei nada das mentiras dos últimos meses, fico bem-aventurada e ignorantemente feliz — um ex-corno que adora a mulher e preza a amizade com o homem que quase a roubou dele.

Esse devia ser o fim da história, mas não é. Segue-se um mês de harmonia. Grace assenta comigo de novo e, no momento em que nossos problemas parecem superados, outra tormenta se instala. O desastre ocorre no dia em questão, 18 de setembro de 1982, não mais que uma hora ou duas depois de eu encontrar o caderno azul na loja de Chang, talvez no exato momento em que me sento à minha mesa e escrevo no caderno pela primeira vez. No dia 27, abro o caderno pela última vez e registro estas especulações em uma tentativa de entender os acontecimentos dos últimos nove dias. Independentemente de serem sólidos ou não, de poderem ou não ser confirmados, a história continua quando Grace vai ao médico e descobre que está grávida. Notícia gloriosa talvez, mas não se você não sabe quem é o pai. Ela fica repassando as datas na cabeça, mas não consegue ter certeza se o bebê é meu ou de John. Evita o máximo que pode me dar a notícia, mas está atormentada, sentindo-se assombrada por seu pecado, sentindo que está recebendo o castigo que merece. Por isso cai em prantos no táxi na noite do dia 18 e me agride quando eu me lembro do Time Azul. Não existe fraternidade de bondade, diz, porque até as melhores pessoas fazem coisas ruins. Por isso ela começa a falar de confiança e em esquecer os maus momentos; por isso implora para que eu continue a amá-la. E, quando finalmente me conta do bebê, por isso é que fala imediatamente em fazer um aborto.

Não tem nada a ver com falta de dinheiro — tem a ver com não saber. A ideia de não saber quase a destrói. Não quer começar uma família assim, mas não pode me dizer a verdade, e como estou no escuro eu a ataco e tento convencê-la a ficar com o filho. Se eu faço alguma coisa certa, é recuar na manhã seguinte e dizer que a decisão é dela. Pela primeira vez em dias, Grace começa a sentir uma possível liberdade. Foge para ficar a sós, quase me matando de pavor quando passa a noite fora, mas quando volta na manhã seguinte, parece mais calma, mais capaz de pensar com clareza, menos amedrontada. Leva só mais algumas horas para descobrir o que quer fazer, e então me deixa aquela mensagem excepcional na secretária eletrônica. Conclui que me deve um gesto de leal-dade. Força-se a acreditar que o bebê é meu e deixa as dúvidas para trás. É um salto de pura fé, e compreendo agora a coragem que precisou ter para chegar a essa decisão. Quer continuar casada comigo. O episódio com Trause está encerrado e, enquanto con-tinuar querendo ficar casada comigo, nunca contarei a ela nem uma palavra do que acabo de escrever no caderno azul. Não sei se é fato ou ficção, mas no fim das contas não me importa. Contanto que Grace me queira, o passado não tem importância.

Foi aí que parei. Coloquei a tampa na caneta, levantei-me da mesa e levei o álbum de fotos de volta para a sala. Ainda era cedo — uma, talvez uma e meia da tarde. Arrumei um almoço para mim na cozinha e, quando terminei de comer o sanduíche, voltei a meu estúdio com um saco plástico. Uma a uma, arranquei as páginas do caderno azul e rasguei em pedacinhos. Flitcraft e Bowen, a explosão sobre o bebê morto no Bronx, minha versão novela de tevê da vida amorosa de Grace — foi tudo para o saco de lixo. Depois de uma breve pausa, resolvi arrancar as páginas em branco e jogá-las no saco também. Fechei com um nó duplo bem apertado e minutos depois levei o pacote para baixo ao sair para minha caminhada. Virei para o sul na rua Court, continuei andando até passar vários quarteirões da loja de Chang vazia, fechada com cadeado, e então, por nenhuma outra razão além de estar longe de casa, joguei o saco dentro de uma lata de lixo na esquina, enterrando-o debaixo de um maço de rosas murchas e das páginas de quadrinhos do *Daily News*.

Logo no começo de nossa amizade, Trause me contou a história de um escritor francês que conheceu em Paris no começo dos anos 50. Não lembro seu nome, mas John disse que tinha publicado dois romances e uma coletânea de contos e que era considerado uma das cabeças brilhantes da nova geração. Escreveu também alguma poesia e, pouco antes de John voltar para a América em 1958 (morou em Paris durante seis anos), esse escritor seu conhecido publicou em livro um longo poema narrativo que girava em torno da morte por afogamento de uma criança pequena. Dois meses depois que o livro foi lançado, o escritor e sua família foram passar férias na costa da Normandia e no último dia da viagem sua filha de cinco anos entrou na água agitada do Canal da Mancha e morreu afogada. O escritor era um homem racional, disse John, uma pessoa conhecida pela lucidez e acuidade mental, mas culpou o poema pela morte da filha. Perdido nas garras da tristeza, convenceu-se de que as palavras que escrevera sobre um afogamento imaginário tinham provocado um afogamento real, que uma tragédia ficcional provocara uma tragédia real no mundo real. Como consequência, esse escritor imensamente dotado, esse homem que havia nascido para escrever livros, fez o voto de nunca mais escrever. Tinha descoberto que palavras podem matar. Palavras podem alterar a realidade e portanto eram perigosas demais para que um homem que as amava acima de tudo pudesse confiar nelas. Quando John me contou essa história, a filha havia morrido fazia vinte e um anos e o escritor ainda não quebrara o juramento. Nos círculos literários franceses, esse silêncio o transformou em uma figura lendária. Era tido em alta conta pela dignidade de seu sofrimento, lastimado por todos que o conheciam, visto com assombro.

John e eu conversamos sobre a história com bastante calma, e me lembro de ter sido bastante firme ao descartar a decisão do escritor como um erro, uma leitura equivocada do mundo. Não havia ligação entre imaginação e realidade, eu disse, nenhuma relação de causa e efeito entre as palavras de um poema e os acontecimentos em nossas vidas. Podia parecer assim para o escritor, mas o que aconteceu com ele não era nada mais que uma horrível coincidência, uma manifestação de má sorte em sua forma mais cruel e perversa. Isso não queria dizer que eu o censurava por sentir o que sentiu, mas apesar de compreender a horrível perda desse homem, via seu silêncio como uma recusa de aceitar o poder das forças puramente acidentais do acaso que moldam nosso destinos, e disse a Trause que achava que ele estava se castigando sem razão.

Era um argumento ameno, de senso comum, uma defesa do pragmatismo e da ciência como superiores à escuridão do pensamento mágico, primitivo. Para minha surpresa, John tomou a posição oposta. Eu não tinha certeza se ele estava me provocando ou simplesmente fazendo o papel de advogado do diabo, mas disse que a decisão do escritor fazia todo sentido para ele e que admirava seu amigo por ter mantido a promessa. "Pensamentos são reais", disse ele. "Palavras são reais. Tudo que é humano é real, e às vezes sabemos coisas antes que aconteçam, mesmo sem ter consciência disso. Vivemos no presente, mas o futuro está dentro de nós a todo momento. Talvez seja isso escrever, Sid. Não registrar eventos do passado, mas fazer as coisas acontecerem no futuro."

Cerca de três anos depois de Trause e eu termos tido essa conversa, rasguei o caderno azul e joguei numa lata de lixo da esquina de Third Place com a rua Court, em Carroll Gardens, Brooklyn. Na época, parecia a coisa certa a fazer e, quando voltei para o apartamento naquela tarde de segunda-feira em setembro, nove dias depois do dia em questão, estava mais ou menos convencido de que os fracassos e decepções da semana anterior tinham finalmente acabado. Mas não tinham. A história estava apenas começando — a verdadeira história só começou *aí*, depois que destruí o caderno azul — e tudo o que eu havia escrito até então era pouco mais que um prelúdio para os horrores que vou relatar agora. Existe uma ligação entre o *antes* e o *depois*? Não sei. O infeliz escritor francês matou sua filha com o poema — ou suas palavras apenas previram sua morte? Não sei. O que eu sei é que hoje não discutiria mais sua decisão. Respeito o silêncio que impôs a si mesmo, e entendo a repulsa que devia sentir cada vez que pensava em escrever de novo. Mais de vinte anos depois do fato, eu agora acredito que Trause estava certo. Às vezes, sabemos das coisas antes que aconteçam, mesmo não sabendo que sabemos. Eu me arrastei por aqueles nove dias de setembro de 1982 como alguém preso dentro de uma nuvem. Tentei escrever um conto e cheguei a um impasse. Tentei vender uma ideia de filme e fui rejeitado. Perdi o manuscrito de um amigo. Quase perdi minha esposa e, por mais que a amasse, não hesitei em baixar a calça na penumbra de um clube e me enfiar na boca de uma estranha. Era um homem perdido, um homem doente, um homem batalhando para retomar o pé, mas debaixo dos maus passos e loucuras que cometi nessa semana, sabia de alguma coisa que não sabia que sabia. Em certos momentos durante esses dias, senti como se meu corpo tivesse ficado transparente, uma membrana porosa através da qual podiam passar todas as forças invisíveis do mundo — um *nexus* de cargas elétricas do ar transmitidas pelos pensamentos e sentimentos de outros. Desconfio que esse estado foi que levou ao nascimento de Lemuel Flagg, o herói cego de *Noite do oráculo*, um homem tão sensível às vibrações à sua volta que sabia o que ia acontecer antes de os próprios eventos ocorrerem. Eu não sabia, mas cada ideia que entrava em minha cabeça me colocava nessa direção. Bebês natimortos, atrocidades de campo de concentração, assassinatos presidenciais, esposas desaparecidas, jornadas impossíveis para adiante e para trás no tempo. O futuro já estava dentro de mim, e eu me preparava para os desastres que estavam por vir.

Tinha encontrado com Trause no almoço de quarta-feira, mas além das nossas duas conversas por telefone mais tarde na semana, não havia tido mais contato com ele antes de me livrar do caderno azul no dia 27. Falamos sobre Jacob e sobre o manuscrito perdido de seu velho conto, mas foi só isso, e eu não fazia ideia do que ele estava fazendo consigo mesmo durante esses dias — a não ser ficar deitado no sofá e cuidar da perna. Foi só em 1994, quando James Gillespie publicou *O labirinto dos sonhos: uma biografia de John Trause*, que eu finalmente fiquei sabendo dos detalhes do que John aprontou entre os dias 22 e 27. O sólido livro de seiscentas páginas de Gillespie é pobre de análises literárias e dá mais atenção ao contexto histórico da obra de John, mas é extremamente completo quando trata de fatos biográficos e, como ele passou dez anos trabalhando no projeto e parece ter falado com todas as pessoas vivas que conheceram Trause (eu inclusive), não tinha razão para duvidar da exatidão de sua cronologia.

Depois que saí do apartamento de John na quarta-feira, ele trabalhou até a hora do jantar, conferindo e fazendo pequenas alterações no manuscrito de seu romance *O estranho destino de Gerald Fuchs*, que parede ter terminado alguns dias antes do ataque de flebite. Foi esse livro que desconfiei que ele estava escrevendo, mas nunca tive certeza: um manuscrito de pouco menos de quinhentas páginas que Gillespie diz que ele começou durante seus últimos meses em Portugal, o que quer dizer que levou quatro anos para terminar. Basta dos boatos de que John havia parado de escrever depois da morte de Tina. Basta do boato de que o romancista um dia grande desistiu de sua vocação e estava vivendo de suas obras anteriores — um sujeito acabado que não tinha mais nada a dizer.

Nessa noite, Eleanor telefonou com a notícia de que Jacob tinha sido encontrado, e logo cedo na manhã seguinte, quinta-feira, Trause telefonou para seu advogado, Francis W. Byrd. Advogados raramente vão à casa das pessoas, mas Byrd representava Trause havia mais de dez anos e, quando um cliente da estatura de John informa seu advogado que está deitado num sofá com a perna ruim e precisa vê-lo às duas horas, a respeito de um assunto urgente, o advogado desmarca seus outros compromissos e chega na hora marcada, equipado com todos os papéis e documentos necessários, que terá trazido dos arquivos de seu escritório antes de ir para a cidade. Quando Byrd chegou ao apartamento da rua Barrow, John lhe ofereceu uma bebida e, assim que os dois homens terminaram o scotch e soda, puseram-se a trabalhar reescrevendo o testamento de Trause. O antigo havia sido preparado mais de sete anos antes, e não representava mais os desejos de John quanto à distribuição de seus bens. No remate da morte de Tina, ele havia instituído Jacob como seu único beneficiário, indicando seu irmão Gilbert como executor até o rapaz atingir a idade de vinte e cinco anos. Agora, pelo simples ato de rasgar todas as cópias daquele documento, Trause deserdava o filho diante dos olhos do advogado. Byrd então datilografou um novo testamento que legava tudo o que John possuía para Gilbert. Todo o dinheiro vivo, todas as ações e títulos e todos os futuros direitos autorais provenientes da obra literária de Trause deviam a partir de então ser herdados por seu irmão mais novo. Terminaram às cinco e meia. John apertou a mão de Byrd, agradecendo sua ajuda, e o advogado saiu do apartamento com três cópias assinadas do novo testamento. Vinte minutos depois, John voltou à correção de seu romance. Madame Dumas serviu seu jantar às oito e às nove e meia Eleanor telefonou de novo, para contar que Jacob tinha sido internado no programa da Smithers e lá estava desde as quatro da tarde.

Sexta-feira era o dia que Trause devia fazer um exame na perna no Hospital Saint Vincent, mas ele não olhou na agenda e se esqueceu de ir. Com todo o torvelinho da situação de Jacob, o compromisso lhe saiu da cabeça e, no momento exato em que devia estar sendo examinado por seu médico (um cirurgião vascular chamado Willard Dunmore), estava comigo ao telefone, contando da animosidade de vida inteira do filho com Grace e me pedindo para ir à Smithers por ele no sábado. Segundo Gillespie, o médico telefonou para o apartamento de Trause às onze e meia perguntando por que não tinha aparecido no hospital. Quando Trause explicou que tinha havido uma emergência familiar, Dunmore lhe fez um irritado sermão sobre a importância da tomografia e disse a seu paciente que essa atitude altiva com a própria saúde era irresponsável e podia levar a trágicas consequências. Trause perguntou se seria possível ir naquela tarde, mas Dunmore disse que não dava mais tempo e que teriam de deixar para segunda, às quatro da tarde. Insistiu com Trause para não se esquecer de tomar o remédio e passar o fim de semana o mais quieto possível. Quando madame Dumas chegou à uma hora, encontrou John em seu lugar de sempre no sofá, corrigindo as páginas de seu livro.

No sábado, enquanto eu visitava Jacob na Smithers e me metia no rolo do caderno vermelho na loja de Chang, Trause continuava seu trabalho no romance. O registro de seus telefonemas indica que ele também fez três ligações interurbanas: uma para Eleanor em East Hampton, uma segunda para seu irmão Gilbert em Ann Arbor (que trabalhava como professor de musicologia na Universidade de Michigan) e uma terceira para sua agente literária, Alice Lazarre, em sua casa de fim de semana nas Berkshires. Contou que estava progredindo bem com o livro e que, se não topasse com nenhum problema imprevisto nos próximos dias, ela podia esperar um manuscrito terminado no final da semana.

No domingo de manhã, telefonei do Landolfi's e lhe fiz o relatório da minha breve visita a Jacob. Depois, confessei que havia perdido seu conto, e John riu. Se não estou enganado, foi um riso de alívio, mais que de divertimento. É difícil saber ao certo, mas acho que Trause me deu o conto por razões altamente complexas — e a conversa de me fornecer assunto para um filme não passava de uma desculpa, um motivo secundário na melhor das hipóteses. O conto era sobre as cruéis maquinações de uma conspiração política, mas era também sobre um triângulo amoroso (uma esposa que fugia com o melhor amigo do marido) e, se havia alguma verdade nas especulações que anotei no meu caderno no dia 27, talvez John tenha me dado o conto a fim de comentar sobre o estado de meu casamento — indiretamente, com os códigos e metáforas sutilmente nuançados da ficção. Não importava que o conto tivesse sido escrito em 1952, ano em que Grace nasceu. "O império dos ossos" era uma premonição de coisas futuras. Tinha sido colocado dentro de uma caixa e deixado em incubação durante trinta anos, e pouco a pouco havia se transformado em uma história sobre a mulher que nós dois amávamos — minha esposa, minha valente e batalhadora esposa.

Digo que ele riu de *alívio* porque acho que se arrependeu do que tinha feito. Quando estávamos almoçando na quarta-feira, reagiu com grande emoção à notícia da gravidez de Grace, e imediatamente depois disso nos vimos a ponto de uma discussão feia. O momento passou, mas imagino agora se Trause não ficou muito mais zangado comigo do que demonstrou. Era meu amigo, mas devia estar também ressentido de eu ter conquistado Grace de volta. Acabar com o caso havia sido decisão dela e, agora que estava grávida, não havia possibilidade de ele voltar a estar com ela de novo. Se isso fosse verdade, dar o conto para mim teria servido como uma forma velada, críptica, de vingança, forma grosseira de presunção — como se dissesse: você não sabe de nada, Sidney. Nunca soube de nada, mas eu estou em cena faz muito mais tempo que você. Talvez. Não há como comprovar nada disso, mas se entendi erradamente suas atitudes, como interpretar o fato de John nunca ter me enviado o conto? Ele prometeu que madame Dumas me mandaria uma cópia de carbono do manuscrito pelo correio, mas acabou me mandando outra coisa no lugar, e eu tomei essa outra coisa não só como um ato de suprema generosidade, mas também como um ato de contrição. Ao perder o manuscrito no metrô, eu o poupei do embaraço de seu momentâneo impulso de me espicaçar. Ele lamentava ter deixado sua paixão escapar e, agora que minha atitude desastrada o tinha livrado da dificuldade, estava decidido a me compensar com um gesto espetacular e totalmente desnecessário de gentileza e boa vontade.

No sábado, conversamos em algum momento entre dez e meia e onze horas. Madame Dumas chegou ao meio-dia, e dez minutos depois Trause entregou a ela seu cartão de caixa eletrônico e pediu que fosse ao Citibank do bairro, perto da Sheridan Square, e transferisse quarenta mil dólares de sua conta de poupança para sua conta-corrente. Gillespie nos conta que ele passou o resto do dia trabalhando em seu romance, e nessa noite, depois que madame Dumas serviu-lhe o jantar, arrastou-se para fora do sofá e foi mancando até o estúdio, onde se sentou à mesa de trabalho e fez um cheque para mim no valor de trinta e seis mil dólares —

a soma exata de minha conta médica não paga. Depois, me escreveu a breve carta abaixo:

Querido Sid:
Sei que prometi para você uma cópia do meu manuscrito, mas para quê? A ideia era fazer você ganhar algum dinheiro, então resolvi cortar caminho e preencher para você o cheque incluso. É um presente, grátis e sem ônus. Sem condições, sem compromissos, sem necessidade de me pagar de volta. Sei que está sem dinheiro, portanto, por favor, não empine o nariz e não rasgue o cheque. Gaste o dinheiro, viva com ele, ponha-se em movimento de novo. Não quero que perca tempo se preocupando com filmes. Fique com seus livros. É aí que está o seu futuro, e espero grandes coisas de você.

Obrigado por ter se dado ao trabalho de visitar o moleque ontem. Fico muito agradecido — não, mais que muito, já que sei como deve ter sido desagradável para você.

Jantar neste próximo sábado? Ainda não posso dizer onde, já que dependo desta maldita perna. Coisa estranha: o coágulo foi provocado por minha mesquinharia. Dez dias antes de começar a dor, fiz uma viagem-relâmpago a Paris — ida e volta em trinta e seis horas — para falar no enterro de meu velho amigo e tradutor, Philippe Joubert. Viajei de classe turística nos dois sentidos e o médico disse que foi essa a causa. Todo encolhido naquelas poltronas anãs. De agora em diante, só viajo de primeira classe.

Dê um beijo em Gracie por mim — e não desista de Flitcraft. O que você precisa é só de outro caderno, e as palavras começarão a vir de novo.

J. T.

Fechou a carta e o cheque em um envelope e escreveu meu nome e endereço em cima com letras de forma, mas não havia mais selos na casa e, quando madame Dumas saiu da rua Barrow às dez horas para voltar a seu apartamento no Bronx, Trause lhe deu uma nota de vinte dólares e pediu que desse uma passada no correio de manhã para comprar um novo estoque de selos de primeira classe. A sempre eficiente madame Dumas cumpriu a tarefa e, quando apareceu para trabalhar na segunda-feira às onze da manhã, John finalmente pôde colocar um selo na carta. Ela lhe serviu um almoço leve à uma hora. Depois da refeição, continuou com a correção do romance e, quando madame Dumas deixou o apartamento às duas e meia para fazer compras, Trause entregou-lhe a carta e pediu que colocasse no correio para ele enquanto estivesse na rua. Ela prometeu voltar às três e meia, quando o ajudaria a descer a escada e entrar no carro que havia chamado para levá-lo à consulta com o dr. Dunmore no hospital. Depois que madame Dumas saiu, Gillespie nos conta que não se pode confirmar uma única coisa. Eleanor telefonou às duas e quarenta e cinco e informou Trause que Jacob tinha desaparecido. Saiu andando da Smithers em algum momento no meio da noite, e ninguém sabia dele desde então. Gillespie cita as palavras de Eleanor ao dizer que John ficou "extremamente incomodado" e continuou conversando com ela durante quinze ou vinte minutos. "Ele agora está por conta dele", John disse, por fim. "Não podemos fazer mais nada."

Foram as últimas palavras de Trause. Não se faz ideia do que aconteceu quando desligou o telefone, mas quando madame Dumas voltou às três e meia, encontrou-o caído no chão aos pés de sua cama. Isso parece sugerir que tinha ido ao quarto para começar a se trocar para a consulta com Dunmore, mas não passa de conjetura. Tudo o que sabemos com certeza é que morreu entre três e três e meia do dia 27 de setembro de 1982 — menos de duas horas depois que joguei os restos do caderno azul dentro de uma lata de lixo numa esquina do sul do Brooklyn.

Inicialmente a causa da morte foi considerada enfarte, mas depois de maiores investigações o veredicto médico foi embolia pulmonar. O coágulo sanguíneo que esteve na perna de John ao longo das últimas duas semanas se soltou, migrou por dentro de seu corpo e encontrou o alvo. A pequena bomba finalmente explodiu dentro dele e meu amigo morreu aos cinquenta e seis anos. Cedo demais. Trinta anos cedo demais. Cedo demais para eu agradecer por me mandar o dinheiro e tentar salvar minha vida.

A morte de John foi anunciada na edição da tarde ao final do noticiário das seis horas. Em circunstâncias normais, Grace e eu estaríamos com a televisão ligada enquanto arrumávamos a mesa e preparávamos o jantar, mas não tínhamos mais televisão, de forma que passamos a noite sem saber que John estava no necrotério da cidade, sem saber que seu irmão Gilbert já estava em um avião de Detroit para Nova York, sem saber que Jacob estava à solta. Depois do jantar, fomos para a sala e nos esticamos juntos no sofá, falando da próxima consulta de Grace com a dra. Vitale, a obstetra recomendada por Betty Stolowitz, cujo primeiro bebê havia nascido em março. A visita estava marcada para sexta-feira à tarde e eu disse a Grace que queria ir com ela e que iria buscá-la no escritório da rua Nove oeste às quatro horas. Quando estávamos conferindo esses arranjos, Grace de repente lembrou que Betty havia lhe dado um livro sobre gravidez essa manhã — um desses grandes compêndios em brochura, cheios de tabelas e ilustrações —, e ela saltou do sofá e entrou no quarto para pegá-lo na bolsa. Enquanto estava lá, alguém bateu na porta. Achei que era um dos vizinhos, vindo pedir emprestada uma lanterna ou uma caixa de fósforos. Não podia ser mais ninguém, uma vez que a porta da frente do edifício estava sempre trancada, e uma pessoa sem chave teria de apertar a campainha externa e se anunciar pelo intercomunicador antes de entrar. Lembro-me de que não estava de sapatos e, quando levantei do sofá e fui abrir a porta, entrou uma pequena farpa na sola do meu pé esquerdo. Lembro-me também de ter olhado o relógio e visto que eram oito e meia. Não me dei ao trabalho de perguntar quem era. Simplesmente abri a porta e, assim que fiz isso, o mundo se transformou em um mundo diferente. Não sei como colocar isso. Destranquei a porta e a coisa que estava se formando dentro de mim ao longo dos últimos dias de repente era real: o futuro estava parado na minha frente.

Era Jacob. Tinha pintado o cabelo de preto e estava enrolado em um longo sobretudo preto que descia até os tornozelos. As mãos enfiadas nos bolsos, oscilando impacientemente nos pés, parecia algum agente funerário futurista que tinha vindo buscar um corpo morto. O palhaço de cabelo verde que eu tinha visto no sábado já era bem perturbador, mas essa nova criatura me apavorou, e não queria que entrasse. "Tem de me ajudar", disse ele. "Estou numa grande encrenca, Sid, e não tenho mais ninguém para procurar." Antes que eu pudesse mandá-lo embora, ele se enfiou para dentro do apartamento e fechou a porta ao passar.

"Volte para a Smithers", eu disse. "Não posso fazer nada por você."

"Não posso voltar. Descobriram que eu estava lá. Se voltar para aquele lugar, eles me matam."

"*Eles* quem? Do que você está falando?"

"Desses caras, Richie e Phil. Eles acham que eu devo dinheiro para eles. Se não comparecer com cinco mil dólares, eles vão me matar."

"Não acredito em você, Jacob."

"Foi por causa deles que eu fui para a Smithers. Não foi por causa da minha mãe. Foi para me esconder deles."

"Continuo não acreditando. Mas mesmo que acreditasse, não posso ajudar. Não tenho cinco mil dólares. Não tenho nem quinhentos dólares. Ligue para a sua mãe. Se ela não te atender, fale com seu pai. Mas deixe Grace e eu fora disso."

Ouvi a descarga do banheiro do corredor, sinal de que Grace ia entrar na sala a qualquer momento. Atraído pelo barulho, Jacob virou a cabeça para aquele lado do apartamento e, quando viu Grace entrar na sala de estar com o livro de gravidez na mão, abriu um grande sorriso. "E aí, Gracie", disse. "Tempão que a gente não se vê."

Grace parou onde estava. "O que ele está fazendo aqui?", perguntou dirigindo suas palavras a mim. Parecia atordoada, e falava com uma espécie de raiva controlada, recusando-se a olhar de novo na direção de Jacob.

"Ele quer dinheiro emprestado", eu disse.

"Vá, Gracie", disse Jacob, num tom de voz meio petulante, meio sarcástico. "Não vai nem me dizer oi? Puxa, não custa nada ser bem-educada, não é?"

Parado ali olhando os dois, não pude deixar de pensar na fotografia rasgada que havia sido deixada em cima do sofá depois do arrombamento. A moldura foi roubada, mas só alguém com um profundo e antigo rancor pela pessoa do retrato teria se dado ao trabalho de rasgá-la em pedacinhos. Um ladrão profissional a teria deixado intacta. Mas Jacob não era um profissional; era um maluco; um garoto drogado que tinha saído de seu caminho para nos machucar — para machucar seu pai indo atrás de seus dois amigos mais chegados.

"Agora chega", disse a ele. "Ela não quer falar com você, nem eu. Foi você que nos roubou na semana passada. Você arrombou a janela da cozinha e acabou com o apartamento, e depois saiu com tudo o que encontrou de valor. Quer que eu pegue o telefone e ligue para a polícia ou vai querer ir embora? Só tem essa escolha. Pode acreditar, eu faço o telefonema com muita satisfação. Dou queixa de você e você acaba indo para a cadeia."

Estava esperando que ele fosse negar a acusação, fingir estar ofendido de eu ter a coragem de pensar uma coisa dessas dele, mas o rapaz era muito mais esperto do que isso. Soltou um suspiro de remorso belamente calibrado, e sentou-se em uma poltrona, sacudindo lentamente a cabeça para a frente e para trás, agindo como se estivesse chocado com nossa atitude. Era o mesmo tipo de performance autodepreciativa que tinha mencionado para mim no sábado ao se gabar de seu talento teatral. "Desculpe", disse ele. "Mas o que eu disse de Richie e Phil é verdade. Eles estão atrás de mim e, se não entregar os cinco mil dólares para eles, vão meter uma bala na minha cabeça. Vim aqui o outro dia querendo pegar emprestado seu talão de cheques, mas não consegui encontrar. Então peguei umas outras coisas no lugar. Foi uma besteira. Eu sinto muito mesmo. Os bagulhos não valiam tanto assim, e não devia ter feito isso. Se quiser, devolvo tudo para você amanhã. Ainda está tudo no meu apartamento, e trago tudo amanhã de manhã."

"Mentira", disse Grace. "Você já vendeu o que pôde e jogou fora o resto. Não venha com essa história de coitadinho arrependido, Jacob. Já está crescido para isso. Você já nos depenou a semana passada, e agora voltou querendo mais."

"Os caras estão decididos a acabar com a minha vida", disse ele, "e precisam do dinheiro amanhã. Sei que vocês dois estão curtos de grana, mas porra, Gracie, seu pai é juiz federal. Não vai negar se você pedir emprestado. Pô, o que são cinco mil dólares para um velho cavalheiro do Sul?"

"Esqueça", eu disse. "Não vamos meter Bill Tebbetts nessa história de jeito nenhum."

"Tire ele daqui, Sid", Grace disse para mim, a voz retesada de raiva. "Não aguento mais."

"Pensei que a gente era família", Jacob replicou, olhando duro para Grace, quase a obrigando a olhar para ele. Tinha começado a fazer beicinho, mas de um jeito curiosamente insincero, como se estivesse tentando caçoar dela e virar sua antipatia por ele a seu favor. "Afinal, você é meio uma madrasta não oficial, não é? Pelo menos, era. Isso não conta nada?"

Nesse momento, Grace já estava atravessando a sala, a caminho da cozinha. "Vou chamar a polícia", disse ela. "Se você não fizer isso, Sid, eu faço. Quero esse sujeito imundo fora daqui." Para chegar ao telefone da cozinha, porém, precisava passar na frente da poltrona onde Jacob estava sentado e, antes que conseguisse chegar lá, ele já estava de pé para impedir sua passagem. Até então, o confronto tinha consistido inteiramente em palavras. Nós três estávamos falando e, por mais desagradável que fosse aquela conversa, eu não estava preparado para aquelas palavras irromperem em violência física. Estava parado perto do sofá, a uns bons três ou quatro metros da poltrona, e quando Grace tentou passar diante de Jacob, ele agarrou seu braço e disse: "Polícia, não, burra. Seu pai. A única pessoa que você vai chamar é o juiz — para pedir dinheiro". Grace tentou soltar-se de suas garras, se debatendo como um animal furioso, mas Jacob era uns quinze centímetros mais alto que ela, o que lhe dava mais força e permitia que a olhasse de cima. Corri até ele, devagar por causa de meus músculos doloridos e pela farpa no pé, mas antes que chegasse, Jacob já havia pegado Grace pelos ombros e começado a bater contra a parede. Corri por trás dele, tentando passar os braços por seu peito e afastá-lo dela, mas o menino era forte, muito mais forte do que eu esperava, e, sem nem virar para olhar, mandou uma cotovelada bem no meu estômago. Aquilo me fez expelir todo ar que havia dentro de mim e me derrubou no chão. Antes que pudesse atacá-lo de novo, ele estava esmurrando Grace na boca e chutando sua barriga com as grossas botas de couro. Ela tentou reagir, mas cada vez que se levantava, ele a socava no rosto, batia seu corpo contra a parede e a jogava no chão. Quando eu consegui atacar de novo, ela estava sangrando pelo nariz, mas eu sabia que era fraco demais para conseguir qualquer coisa, estava debilitado demais para contê-lo com meus tristes e frágeis punhos. Grace estava gemendo e quase inconsciente já, e senti que havia um risco real de ele espancá-la até a morte. Em vez de ir direto para cima dele, corri para a cozinha e peguei uma grande faca de carne da gaveta de cima ao lado da pia. "Pare!", gritei para ele. "Pare, Jacob, senão eu te mato!" Acho que ele não me ouviu de início. Estava completamente perdido em sua fúria, um destruidor louco que mal sabia mais o que estava fazendo, mas, quando avancei para ele com a faca, deve ter me percebido de relance com o rabo dos olhos. Virou a cabeça para a esquerda e quando me viu ali com a faca levantada na mão, de repente parou de bater nela. Seus olhos tinham uma expressão louca, sem foco, e havia suor escorrendo por seu nariz até o queixo fino e trêmulo. Eu tinha certeza que ele ia me atacar em seguida. Não teria hesitado em enfiar a faca em seu corpo, mas quando olhou para Grace, sangrando e imobilizada, deixou pender os braços e disse: "Muito obrigado, Sid. Agora eu sou um homem morto". Aí, virou-se e saiu do apartamento, desaparecendo nas ruas do Brooklyn poucos minutos antes de os carros de polícia e a ambulância pararem em frente da casa.

Grace perdeu o bebê. Os chutes da bota de Jacob a dilaceraram por dentro e, assim que a hemorragia começou, o pequeno embrião foi deslocado da parede do útero e expelido em um triste jato de sangue. Aborto espontâneo, como diz o termo; gravidez que não vingou; uma vida que nunca nasceu. Ela foi levada até o outro lado do Canal Gowanus, para o Hospital Metodista de Park Slope, e, sentado ao lado dela na ambulância, apertado entre tanques de oxigênio e dois paramédicos, fiquei olhando seu pobre rosto espancado, sem conseguir parar de tremer, dominado por um espasmo contínuo que fazia meu peito estremecer e descia por todo o corpo. Ela estava com o nariz quebrado, o lado esquerdo do rosto coberto de hematomas e a pálpebra direita tão inchada que parecia que nunca mais ia enxergar com aquele olho de novo. No hospital, levaram-na para a sala de raios X no andar térreo e dali subiu para a sala de operações, onde se ocuparam dela durante mais de duas horas. Não sei como fiz, mas, enquanto esperava os cirurgiões terminarem o trabalho, consegui me controlar o suficiente para telefonar para os pais de Grace em Charlottesville. Foi quando descobri que John tinha morrido. Sally Tebbetts atendeu ao telefone e, no fim de nossa exaustiva, interminável conversa, ela me contou que Gilbert havia telefonado antes com a notícia. Ela e Bill já estavam em choque, disse ela, e agora eu contava que o filho de John havia tentado matar sua filha. Será que o mundo enlouqueceu?, ela perguntou, sua voz sufocou e começou a chorar. Passou o telefone ao marido e, quando Bill Tebbetts falou, foi direto ao ponto e me fez a única pergunta que fazia sentido. Grace ia sobreviver? Vai, sim, eu disse, vai viver. Eu ainda não sabia, mas não podia contar para ele que Grace estava em estado crítico e podia não resistir. Não agourar suas chances dizendo as palavras erradas. Se palavras podiam matar, então tinha de vigiar cuidadosamente minha língua e ter a certeza de nunca expressar uma única dúvida ou pensamento negativo. Não tinha voltado dos mortos para ver minha mulher morrer. Perder John já era terrível, e não ia perder mais ninguém. Simplesmente não ia acontecer. Mesmo não tendo escolha, eu não ia permitir que aquilo acontecesse.

Durante as setenta e duas horas seguintes, fiquei sentado ao lado da cama de Grace e não arredei pé do meu lugar. Tomava banho e me barbeava no banheiro ao lado, comia as refeições olhando o líquido transparente do tubo intravenoso pingar no braço dela, e vivia só para aqueles raros momentos em que ela abria seus bons olhos e me dizia algumas palavras. Com tantos analgésicos correndo em seu sangue, ela parecia não ter lembrança do que Jacob havia feito com ela e apenas uma tênue consciência de estar no hospital. Três ou quatro vezes me perguntou onde estava, mas apagava de novo e imediatamente esquecia o que eu tinha dito a ela. Muitas vezes, chorava no sono, gemendo suavemente ao bater nas bandagens do rosto, e uma vez acordou com lágrimas nos olhos e perguntou: "Por que está doendo tanto? O que eu tenho?".

Pessoas iam e vinham esses dias, mas não tenho mais que uma vaga lembrança delas, e não me lembro de uma única conversa que tenha tido com alguém. O ataque ocorreu numa segunda-feira à noite e na terça-feira de manhã os pais de Grace já tinham chegado de avião da Virginia. Sua prima Lily veio de carro de Connecticut na mesma tarde. As irmãs mais novas, Darcy e Flo, chegaram na manhã seguinte. Betty Stolowitz e Greg Fitzgerald vieram. Mary Sklarr veio. Mr. e Mrs. Caramello vieram. Devo ter conversado com eles e saído do quarto de vez em quando, mas não me lembro de nada, a não ser ficar sentado com Grace. Durante a maior parte da terça e da quarta-feira ela ficou num torpor semiconsciente — cochilando, dormindo, acordando por apenas alguns minutos de cada vez —, mas na manhã de quarta-feira pareceu um pouco mais coerente e estava começando a ficar consciente por períodos mais longos. Dormiu profundamente de noite e, quando acordou na quinta-feira de manhã, afinal me reconheceu. Peguei sua mão e, quando nossas palmas se tocaram, sussurrei seu nome, e repeti para ela diversas vezes mais, como se a palavra de uma única sílaba fosse um encantamento que pudesse transformá-la de fantasma em ser vivo de novo.

"Estou no hospital, não estou?", disse ela.

"No Hospital Metodista de Park Slope", respondi. "E estou sentado ao seu lado, segurando sua mão. Não é um sonho, Grace. Estou mesmo aqui, e pouco a pouco você vai melhorar."

"Não vou morrer?"

"Não, você não vai morrer."

"Ele me bateu, não foi? Me deu socos e pontapés, e me lembro de pensar que eu ia morrer. Onde você estava, Sid? Por que não me ajudou?"

"Tentei agarrar pelo peito, mas não consegui tirar ele de cima de você. Tive de ameaçar com uma faca. Ia mesmo matar Jacob, Grace, mas ele saiu correndo antes de acontecer qualquer coisa. Aí eu disquei nove, um, um, e a ambulância trouxe você para cá."

"Quando foi isso?"

"Faz três noites."

"E o que é isso no meu rosto?"

"Bandagens. E uma tala para o seu nariz."

"Ele quebrou meu nariz?"

"Quebrou. E provocou uma concussão. Mas sua cabeça está clareando agora, não está? Está começando a voltar a si."

"E o bebê? Tem essa grande dor na minha barriga, Sid, e acho que eu sei o que quer dizer. Mas não pode ser verdade, pode?"

"É uma pena, mas é verdade. O resto todo vai melhorar, mas não isso."

Um dia depois, as cinzas de Trause foram espalhadas em um gramado do Central Park. Devia haver umas trinta ou quarenta pessoas aquela manhã, uma reunião de amigos, parentes e colegas escritores, sem nenhuma forma de religião oficial presente e nenhuma menção à palavra *Deus* feita por nenhuma das pessoas que falaram. Grace não sabia da morte de John, e seus pais e eu resolvemos não contar para ela enquanto fosse possível. Bill foi à cerimônia comigo, mas Sally ficou no hospital para fazer companhia a Grace — e disseram a ela que eu tinha ido acompanhar seu pai até o aeroporto para pegar o avião de volta à Virginia. Grace aos poucos foi melhorando, mas ainda não estava curada a ponto de aguentar um golpe daquela magnitude. Uma tragédia de cada vez, eu disse aos pais dela, não mais. Como as gotas únicas de líquido que pingavam do saco plástico no tubo intravenoso preso ao braço de Grace, o remédio tinha de ser dividido em pequenas doses. A perda do bebê era mais que suficiente por ora. John podia esperar até ela estar mais forte para aguentar um segundo golpe de tristeza.

Ninguém mencionou Jacob no funeral, mas ele estava presente em meus pensamentos quando ouvi o irmão de John, Bill e vários outros amigos fazerem seus discursos debaixo da luz resplandecente daquela manhã de outono. Que horrível um homem morrer sem ter a chance de envelhecer, disse para mim mesmo, que triste contemplar a obra que ainda tinha à sua frente. Mas se John tinha de morrer agora, eu sentia que era melhor ele ter morrido na segunda-feira, e não na terça ou na quarta. Se tivesse vivido mais vinte e quatro horas, teria descoberto o que Jacob fez com Grace, e eu tinha certeza de que isso o destruiria. Assim como aconteceu, ele nunca teria de encarar o fato de que havia gerado um monstro, nunca teria de andar pelo mundo carregando a carga do ultraje que seu filho havia cometido contra a pessoa que ele mais amava no mundo. Jacob era um nome que não podia mais ser mencionado, mas eu queimava de ódio dele, e esperava o momento em que a polícia finalmente o pegasse, para eu poder testemunhar em juízo contra ele. Para minha infinita tristeza, nunca tive essa oportunidade. No momento mesmo em que estávamos no Central Park em luto por seu pai, Jacob já estava morto. Nenhum de nós tinha como saber disso então, uma vez que se passaram mais dois meses antes de seu corpo em decomposição ser encontrado — enrolado em um pedaço de plástico preto e enterrado em uma caçamba numa construção perto do rio Harlem, no Bronx. Tinha levado dois tiros na cabeça. Richie e Phil não eram fantasmas de sua imaginação e, quando foi dado a público no julgamento deles no ano seguinte, o relatório da polícia técnica revelava que cada bala havia sido disparada por uma arma diferente.

No mesmo dia (1º de outubro), uma carta enviada de Manhattan por madame Dumas chegou ao seu destino no Brooklyn. Encontrei-a na minha caixa de correio ao voltar do Central Park (para mudar de roupa antes de voltar para o hospital) e, como não havia endereço do remetente no envelope, só fiquei sabendo de quem era quando a levei para cima e abri. Trause havia escrito a carta à mão, e a letra era tão garranchosa, tão febril na sua execução, que tive dificuldade para decifrá-la. Precisei reler o texto diversas vezes até conseguir clarear os mistérios de suas curvas e riscos, mas quando comecei a traduzir os signos em palavras, ouvi a voz de John falando comigo — uma voz viva falando do outro lado da morte, do outro lado de lugar nenhum. Então descobri o cheque dentro do envelope e senti meus olhos se encherem de lágrimas. Vi as cinzas de John voando de dentro da urna no parque aquela manhã. Vi Grace deitada em sua cama de hospital. Vi a mim mesmo rasgando as páginas do caderno azul, e depois de algum tempo — nas palavras de Richard, o cunhado de John — apoiei o rosto nas mãos e chorei até virar pelo avesso. Não sei quanto tempo fiquei assim, mas com as lágrimas ainda jorrando de dentro de mim, me senti feliz, mais feliz de estar vivo do que nunca antes. Uma felicidade além da consolação, além da tristeza, além de toda a feiura e beleza do mundo. As lágrimas acabaram secando, e fui para o quarto trocar de roupa. Dez minutos depois, estava na rua de novo, andando até o hospital para ver Grace.

1ª EDIÇÃO [2004] 3 reimpressões

ESTA OBRA FOI COMPOSTA PELA SPRESS EM ELECTRA E IMPRESSA
PELA GRÁFICA PAYM EM OFSETE SOBRE PAPEL PÓLEN NATURAL
DA SUZANO S.A. PARA A EDITORA SCHWARCZ EM MAIO DE 2024 ·

A marca FSC® é a garantia de que a madeira utilizada na fabricação do papel deste livro provém de florestas que foram gerenciadas de maneira ambientalmente correta, socialmente justa e economicamente viável, além de outras fontes de origem controlada.